Die Zeitpfanne

Episode I

Martin Busse

Impressum

1. Auflage
Hardcoverbuchausgabe bei Tolino Media 2025

Annett & Martin Busse

Titelbild-Adobe Stock-Datei Nr.: 923687361

Text, Buch- und Umschlaggestaltung:

Martin Busse

die.zeitpfanne@gmail.com

ISBN 9783759221797

Herstellung und Druck über tolino media GmbH & Co. KG,
Albrechtstr. 14, 80636 München. Printed in Germany.
Fragen zu Produktsicherheit an: gpsr@tolino.media.

Die Zeitpfanne

Episode I

Martin Busse

Geschmiedet aus Kupfer und Eisen,
wieder zum Leben erweckt stand sie da,
von Spinnweben und Zeitenstaub gerahmt.
Fühlen Sie die Vibrationen der Zeitpfanne
auf ihrer Brust, wenn Sophie und Mark mit
der Pyramide und dem Kupferadler in die
Vergangenheit reisen. Geheimnisvolle Pergamente
helfen den beiden mit Hinweisen und geheimen
Formeln, die abenteuerlichen und gefährlichen
Reisen zu bestehen. Beratend und unterstützend,
mit dem Wissensschatz von den besten Koryphäen
unserer Zeit, was das Thema Menschheitsgeschichte
angeht. Protagonisten und Antagonisten werden
Ihnen mit Sicherheit ans Herz wachsen und lassen
Sie tief in diese Geschichten eintauchen.

Das ist ein Buch für Freunde von packenden
Abenteuern, ergreifenden Hintergrundgeschichten
mit dramatisch durchzogenen Erzählungen gespickt.

Lassen Sie sich faszinieren und tauchen Sie tief in
die nicht endenden Geschichten der Zeitpfanne ein.

Martin Busse, 1971 geboren.
Mit stets nach vorn schauenden Inspirationen, die durch die Kulinarik der letzten Jahrzehnte geprägt wurden, begleiten ihn seine Arbeit, Poesie und Lyrik in der Familiengastronomie.

Ein ganz besonderer Dank geht an meine liebe Frau Annett und meine beiden Kinder Beatrice und René. Sie haben es ermöglicht, dass diese und weitere spannende Geschichten, gespickt mit kulinarischen Eingebungen, das Licht der literarischen Welt erblicken dürfen.

Inhalt

~1~

Zeitenstaub 9

~2~

Pergament 19

~3~

Entschlossenheit 27

~4~

Versuch 38

~5~

Kloster 44

~6~

Analyse 111

~7~

20 Löffel 130

~8~

Fragen 218

~9~

Bastion 232

~10~

Schriftrollen 279

~11~

Ekstase 294

~12~

Rückfahrt 335

~13~

Tombelaine 344

~14~

Bunker 357

Kapitel 1

~Zeitenstaub~

Von Spinnweben und geschichtenerzählenden Staub verhüllt stand sie da. Seit Jahrzehnten unbeachtet und ignoriert. Mit ihrem breiten Rand und dem geschmiedeten langen Eisengriff lehnte sie kraftstrotzend an den Stufen einer sieben Meter hohen Steinpyramide. Ein ausschweifender Kupferadler auf der Spitze spannte seine Flügel weit und schützend über diesen Ort, unserer Zeit hier an der Algarve im Süden Portugals.

Kaum zu erkennen vom Zeitenstaub und dem Sand des nahe liegenden Atlantikstrandes, lehnte sie am Fuße der Pyramide.

Ich packte unter den Augen meiner Frau in voller Anmut den massiven Eisengriff der Pfanne, mit dem geschmiedeten Loch am Ende.

Erschrocken und beeindruckt über das Gewicht nahm ich die andere Hand zu Hilfe.

Sophie staunte mit offenem Mund. Der Durchmesser der Pfanne hatte die Breite eines Unterarms und einen Griff der zwei Fuß Länge hat, was diese antike Kupferpfanne gewaltig aussehen ließ. Befreit von der Staubschicht offenbarte sich diese Rarität ohne Gleichen und brachte ihre beeindruckende Schönheit ans Tageslicht.

Karl, unser langjähriger Freund, begnadeter Künstler und Wächter dieses voller Kreativität und Geheimnis umwobenen Anwesens, sah uns erstaunt an. Ihm war nicht klar, dass die Pfanne weiterhin in seinem Besitz war. Anhand einer Familienchronik tauchte diese ab und zu wieder auf. Die letzten Aufzeichnungen liegen 120 Jahre zurück und stammen von einem Schloss in Süddeutschland. Die Kupferpfanne erhalten nur Personen, die der Kulinarik von ganzem Herzen zugewandt sind.

Karl war in seiner Jugend Koch aus Leidenschaft. Heute, im hohen Alter, ist er nur noch ein lustvoller Genießer edler Speisen und Aromen.

Mit der geheimnisvollen Pfanne in den Händen fragte ich Karl, was es mit der Pyramide und dem Adler auf sich hat. Er erwiderte aufgeregt mit zitternder Stimme und vollem Temperament.

„Diese drei Objekte müssen gemeinsam aufbewahrt werden.

Egal, in welcher Größenordnung sie sich darstellen.

Es gehört eine Steinpyramide und ein mit Flügeln aufgespannter Kupferadler zur Pfanne.“

Diese wunderschöne, mit kräftigen Gebrauchsspuren gezeichnete Kupferpfanne lag voll mit Geheimnissen in unseren Armen. Karl stand vor uns und sah Sophie und mich mit weit aufgerissenen und Tränen anlaufenden Augen staunend von oben bis unten musternd an. In diesem Moment wollte ich ihm die Pfanne wiedergeben, doch er hob seinen mit einem Kupferadler verkleideten Gehstock in die Höhe und trat drei Schritte zurück.

„Nein", sagte er energisch mit erhobener Stimme und streckte uns den Adler auf seinem Stock mit voller Wucht entgegen.

„Sie gehört ab heute euch.

Folgt mir in den Salon!"

Das taten wir, ohne zu widersprechen. Angekommen nahm Karl eine alte Holzschatulle aus seinem Tresor. Platzierte sie auf dem Tisch und bat uns, die Kupferpfanne neben die Schatulle zu stellen.

Auf einmal verschwand er und hing seinen Gehstock an den Griff der Pfanne in das Loch, das wir als Aufhängung analysiert hatten. Nach fünf Minuten erschien Karl wieder in seinem historisch ausgekleideten Salon.

Vor Aufregung sahen wir mit dem zweiten Blick, dass dieser Raum unglaublich liebevoll geschmückt war. Mit zahlreichen, erst unscheinbar wirkenden

Utensilien aus verschiedenen Zeitepochen. Uns fiel auf, dass es sich um Objekte aus der Kulinarik handelte. Viele dieser Exponate kamen in unserer Zeit nicht mehr vor. Ein paar waren uralt, so dass wir sie nur anhand von Fantasie zuordnen konnten.

Karl hatte einen Kupferschlüssel, dessen Bart einem Adlerkopf ähnelte. Er führte ihn hingebungsvoll zum verschlossenen Kästchen.

Steckte den Schlüssel in das Schlüsselloch und drehte ihn dreimal nach rechts, bis der Deckel aufsprang.

Mit Spannung erwartet nahm er eine abgegriffene und gut verknotete Ledertasche aus der Schatulle.

Es sah aus wie eine Lederart aus längst vergangenen Zeiten und ist heute sicher nicht mehr zu finden. Er löste mit seinen zitternden Händen, einer Geduld und Beharrlichkeit, die uns vor Neugier wahnsinnig werden lies, die mit einer Schleife und einem Doppelknoten verschnürte Tasche.

Das Lederband hielt die Ledertasche zusammen und war auf der Rückseite mit einem elegant verarbeiteten Medaillon vernietet. Die ovale Erscheinung des Kupfermedaillons, mit der Größe eines Daumens, bildete eine eingearbeitete Pfanne ab. Sicher von einem Schmied stilvoll und edel bearbeitet. Ähnlich wie die Kupferpfanne, die wir von Karl erhalten hatten.

An den beiden Endstücken des Lederbandes hingen zwei filigran gearbeitete Anhänger, die fest am Leder verankert waren.

Im Zuge unserer Beobachtung erkannten wir, dass es sich auf der linken Seite um eine Kupferpyramide handelt. Am anderen Ende befand sich ein Adler mit gespannten Flügeln.

Nach einer gefühlten Ewigkeit präsentierte Karl ohne Worte den Inhalt der Tasche. An das Tageslicht trat ein altes Pergament mit Zeichnungen, das er augenblicklich in seine Westentasche steckte.

Auch verschiedene bemalte Stofffetzen, vergilbte und abgegriffene, schwarz-weiß Fotografien mit einem, wie zur damaligen Zeit üblichen, geriffelten Rand und neuzeitliche Farbfotos.

Alle Motive ähneln sich.

Auf den Bildern war unser Freund mit der auf dem Tisch befindlichen Pfanne zu erkennen und diverse Speisen und Zutaten, sowie Personen, mit denen er freundschaftlich oder familiär gesinnt war. Wir schauten Karl verwundert an und sagten nichts.

Nachdem wir den Eindruck hatten, die Schatulle sei leer, nahm er sie und verschob geheimnisvoll ein paar Scharniere, bis es Klick machte.

Der scheinbare Boden öffnete sich und zum Vorschein kamen zwei Päckchen in altes Wachs Papier gewickelt.

Karl gab uns jedem eines der Pakete.

Er verschloss unsere Hände mit den Worten:

„Sophie und Mark, die Prophezeiung hat sich erfüllt!

Ihr seid die neuen Wächter der Zeitpfanne. Haltet euch, den Adler, die Pyramide und die Pfanne zusammen!"

Er nahm seine Bilder aus der Ledertasche und schob sie ohne Beachtung auf die Seite.

Die bemalten Stofffetzen legte er sorgfältig wieder in das Holzkästchen und verschloss sie mit seinem Adlerschlüssel dreimal.

Die Kiste stellte er schweigsam in seinen Tresor zurück, als ob die Schatulle ein weiteres Geheimnis bewahrt hätte.

Aus seiner Westentasche zog er die Rolle mit dem alten Pergament. Er rollte sie in die lederne Tasche und verschnürte diese mit einem Doppelknoten und einer Schleife.

Der Ablauf ähnelte einem Ritual. Er legte die Ledertasche in meine linke Hand und drückte sie mir kräftig ans Herz.

In diesem Moment verabschiedete sich Karl mit den Worten:

„Passt auf euch auf!“ Er ging Richtung Pyramide, ohne zurückzublicken.

In diesem Moment kam ich an die Reihe. Beim behutsamen Auswickeln meines Päckchens kam eine von Grünspan belegte Brosche zum Vorschein, wie man sie aus historischen Filmen kannte. Von der Größe einer Handfläche, mit einer langen Nadel und einem eleganten Verschluss zu befestigen an einer Jacke, Bluse, Hemd oder einem Umhang.

Besetzt war dieses Schmuckstück mit einem wunderschönen grünen Kupferadler, der seine Flügel weit ausbreitete und den Kopf erhaben in die Höhe hielt.

Ein unglaubliches Gefühl der Faszination durchdrang unsere beiden Körper vor Anmut dieser Objekte. Nachdem wir uns von der ersten Euphorie wieder beruhigt hatten, fragten wir uns.

Was kann man damit tun?

Ich sagte zu Sophie, sie solle die Kette, die durch den Grünspan alt aussah, um den Hals legen.

Nun war ich an der Reihe, schnappte mir einen alten Mantel, der einem Umhang ähnelte und verband mit der Kupferbrosche die oberen Kragenseiten. Ein Schauer von Gänsehaut und Schüttelfrost ließ uns nach den Händen greifen. Beide schauten wir ängstlich in den Flurspiegel und staunten beim Anblick der Kette und der Brosche.

Sie hatten sich verändert. Die grüne Farbgebung des Kupfers war verschwunden.

Kupferkette sowie die Adlerbrosche erstrahlten im Leuchtenden kupferrot. Unglaublich, was da passiert ist.

Wir waren begeistert und gleichzeitig erschrocken über dieses Phänomen. Erklären konnten wir uns diesen Vorgang jedoch nicht.

Nachdem Sophie und ich uns beruhigt hatten, wollten wir die Kupferpfanne, genannt Zeitpfanne, reinigen.

Angekommen in unserer Außenküche glaubten wir nicht, was zu sehen war. Sie strahlte mit ihrem kupferrot, als ob sie nie benutzt wurde, oder verstaubt mit Spinnweben überzogen im Eck rumstand.

Das geht nicht mit rechten Dingen zu, dachten wir und nahmen die Kette und die Brosche ab und legten sie zur Pfanne.

Der Zustand blieb der gleiche. Alles war rot und sah aus wie neu. Beunruhigt gingen wir zu Bett und wollten eine Nacht darüber schlafen und schauen, was am nächsten Tag passiert.

Den kommenden Morgen voller Spannung erwartend, sind wir früher aufgestanden als üblich.

Die Pfanne, die Adlerbrosche und die Pyramidenkette strahlten genauso wie am Vortag.

Wir dachten uns nichts weiter dabei und folgten dem täglichen Tun. Ein paar Tage später, in denen wir uns wieder konzentriert hatten, stellten wir fest, dass die lederne Tasche von Karl fehlte.

Wo ist sie geblieben?

Nach langer Suche fanden wir sie im Auto unter dem Beifahrersitz. Sie muss in der Aufregung darunter gerutscht sein.

Sophie öffnete die Tasche mit einem außergewöhnlichen Leder, das sicher aus einer anderen Zeit stammte.

Die Papyrusrolle, die sie entnahm, war mit einem grünen kupfernen Band, das zwei Symbole trug, verschnürt. Es ließ sich nicht öffnen, nicht zerschneiden und nach mehrmaligem Probieren nicht von der Rolle schieben. Wir sahen uns das Kupferband genauer an und stellten fest, dass es sich bei den Abbildungen um einen Adler und eine Pyramide handelte, die nebeneinander abgebildet waren.

Ich lief in die Außenküche und holte unsere Adlerbrosche und die Pyramidenkette.

Die Pergamentrolle platzierten wir zwischen den beiden Objekten.

Unglaublich! Es wechselte augenblicklich seine Farbe von Grün ins Kupferrot. Ein Knall ertönte und das Band öffnete sich. Das Pergament rollte sich mit einem fließenden und knisternden Geräusch vor uns auf.

Kapitel 2

~Pergament~

Durch das Knistern und Rascheln des alten Pergaments zog sich uns, vor Vorfreude und Aufregung, der Bauch zusammen. Das Gefühl ist wie das am Weihnachtstag in unserer Kindheit. Mit der rauen Oberfläche und dem muffigen Geruch, ähnlich wie wenn man ein Antiquariat betritt, spürten wir, dass hier unerwartet Geheimnisse auf dem Tisch lagen.

Zu erkennen waren verschiedene Textabschnitte in altdeutscher Sprache, die über die Jahrhunderte ständig ausgebessert wurden.

Schwarze und rote Tinte wurden zum Schreiben verwendet.

Anzunehmen, mit einer Feder oder einem frühzeitlichen Federhalter.

Der Text war mit römischen Zahlen gegliedert. Ecken, Kopf und Fußende sind mit filigranen Ornamenten verkleidet gewesen. Links und rechts am Rand waren nachgetragene Notizen zu erkennen. Aufgebaut und strukturiert, wie Rezepte, mit Zutaten und detailgenauen Zubereitungsanweisungen.

Manche Absätze haben den Schein mit Informationen zu mahnen.

Die mit Kräutern verzierte Überschrift, geschrieben im wunderhübschen alten Deutsch, bestand aus den folgenden Worten:

„Die Zeitpfanne.“

Wir schauten uns beide mit weit aufgerissenen Augen an und drehten die Köpfe in Richtung Ausgang zur Außenküche und holten im Laufschritt die schwere Kupferpfanne ins Haus und stellten sie neben das, aufgerollte Papyrus.

Die Blicke schweiften mehrfach von Pfanne zu Pergament und wieder zurück. Vor Neugier platzend nahmen wir die traditionellen typischen Algarvestühle, die Sophie vor Jahren mit original Bast liebevoll restauriert hatte, setzen uns zu diesem alten Dokument und richteten das goldgelbe Licht der antiken Messinglampe auf unserem Esstisch über dem Papyrus aus.

Ich eilte ins Büro, um eine Lupe zu holen.

Die ersten Zeilen begannen wie folgt:

„Wächter der Pfanne!

Ihr seid gefunden und berufen worden!

Seid euch bewusst, wer das Pergament liest, geht einen Pakt ein! Durch diese Verbindung seid ihr die Köche der Zeitpfanne!

Nutzt euer Wissen, um die richtige Kombination zu berechnen!

Wer diese Stärken nicht hat, wird in der Zeit verloren gehen! Passt auf was ihr, tut und wegt alle Kreationen und Beilagen ab! Das Geheimnis und die Aufgabe dieser Zeitpfanne ist es, so oft und weit in die Vergangenheit zu reisen. Trage deinen Beitrag zur Weltgeschichte der Pfannenwächter bei. Finde und schütze historische Rezepte und Zutaten.

Archiviere Hintergrundgeschichten und lass dich vom Wissensschatz der Kulinarik begeistern.

Schützt die Liebsten, indem ihr gemeinsam in die heutige Zeit zurückfindet! Haltet Pfanne, Adler und Pyramide zusammen. Das Geschriebene prägt euch fest in euren Köpfen ein. Das Pergament darf nie mit auf Zeitreisen genommen werden!

Gebt Acht auf diesen Reisen!

Sie können Gefahren beinhalten!“

Sophie wurde auf einmal blass um die Nase und ich holte eilig ein Glas ihres Lieblings Champagner, um ihren Blutdruck wieder in Griff zu bekommen. Was super geklappt hatte. Uns beiden stand Schweiß auf der Stirn.

Bedenklich schauten wir auf das Pergament und dachten nur. Auf was haben wir uns hier nur eingelassen?

Ungewissheit, Angst und Neugier, die alles überragten, gingen uns durch die Köpfe.

Wir atmeten kräftig durch und ich genehmigte mir ebenfalls ein Glas Champagner, nachdem er bei Sophie Wunder bewirkte.

Die Neugier trieb uns rasend an. Wir folgten den Instruktionen des Pergaments.

„Die Küchen der Epochen sind das Ziel. Trage ständig einen silbernen Löffel, Knoblauch, Salz und Olivenöl bei dir!“

Dies stand oben unter der Hauptüberschrift in dicken Buchstaben geschrieben.

Diese Worte sollten sich in Zukunft als lebenswichtig herausstellen.

Wir eilten zu unserer Besteckschublade, wo sich über Jahre durch zahlreiche Flohmarktbesuche eine Sammlung an wunderhübschen, teilweise antiken und neuzeitlichen, sowie nützlichen Besteckteilen angesammelt hatten. In der Schublade war ein Paar identische alte glanzlose Silberlöffel, mit wunderschönen Verzierungen, die wie Blätter aussehen.

Am Ende des Griffs befand sich an jedem Löffel ein Loch.

Wir nahmen die beiden silbernen Teile zur Hand und polierten sie kräftig, bis sie den ursprünglichen herrlichen Glanz zurückerlangten und widmeten uns anschließend wieder dem Pergament.

Folgendes stand geschrieben;

„Ihr braucht für eine Zeitreise einen Löffel, um die Zutaten zu dosieren und der andere sollte als Reserve-Löffel gut am Körper verstaut werden.“

Dick unterstrichen war zu lesen;

„Bleibt immer beisammen und gebt den Löffel nie ab, sonst geht ihr in der Zeit verloren! Ihr könnt in die Vergangenheit reisen, egal in welche Epoche und wie weit zurück!“

So stand es mahnend in diesem Text.

Aufgebracht und angespannt hielten wir beide unsere silbernen Esslöffel in der Hand und betrachteten sie mit rasenden Herzen.

Wir folgten den Anweisungen der Zutatenliste, die in roter Tinte geschrieben stand.

„Nimm von deiner Zeitrechnung aus, für jedes Jahrhundert, das du in die Vergangenheit reist, jeweils einen Löffel mit Knoblauchzehen, einen Esslöffel Salz, sowie einen mit Olivenöl.

Die Kupferpfanne muss auf einer heißen Kochstelle stehen, ob im Freien oder im geschlossenen Raum!“

Weiter steht mit angsteinflößenden Zeichen markiert; „Nur das Jahrhundert kann gewählt werden, jedoch nicht das Jahrzehnt und nicht das korrekte Jahr!

Bestimme die Landung, in der von dir festgelegten Zeit, mit der Zugabe von weiteren Zusatzzutaten.

Du wirst immer in einem Zeitfenster der gewählten Epoche landen, wo die Beigabe, die du zusätzlich erwählt hast, am begehrtesten ist.

Ob aus Mangel oder Überfluss.

Den Ort der Landung kannst du nicht festlegen."

Mahnend standen dick und unterstrichen die folgenden Worte:

„Wähle mit Bedacht!"

Angst machte uns die Ungewissheit, wo und wann wir landen würden.

Als sich uns die nächste Frage stellte, wie kommen wir wieder in die jetzige Zeit zurück, entdeckten wir in der vorletzten Zeile des Pergaments, post Skriptum:

„Um zurückzufinden, braucht ihr die drei Grundzutaten mit der jeweils multiplizierten Anzahl der zu reisenden Jahrhunderte, bis hin zum Heimatjahrhundert. Ihr landet immer dort, von wo aus ihr eure Reise begonnen habt.

Achtet darauf, dass die Kupferpfanne gut gereinigt ist, sonst kann es zu unerwarteten und schicksalhaften Zeitsprüngen kommen!"

Durch das Zusammenrollen des Pergaments war die letzte Schriftzeile kaum zu erkennen.

Am linken und am rechten Rand des Dokuments waren vereinzelt Zeilen und Textabschnitte zu finden. Manche waren kaum mehr lesbar und andere von einer charismatischen Handschrift geprägt. Wir mussten mehrfach verschiedene Textpassagen nachlesen, um den Sinn zu verstehen. Es waren Zeichnungen zu sehen, wie zum Beispiel:

Nadel und Faden in einem Kreis.

Dieses Symbol war am oberen Rand eines verzierten Rechteckes zu erkennen. Was dort zu lesen war, konnten wir nicht glauben.

Mit roter und schwarzer Tinte stand:

„Auf dem Weg in eine neue Zeit wird sich eure Kleidung verändern. Sie wird zeitgemäß sein in der von euch gewählten Epoche."

Verwundert und schmunzelnd sahen wir uns ungläubig fragend an.

Direkt unter den Notizen zum Thema Kleidung fanden wir ein weiteres Symbol, das wie ein Säckchen aussah, an den Geldstücke lehnten. Kaum mehr lesbar in dicker Schrift stand:

„Tragt einen Lederbeutel mit ausreichend Münzgeld. Das Geld verwandelt sich wie die Kleidung auf der Reise in das aktuelle Zahlungsmittel der gewählten Zeit."

Beim knisternden Zusammenrollen des Pergaments stand auf der Rückseite etwas, was vorher noch nicht zu sehen war.

„Findet das Messer der Persönlichkeit!“

Kapitel 3

~Entschlossenheit~

Nachdem wir bis spät in die Nacht hinein über das neue Ereignis in unserem Leben gesprochen hatten, schliefen wir ein paar Stunden tief und fest. Die ersten wärmenden Sonnenstrahlen lockten uns aus den Betten und so genossen wir eine schöne Tasse Kaffee auf unserer Terrasse.

Konzentriert und ausgeschlafen nahmen wir das vor uns liegende, leere, mit weichem Leder gebundene, dunkelbraune Notizbuch.

Wir lösten das daumenbreite Lederband, öffneten das Buch und schrieben mit dem angeknabberten gelbgrünen Bleistift die Notizen der angehenden Reise auf.

Für uns war klar, dass wir nach den aufschlussreichen Informationen und Erlebnissen der letzten Tage, die Möglichkeit, die uns gegeben war, mit voller Hingabe nutzen sollten. Den Aufgaben und Zeitreisen werden wir uns stellen.

Nachdem wir den breiten Esstisch in unserer rustikalen Küche frei gemacht hatten, planten wir eine Aufstellung für die erste Reiseausstattung. Jeder von uns sollte nach Angaben des Pergaments die gleiche Ausstattung mit auf Reisen nehmen.

Wir teilten den Tisch in zwei Hälften.

Anhand der Liste brauchen wir Notizbücher mit Lederetui zum Verschließen und ein paar Bleistifte. Jeweils eine Umhängetasche aus Leder, die eine Elle breit ist mit Verschlusskappen, sowie verschiedene Ablagefächer hat.

Die wichtigsten Dinge sind für Sophie die Pyramidenkette und ich benötige die Brosche mit dem Kupferadler.

Die Zeitpfanne trage ich, auf Grund des Gewichtes. Sie wurde mit einem dicken ledernen Band und dem fingergroßen Metallhaken versehen, um problemlos über der Schulter, auf dem Rücken transportiert zu werden.

Die Silberlöffel sind mit einem Lederband verknotet und gebunden, so dass wir sie um den Hals tragen können.

Jeweils eine Schachtel Zündhölzer und ein Feuerzeug zur Sicherheit sollten uns die Möglichkeit geben, ein offenes Feuer zu entzünden. Jeder nahm sich eine antike Taschenuhr mit einer Kette aus der langjährig zusammengetragenen Sammlung.

Zusätzlich fanden wir auf dem Dachboden zwei alte Analogkameras, die seit Jahren von uns nicht benutzt wurden. Wir packten sie mit jeweils drei Filmrollen in unsere Taschen.

Im örtlichen Fotoladen bei Carlos bekamen wir die kleinsten und wasserdichten Digitalkameras mit Speicherkarten und Batterien.

Das wird sicher reichen.

Das Pergament empfiehlt!

Die Reisezutaten sowie eine ausreichende Vielzahl von Gewürzen mitzuführen. Wie war das logistisch zu meistern? Uns kam die Idee, wie wir die Zutaten trocken am Körper mit auf Reisen nehmen könnten.

Im Hinterland der Algarve, in der Serra de Monchique, lebten Freunde von uns, die regelmäßig zur Jagd gehen.

Bei einem kurzen Besuch freuten sich Paula und João, uns wieder zu sehen.

Wir fanden im Fundus des jagdverliebten Paares zwei Patronengürtel, die zur Nutzung von Patronenhülsen für Schrotflinten geeignet waren.

Filigrane Ornamente schmückten diese eleganten Jagdgürtel.

Die Einsteckfächer waren handvernäht und aus altem hochqualitativen Leder gefertigt. Beide Jägergürtel versprühten den Charme von Jahrzehnten, mit einer glänzenden Patina aus unzähligen Jagdabenteuern. Sie hatten jeweils zweiundzwanzig Fächer mit Pflanzenmotiven.

Die Gürtel werden um die Hüfte getragen.

Die Größe des Hüftumfangs kann mit Abstandslöchern angepasst werden. Nachdem Sophie und ich die Gürtel angelegt hatten, sahen wir wirklich schick aus.

Während eines Gesprächs mit dem Apotheker Ricardo zeigten wir ihm die Patronengürtel.

Nach kurzer Suche im Lager kamen aus Aluminium bestehende Behälter zum Vorschein mit wasserdichten Schraubverschluss. Diese 44 runden Miniaturdosen waren perfekt. Sie passten akkurat in die Einsteckfächer unserer Gürtel und die Höhe mit fünf Zentimetern war ideal.

Ricardo, der seine Tätigkeit akribisch ausführte, kam hinkend aus dem hinteren Lager seiner Apotheke ohne Unterstützung seines Gehstocks.

Seit dem schweren Autounfall vor sieben Jahren lebt er nach dem schrecklichen Unfalltod seiner über alles geliebten Frau Maria Antonia, einzig für sein tägliches Tun.

Er liebt diese Art, sein Leben zu gestalten. Jeden Tag übt er mit absoluter Hingabe seine Arbeit aus.

Er schob sich durch seine Behinderung schwerfällig mit einer Schuhkartonkiste die Wand entlang.

Sophie reichte ihm seinen Stock und nahm Ricardo die Kiste ab.

„Ich habe eure Dosen komplett.

Ihr könnt die Gürtel damit bestücken.“

Beim Besuch des hiesigen Campingausstatters fanden wir die auf unserer Liste stehenden Metallflaschen für Wasser und Olivenöl.

Auch vier Taschenlampen aus Aluminium mit ausreichend Batterien, sowie Kerzen packten wir für jeden ein.

Zum Schluss fehlten ein Paar Stofftaschentücher, zwei Taschenmesser mit hölzernen Griff, 2 Gabeln und 2 Esslöffel.

Für Notproviant passte in beide Taschen eine wasserdichte Metalldose mit Zwieback. Sophie zeigte mit dem Finger aufgeregt auf den schweren, aus Messing bestehenden Schiffskompass hinter mir an der Wand.

Diesen Kompass konnten wir auf keinen Fall mit auf Reisen nehmen, denn er war zu schwer.

Wir schauten auf dem Dachboden nach und fanden in den Sammelboxen unserer Kinder Susann und Robert die Kompen, die wir ihnen zum ersten Schultag geschenkt hatten. Handgroße Messingkompen in einem Lederetui und einer festen Schnalle, die auf einen Gürtel gezogen werden konnte. Das war das Richtige für die Reise. Sämtliche Ablagefächer der Umhängetaschen wurden effektiv mit den zusammengestellten Utensilien bestückt. Größere Objekte platzierten wir im Innenbereich. Alles war perfekt sortiert. Jedes Teil hatte seinen Platz.

Es gab einen Reserveplatz auf einer der Seiten im Inneren und ein kaum zu erkennendes Einschubfach, das jeweils mit einem Knopf zum Verschließen gesichert wurde. Dies ist gut geeignet für Papiere und Dokumente. Das Fach nutzen wir, um abgegriffene, nicht bedruckte Papierreste mitzunehmen, die sich zum Entzünden von Feuer eigneten und gleichzeitig als Polstermaterial für andere Gegenstände dienten. Sophie stellte fest, dass wir keine Werkzeuge zum Verrühren für die Pfanne eingepackt hatten.

Auf dem Sims unseres Küchenkamins stand ein wunderschöner antiker Tontopf, der von ihren Großeltern stammte.

Zahlreiche Küchenutensilien zum rühren, kratzen, schaben oder greifen waren hier zu finden.

Nach einem kurzen Blick fanden wir einen rustikalen, handgeschnitzten Pfannenschaber aus Olivenholz und eine mit einer faszinierenden Astmaserung versehenen Olivenholzkelle. Der Kopf der Kelle war abgeflacht und beanspruchte kaum Platz.

Beide Küchenwerkzeuge hatten jeweils die Länge einer Elle und passen akkurat in unsere Taschen. Am Stielende war ein Loch zu sehen, perfekt für ein Band, um diese Werkzeuge aufzuhängen.

Sophie wurde in ihrem Nähzimmer fündig und stattete die Sachen mit einem Lederband und einem festen Doppelknoten aus.

Nachdem wir uns sicher waren, dass alles gut sortiert ist, kam sie auf die Idee, nochmals auf dem Dachboden eine Runde zu machen. Vielleicht finden wir Dinge, die für das Abenteuer brauchbar sind. Eine eingestaubte Ritterburg und ein Puppenhaus von unseren Kindern hielten uns auf. Wir schwelgten in der Vergangenheit, anstatt weiterzumachen.

Ich schaute nach oben zum Dachträger, wo ein handgeflochtenes Lederseil hing. Mit einer Länge von 5 bis 7 Metern, inklusive Schlaufen und Griffen, ist dieses Seil perfekt für uns.

Unter ihm befand sich eine antike Kiste aus Holz, die nicht verschlossen war.

Das Symbol, das diese Holzkiste verzierte, erinnerte uns an Großvater Alfred.

Ich hatte diese schöne alte und kräftig abgegriffene Truhe von meinem Opa zum 10. Geburtstag mit seinem ersten Werkzeug bekommen. Beim Öffnen sahen wir verrostete Schraubenzieher, einen Kinderhammer und niedliche Zangen für Kinderhände, die sich nicht bewegen ließen. Alles Erinnerungswerte, die kaum mehr Verwendung haben.

In einem zusammengefalteten Öltuch fanden wir ein Set mit Karabinerhaken. Das sind 2 Haken mit der Größe einer Handfläche, 2 mittelgroße und 2 mit 5 Zentimeter Breite. Keiner war rostig. Das Lederseil können wir in Zukunft gut gebrauchen.

Sophie hat es mit einem nach Leder duftenden Sattlerfett und beiden Händen kräftig eingefettet, bis es wieder beweglich und geschmeidig wurde.

Die Haken und das Seil bewahren wir zusammen in einem Leinensack auf und packten es in meine Tasche.

Vorbei an Faschingskostümen und mittelalterlichen Sammlerstücken, stolperten wir über trockene, gut erhaltene Lederbeutel mit einer Schnur.

Sophie nahm abermals das Sattlerfett und massierte die Beutel, bis sie wieder weich wurden. Die kleinsten Karabinerhaken waren ideal geeignet, um die Beutelchen an unseren Gürteln zu befestigen. Beide bestückten wir mit jeweils 100 Euro Münzgeld.

Gemischt von 1 bis 50 Cent Münzen sowie ausreichend 1 und 2 Euromünzen.

Wir konnten die ledernen Geldbeutel unter der Kleidung am Gürtel tragen, sodass man sie nicht sieht.

Die letzte Phase der Vorbereitungen widmete sich unseren Gürteln und den 44 Metalldosen.

Es wurden 22 Dosen Sophie zugeschrieben und 22 für mich aufgestellt. Beim Sortieren der Gürtel achteten wir auf Mengenangaben und der Größenordnung der Döschen.

Wir befüllten sie sorgfältig mit Knoblauchzehen, Salz, trockenen Kräutern, wie Oregano, Zucker, schwarze Pfefferkörner, Reiskörner, Lorbeerblätter, Thymian, Paprikapulver, Estragon, Chilipulver und gemahlener Zimt. Muskatnüsse, sowie getrocknete Steinpilze und Trüffel, Dill, Ingwer, Basilikum, Kümmelsamen, Salbei und Miniatur Nudeln, wie man sie für Suppen nimmt, und Mehl durften nicht fehlen.

Nach der Befüllung des jeweiligen Behälters werden diese fest verschraubt und mit Hand beschriftet. Sie wurden hintereinander von links, parallel in die Einsteckfächer eingeschoben, so dass nichts herausfallen konnte. Um die Vorbereitungen abzuschließen, befüllten wir die vier Metallflaschen,

2 mit Wasser und 2 mit Olivenöl der Algarve. Fixieren konnten wir die Flaschen in jeder Umhängetasche.

Kapitel 4

~Versuch~

Ein sportlicher Freizeitlook sollte für die kommende Reise ausreichen.

Unsere Silberlöffel trugen wir um den Hals. Jeder half dem anderen beim Befestigen der Gürtel und schaute nach, ob alles festsaß. Es ist gewöhnungsbedürftig, einen bestückten Jagdgürtel zu tragen, da dieser ein gewisses Gewicht hat, das sich durch das Anhängen der Geldbeutel erhöht.

Sophie hatte eine Freizeitjacke an, die zur Jahreszeit passte. Hosen und festes Schuhwerk waren unsere Wahl für das bevorstehende Abenteuer. Die Pyramidenkette, die sie um den Hals trug, leuchtet weiterhin in den Farben, genauso, wie ab dem Moment, wo wir das Pergament öffneten.

Ich legte den Umhang um und verschloss den oberen Teil mit der Adlerbrosche. Das Papyrusdokument hatten wir versucht, uns bildlich einzuprägen, da es nach Karls Worten hieß, es dürfte nicht mitgenommen werden.

Jeder hing seine Umhängetasche über die linke Schulter und schlüpfte mit dem rechten Arm hindurch, bis die Taschen am Körper anlagen.

Die Pfanne stellte ich auf den Elektroherd, der die Funktion der Selbstabschaltung besaß.

Mit bebenden Herzen schauten wir uns zwei an und wussten nicht, auf was wir uns hier eingelassen haben.

Gemeinsam beschlossen wir, auf unserer ersten Zeitreise 500 Jahre in die Vergangenheit zu reisen. Sophie hatte, ohne dass ich es mitbekommen habe, eine offene Kupferschale in ihrer Tasche verstaut. Raffiniert wie sie ist, nahm sie diese und den Silberlöffel, füllte 5 gehäufte, der folgenden Zutaten in die Schale, Knoblauch, Salz und Olivenöl, sowie es im Pergament geschrieben steht. Ein Löffel für jeweils ein Jahrhundert Reisezeit. Für die Zusatzzutat wählten wir 5 Silberlöffel schwarze Pfefferkörner und verrührten es in der Schale.

Diese wurde ausgewischt, nachdem wir alles in die Pfanne gegeben haben. Sophie verstaubte sie gleich wieder in die Umhängetasche. Ich schaltete die Herdplatte auf die höchste Stufe an.

Wir hielten uns so kräftig fest, dass die Arme schmerzten. Ich packte den Eisengriff der Zeitpfanne mit der rechten Hand. Sie verhielt sich stabil auf dem Herd. Der Kochvorgang fing langsam an und es duftete lecker nach Knoblauch und würzig schmorenden Pfeffer.

Jeder von uns spürte im Brustkorb, mit zunehmender Steigerung Vibrationen, die von der Pyramide und der Brosche ausgingen. Mit Zunahme des Vorganges wurden die bebenden Gefühle heftiger, so dass wir beide Schmerzen auf der Brust bekamen.

Wir waren nicht in der Lage die Hände zu lösen oder die Pfanne loszulassen. Es herrschte eine mystische Verbindung, die es uns nicht erlaubte eine Aktion durchzuführen und einen Abbruch tätigen zu können. Pyramidenkette und Adlerbrosche, die sich auf unseren Brüsten befanden, waren nicht erreichbar.

Der Knoblauchduft wurde heftiger und die Vibrationen waren nur noch mit geschlossenen Augen zu ertragen.

Auf einmal, das Beben auf der Brust hörte von einem Moment zum anderen schlagartig auf. Vom Duft war nichts mehr wahrzunehmen.

Wir fühlten beide unsere schmerzenden Hände wieder, an denen wir uns festhielten.

Ringsherum war ein Gemurmel zu hören, wie man es von einem Markt kannte. Wir öffneten die Augen und sahen uns beide von oben bis unten verwundert an und bekamen den Mund vor Staunen nicht mehr zu.

Wir standen auf einem Platz mit 10 bis 15 Personen zur Mittagszeit und es duftete verführerisch und lecker nach gegrilltem Fleisch und frischen Kräutern. Es lagen Gerüche in der Luft, die auf Tierhaltung deuteten, wie Ziegen und Geflügel.

Wir hörten Geklapper und Gehämmer rings um uns herum. Das Leben pulsierte und wir waren mittendrin.

Angekommen sind wir in einer anderen Epoche. Nach Kleidung und Architektur zu urteilen, sind wir in der von uns gewählten Zeit, sprich 500 Jahre zurück gelandet und müssten uns in der ersten Hälfte des 16. Jahrhunderts befinden. In der Übergangszeit vom Mittelalter zur Neuzeit.

Sophie trug ein langes bis zum Boden reichendes grünes Hauskleid mit einer dunkelroten Borte aus einem festen Stoff dieser Zeit. Die meisten Damen an diesem Ort waren mit solch einem Kleid bekleidet, manche in Rot, Grau oder in Braun.

Hellere Farben waren in unserem Umfeld nicht zu sehen. Das Dekolletee war von einer schalförmigen Bluse in Weinrot, Gelb und Hellbraun bedeckt. Eine bestickte Knopfleiste wurde am oberen Ende mit einem broschenartigen schön verzierten Knopf verschlossen. Ihre Pyramidenkette trug Sophie unter der Bluse. Die Farbauswahl fand man an den schmalen, bis in die Hände laufenden Ärmeln wieder. Ihre Taille war höher angesetzt, sicher ein Trend dieser Zeit.

Eine längere hellgraue Schürze schmiegte sich bis zum Boden und um das halbe Kleid. Sie brachte ihre femininen Kurven in ein verführerisches Antlitz. Eine Ledertasche an der Hüfte wirkte wie ein modisches Zubehör, was sicher seine Berechtigung und eine Aufgabe hatte.

Die Leinenhaube, mit einem nach vorne abgerundeten Schild, dass sich in die Stirn hinein zog, sah ähnlich aus wie eine Kochmütze aus unserer Zeit, nur weiblicher und eleganter. Ihr Gürtel und die Umhängetasche, wird durch die weit auslaufende Schürze retuschiert. Das Schuhwerk ist geschnürt und nach vorne über die Zehen spitz auslaufend. Sophie schaute schick und flott aus.

Mit meinem viereckigen Hut, der nach Überlieferungen Barett genannt wurde, sah ich außergewöhnlich für unsere Zeit aus. In dieser Epoche war es eine zeitliche Modeerscheinung. Das Beinkleid bestand aus einer erdfarbenen mit Grün verfeinerten Trikothose, die eng anlag und sehr gewöhnungsbedürftig war. Ein, hüftlanger Wams, den ich über meinem mit Gold bestickten Hemd trug, ließ auf Brusthöhe die glänzenden Stickereien markant erkennen.

Der grüngelbe Umhang, der hinunter zur Hüfte hing, war am Hals mit meiner kupfernen Adlerbrosche verschlossen.

Umhängetasche und der von uns mit Zutaten bestückte Patronengürtel waren kaum zu sehen.

Die zeitgemäßen Bundschuhe mit einer festen Ledersohle sind elegant anzusehen. Mein Umhang war weit auswerfend, dass die Zeitpfanne die ich wieder auf dem Rücken trug, auf den ersten Blick nicht zu erkennen war. Am Griff befestigt hing das Lederseil an der Pfanne und wird uns in Zukunft sicher helfen. Das Seil verlief von der rechten Schulter über die Brust, bis hin zur linken Seite und wurde an dem gleichen Karabinerhaken eingeklinkt, wie die Kupferpfanne auf der Rückenseite.

Kapitel 5

~Kloster~

Der Klosterhof, in dem wir standen, war von allen Seiten bebaut, mit zweistöckigen Wohn und Arbeitsräumen. Links und rechts befanden sich Torbögen. Der Eingangsbereich hatte einen mächtigen verzierten offenen Bogen. An der Klosterrückseite war zur Hofinnenseite ein Bereich mit drei Schmuckbögen zu sehen, die jeweils mit einem Tor geöffnet werden konnten. Über dem linken Tor auf der Rückseite des Hofes, reckte sich ein stattlicher Klosterturm mit einer opulenten Turmkuppel in den azurblauen Himmel hinauf.

In der Mitte des Platzes befand sich ein mit Holz überdachter Brunnen, mit einer Kurbel für den Holzwassereimer. Er wurde regelmäßig von einem kräftigen Mann hinabgelassen, um den vollen Eimer mit einem Kraftaufwand und mit zwei Händen wieder befüllt mit Wasser nach oben aus dem tiefen Brunnenschacht zu kurbeln.

In der hinteren Hälfte des belebten Hofes befand sich eine Art Feuerstelle mit einem für diese Zeit fortschrittlichen Herdofen. Aus Eisen geschmiedet mit 4 spektakulär gebogenen Beinen stand der zwei

Meter breite ovale Ofen vor uns. Mit einer Eisenplatte, die in der Mitte unter der Kochfläche mit 4 Ketten an ihrem Rand und an der, darüberliegenden Koch und Grillplatte befestigt war.

Auf dieser hängenden Plattform loderte ein Feuer. Das trockene Holz brachte die heiße Metallplatte auf hohe Temperaturen.

Man kann sagen, dass es sich hier um eine Art Vorgängergrill handelte.

Der Begriff Grillen war zu dieser Zeit nicht geläufig.

Am Rand der oberen Platte ragten Eisenstangen mit Haken, die nach oben zeigten in die Höhe. Ein Spieß mit einem verführerisch duftenden und knusprig aussehenden Zicklein, schwebte drehend zwischen den Stangen über der Kochstelle.

Es duftete schmackhaft und lecker nach geröstetem Fleisch, das immer wieder von einem korpulenten Mann, der einem Koch ähnelte, gedreht wurde.

Am Rand standen heiße Eisenpfannen, die auf ihren Einsatz warteten. Für uns als Freunde des guten Geschmacks war diese faszinierende Kochkonstruktion beeindruckend.

Rings herum wuselte das klösterliche Hofleben. Blecherne Klänge drangen an unsere Ohren.

Das vieren von Pferden und rufen von Eseln vermischte sich kräftig mit metallischen Geräuschen, die aus der klostereigenen Schmiede kamen.

Unter einer Überdachung waren 3 Frauen lautstark zu hören. Wir verstanden erst mal nicht, was sie sagten, da sie kontinuierlich ihre Wäsche auf den rauen Waschbrettern vor sich hin schrubbten. Mit der linken Hand hielten sie das Wäschestück und mit der rechten ein rundes, handgroßes Stück Seife.

Jede rubbelte besser als die Andere. Ihre weiten, wunderschönen Oberweiten und die ausschweifenden Hüften kamen durch die schrubbenden Bewegungen massiv und rhythmisch in Wallung.

Alle Damen hatten lautstarke Tagesgeschichten aus ihrer Familie zu erzählen. Bei der einen kam der Mann betrunken heim, den sie dann kaum ins Bett bekommen hat. Bei der anderen rauften sich die Kinder und zerschlugen das gute Geschirr im Haus. Die dritte Waschfrau berichtete teils mit emotionaler Stimme und mächtig aufgebracht über die Eigenschaften der Verehrer, die ihrer Tochter den Hof machten. Dem Töchterchen gefiel es der Mutter sichtlich nicht. Das ließ sie lautstark und bildlich erkennen. Sie ist aufgeregt, sodass ihr ständig die glitschige Seife aus der Hand glitt. Ihre Schürzen waren nass und die langen Haare hingen Schweiß und Wasserdampf durchdrängt in ihre rot angelaufenen Gesichter.

Mit ihren seifigen Unterarmen schoben sie immer wieder die vor die Augen fallenden triefenden Haarsträhnen nach hinten.

Die Wäscheleinen außerhalb der Überdachung waren voll behangen, als ein weiterer Holzkarren den Waschfrauen gebracht wurde. Diese Frauen waren in der Klosteranlage sichtlich verantwortlich für die gesamte Wäsche der Bewohner.

Uns wehte ein bekannter Duft entgegen, der uns das Wasser im Mund zusammenlaufen ließ.

Es roch lecker nach frisch gebackenem Brot. In der Ferne auf der anderen Seite des Hofes sahen wir einen Holzwagen mit vier Rädern, vor dem ein Esel eingespannt war.

Auf der Ladefläche stand eine Art Backofen aus gebranntem Ton, der sich zur Heckseite des Wagens öffnen ließ.

In einer weißen, angegrauten Kleidung und einer staubigen Kappe erkannten wir einen Bäcker, der fertig gebackene Brote aus seinem Ofen nahm. Wir gingen unverzüglich zu ihm hinüber und sprachen ihn an. Das Backwerk sah schön aus und duftete verführerisch und lecker.

„Wie ist euer Name? “

„Johann Eberle. Ich bin Reisebäcker und ziehe mit diesem Bäckerwagen durch die Lande und backe auf Höfen, Klöstern, Burgen und Marktplätzen für die Leute vor Ort.“

Er bot uns an zu probieren und wir waren begeistert von diesem Haferbrot.

Wir unterhielten uns weiterführend mit dem Reisebäcker und stellten fest, dass es sich um schwere körperliche Arbeit handelte, die Johann täglich zu leisten hatte.

Es ist schwierig, mit dem Holzwagen über das Land zu ziehen. Seitdem er seinen Esel hat, ist alles besser als zuvor, wo er den Backwagen selber zog.

„Ab dem Moment, wo die Räte das Recht zu backen von den Zunftregeln abhängig gemacht haben, bin ich jeden Tag mit dem Wagen unterwegs. Es gab Bauern, die hatten ihre eigenen Backöfen und backten selber. Andere nehmen regelmäßig diese Dienste in Anspruch.“

Als Großvater Franz Eberle anno 1490 die erste Bäckerfahrt mit seiner dreirädrigen Holzschubkarre und einem Lehmbackofen antrat, wurde diese Arbeit auf den Märkten und Höfen in Süddeutschland ein fester Bestandteil in unserer Familie. Nachdem mein Papa Karl diese Tätigkeit nach einer langen Bäckerausbildung bei seinem Vater Franz Eberle übernahm und Großvater nicht mehr über die Lande zog, wurde der Backwagen ausgebaut.

Papa konnte den Wagen mit seinen vier Rädern von vorne selber ziehen.

Nach einer Pause setzte sich Johann auf das rechte hölzerne Vorderrad des Bäckerwagens.

Er schaute uns mit einem traurigen Blick an und schnaufte kräftig, als ob ihn was bedrückt.

Mit Tränen anlaufenden Augen sah er uns an und fing an zu erzählen.

„Großvater, Vater, Mutter Maria und meine jüngere Schwester Elisabeth, die kurz davor war zu heiraten, sowie unser Bruder Gustav, sein Wunsch war es ebenfalls mit voller Leidenschaft Reisebäcker zu werden, starben alle im Bauernkrieg 1525 während der Aufstände."

Mit erhobener Stimme und bebenden Brustkorb schaute er uns an und fiel unter seinen schweren Schultern, die die ganze Last trugen in sich zusammen und sagte:

„Sie sind Opfer geworden, ohne selber zu kämpfen. Der Hof wurde von den Truppen der Obrigkeit überrannt. Das gesamte Anwesen ist zerstört."

Wir setzten uns links und rechts auf einen Strohballen und versuchten Johann zu beruhigen. Er holte Luft und erzählte weiter.

„Sie sperrten alle in unser Haus und blockierten den Ausgang von außen und zündeten es an. Die Verbrecher blieben lachend und spottend stehen und ergötzten sich auf ihren Pferden am Geschrei.

Sie blieben noch eine Weile, um sicherzugehen, dass keiner überlebte.“

Mit schluchzender Stimme und sichtlich berührt, sah er wieder zu uns und wischte sich die Tränen, mit der vor Mehl staubenden Bäckermütze aus dem Gesicht. Seine Wangen waren von mehligen Tränenflüssen gezeichnet.

Wir sagten nichts und schauten ihn mit tränenden Augen an.

„Ich schäme mich bis heute und in alle Ewigkeit am Leben zu sein.“

Johann schüttelte seinen Kopf, um Unverständnis auszudrücken.

„Es war ein Sonntagnachmittag, nachdem sämtliche Familien aus der Kirche vom Gottesdienst nach Hause gingen, um Mittag zu essen. Wie immer wurde sich dann ausgeruht.“

Wir fragten ihn mit feuchten Augen und schniefenden Nasen, wie er überlebt hatte? Er schaute uns mit weit aufgerissenen Augen und klarer Stimme an.

„Vater schickte mich in den umliegenden Wald, um Beeren zu sammeln für unser Kuchen Backwerk der kommenden Woche.

Johann, sagte er mit seiner erhobenen und rauen Stimme immer liebevoll. Schau, ob du Pilze findest, die können wir dann trocknen.“

„Ja das mach,“

„rief Mutter mit ihrer sanften Stimme Vater zu. Sie fädelte die Pilzauswahl ständig auf eine Schnur und hing sie an die flachen Dachbalken in die Nähe des Kamins unseres Bauernhauses.

Das waren die letzten Worte meiner Eltern.

Ich war mittlerweile ein paar Stunden im Wald unterwegs, als auf einmal die Erde angsteinflößend bebte. Es hörte nicht auf zu vibrieren.

Ich war nicht weit von der Waldstraße und dem Elternhaus, als mit einer enormen Gewalt die Truppen der Obrigkeit auf ihren monströsen Pferden durch dieses Gebiet ritten, zielgerichtet auf das Dorf zu.

Unser Haus war eines, das am Waldrand lag, auf das die Berittenen als Erstes treffen würden. Es waren sicher hundert oder mehr schwer bewaffnete Soldaten.

Ich überlegte, was würden Vater und Großvater an meiner Stelle tun?

Sie sagten mir immer. Wenn Gefahr droht, renn um dein Leben Junge. Lauf, solange dich deine Beine tragen.

Ich versteckte mich in einer Höhle, die aus mächtigen Steinen bestand. Trotz der Entfernung hörte ich Schreie von Menschen, die dem Tode nahe sind und hielt mir die Ohren zu.

Am kommenden Morgen verließ ich das Waldgebiet in Richtung Dorf. Die Rauchschwaden legten sich wie ein schwarzes gigantisches Leichentuch über die gesamte Siedlung. Es lag ein stechender und beißender Geruch in der Luft, der nach verbrannten und verkohlten Fleisch roch.

Kein Haus, Stall oder Scheune und Schuppen stand mehr.

Da, wo gestern unser Zuhause war, befand sich nur noch ein einzelner Steinkamin."

Johann griff zitternd mit der rechten Hand von oben durch den Kragen in sein Bäckerhemd und zog ein Christuskreuz aus seiner Brust.

„Dieses Kreuz ist das einzige, was ich in der Asche meines Elternhauses gefunden habe.

Mama Maria trug es täglich bei sich. Sie hatte es von ihrer Mutter und die von ihrer. Das Jesuskreuz wird immer bei der Hochzeit der ersten Tochter weitergegeben.

Schwester Elisabeth sollte es vier Wochen später zu ihrer Vermählung erhalten.

Ich hielt mich ein paar Tage im Dorf auf und hoffte, dass jemand überlebt hatte. Es gab keine Hoffnung mehr. Nachdem ich mehrfach über unser Anwesen gegangen bin und einen verabschiedenden Blick zurückwarf, ging ich zum Wald.

Dort stand am Wegesrand Vaters Bäckerwagen.

Er hatte ihn jeden Tag unter den Bäumen abgestellt, um ihn vor Regen zu schützen. Ich nahm mir den Wagen und machte mich auf den Weg Richtung Osten, der aufgehenden Sonne entgegen.

Dieses Unglück ist heute, am 16. September 1537, auf den Tag 12 Jahre und 3 Tage her. Ich denke jeden einzelnen Tag daran zurück.

Das wird sicher immer so bleiben.“

Mit einer bemerkenswerten Fassung stand Johann auf. Hängte sich das Kreuz um und stopfte es unter sein Bäckerhemd. Er schnaufte heftig durch, bis sich sein Brustkorb hochschob, und kreuzigte sich. Seine Bäckermütze setzte er akkurat wieder auf seinen strubbeligen Kopf, wie es sich für einen Bäcker gehört und streckte seine Arme nach hinten über den Rücken, um kräftig Luft zu holen.

Mit ein paar Schritten war er an der Ofentür, um nach den Broten zu sehen.

Wir waren schockiert, was Johann uns aus seinem Leben erzählte. Sophie und ich schauten uns an und taten es ihm gleich. Nach ein paarmal tief Luft holen ging es wieder etwas besser und so freuten wir uns auf seine duftenden Backwaren.

In Gedanken versunken, was dem Gespräch mit unserem Bäcker geschuldet war, bemerkten wir erst später, dass sich ein Junge, drei, bis vier Jahre alt am Heck des Bäckerwagens zu schaffen machte.

Johann fing an zu schwitzen, während er die Backofentür öffnete.

Er nahm mit dem mächtigen hölzernen, nach vorne breit auslaufenden Bäckerbrett das fertige Brot aus dem Ofen, wo die Holzkohle gefährlich vor sich hin glühte.

Er konnte den Knaben unter dem breiten Schieber nicht erkennen. Die Hände des Jungen waren schon auf dem Weg zur heißen Ofentür, die offen stand.

Ich rief mit bebender Stimme, dass Johann aufpassen solle. Der Bäcker sah hinunter, zog den Brotschieber samt Brotlaib aus dem dampfenden Backofen und schleuderte ihn in die Höhe.

Er stolperte während des Rückwärtslaufens über seine eigenen Füße nach hinten und fiel in eine Pfütze. Dort versammelten sich zahlreiche Hennen und ihre Küken, um an der Wasserpfütze zu saufen.

Die Tiere erschraken beim Einschlag vom Bäcker in das Wasser und rannten mit Geschrei und Getöse auseinander. Johann verschaffte sich mit ausgestreckten Armen und seinem breiten Hinterteil Platz in der trüben Wasserlache.

Der Bub lief spielend weiter mit seinen Händen Richtung Ofentür. Sophie schaute aufmerksam in die Höhe und rief aus voller Kehle.

„Mark, schau dort, der Junge!“

Der heiße qualmende Brotlaib kam von oben direkt auf den Kleinen zu. Ich sprang zu ihm hin, riss ihn vom Ofen weck und warf mich beschützend auf ihn. Beide lagen wir unterhalb der Tür, als das schwere Brot mir auf den Rücken krachte. Es verursachte einen Knall, bei dem der heiße Laib in unzählige knusprige Stücke dampfend zersprang und sich auf dem gesamten Hof verteilte.

Hühner, Gänse und Enten machten sich sofort an die Arbeit und pikten die Brotreste in Windeseile auf.

Ich erhob mich und stellte fest, dass die Pfanne auf meinem Rücken Schlimmes verhindert hatte.

Der Kleine war sichtlich erschrocken und rannte auf einmal mit ausgestreckten und wedelnden Armen zu einer gut aussehenden, elegant gekleideten Dame mit einer hochgesteckten Frisur, die durch ein, mit glänzenden Fäden durchzogenes Haarnetz gehalten wurde. Der silberne orangefarbene Haarreif über der Stirn gab dem schmückenden Netz einen festen Sitz. Sie kam weinend auf uns zu und der Kleine sprang an ihrer Schürze hinauf, direkt in ihre Arme.

Johann der Bäcker kam durch die Hilfe von den drei korpulenten und temperamentvollen Waschweibern, triefend nass und verdreckt aus der Pfütze.

Sie kamen rasch mit ihren seifigen Händen und den nach vorne fallenden, feuchten Haaren aus dem Waschhaus herbeigelaufen, von wo aus sie das Treiben, was wir hier veranstalteten, beobachtet haben.

Sie packten den Bäcker an den Armen, um ihn aus der Wasserlache zu ziehen. Das klappte nicht sofort und sah komisch aus, denn Johann rutschte immer wieder zurück in das Schmutzwasser.

Es platschte und klatschte mit jedem Fall von ihm, wenn er in das Wasser zurückfiel.

Sophie lief zu den Wäscherinnen und half ihnen, indem sie mit den Schürzen der Frauen ihre seifigen Arme abrieb. Mit den trockenen Damenhänden stand Johann gleich wieder auf den Beinen.

Eine der Waschfrauen ging auf die Dame mit dem Kleinen zu und rief mit einer herrischen Stimme.

„Käthe, Käthe, die Fremden haben deinem Jüngsten das Leben gerettet.“

Zeigte voller Emotionen und einem roten Kopf, der ein liebevolles Lächeln zu Tage trug mit beiden Händen auf uns. Im ganzen Hof schalte das Echo der hallenden Rufe, dass die Bewohner im Inneren des Klosters zu den Fenstern liefen und vor Aufregung hinaus riefen, was passiert sei! Das Quietschen, Klappern der Fensterläden, gemischt mit dem Murmeln der Hofleute und dem Geschrei der Menschen, die aus den Gebäuden schauten, verschmolz mit dem Gackern der Hühner und das Meckern der Ziegen zu einer eigenen Sinfonie.

Dies verpasste uns schier eine Gänsehaut. Katharina streckte den Kleinen mit beiden Händen in die Höhe, um den Anwohnern im Hof und an den Fenstern zu zeigen, dass es ihm gut ging. Sie zeigte mit ihrem linken Arm auf uns und rief den Menschen zu, dass wir ihrem Söhnchen das Leben gerettet haben. Auf einmal kamen aus allen Richtungen des Hofes Bewohner auf uns zu und bedankten sich mit schluchzenden Stimmen und frohen Gesichtern.

Wir standen wie angewurzelt da und hatten damit nicht gerechnet, als in diesem Moment die weinende Mutter zu uns kam.

„Mein Geburtsname ist Katharina von Bora, heutige Luther. Ich bin hier die Hausherrin, Herbergsmutter und Hof-Organisatorin. Wir stehen in eurer Schuld!

Vielen Dank, dass ihr das Leben unseres Sohnes gerettet habt."

„Wir taten das, was jeder andere getan hätte. Ihr Kleiner hatte Glück. Wir waren zur rechten Zeit am richtigen Ort. Das ist Sophie und mich können sie Mark nennen."

„Schön, dass ihr da seid.

Betrachtet euch als Gäste im schwarzen Kloster und seid persönlich von mir und Martin Luther eingeladen.

Wir geben heute Abend euch zu Ehren ein Fest der Freude. Seid willkommen an der Tafel.

Begleitet mich zu eurem Zimmer. Ihr solltet euch ausruhen nach dieser Aufregung."

Sprach Katharina und nahm uns mit.

„Wenn ihr möchtet, zeige ich euch gern das gesamte Kloster mit seinen Ländereien und mache euch mit seinen Bewohnern bekannt.

Ihr habt ja schon ein paar kennengelernt. Nachdem ihr ausgeruht habt, treffen wir uns als Erstes in der Küche.

Dort könnt ihr eine Kleinigkeit essen.

Ich freue mich, dass ihr bei uns seid.“

Wir dankten nickend.

Auf dem Weg zur Klosterküche war zu sehen, dass die Gänge und Flure, die wir entlang liefen, spartanisch ausgestattet waren. Es sah aus, als ob jemand die klostertypischen Reliquien, Bilder und Skulpturen entfernt hatte.

Zu erkennen waren Reste von Figuren Friesen aus Sandstein, die unterhalb der Dachtraufe in das mächtige Mauerwerk eingearbeitet waren. Alle Motive waren von Heiligen mit Bettlern, Löwen, Riesenvögel und Menschen, die Pfeil und Bogen trugen, zu sehen.

Abbilder von Adam und Eva, ein Baumeister, sowie Kain und Abel, die sich schlugen, waren zu erblicken. Diese Bildnisse wurden sicher vor langer Zeit angebracht und waren teilweise kaum mehr deutlich zu sehen.

Wir folgten einem flackernden Licht und dem nach leckeren Essen duftenden Geruches bis zum Ende des Ganges. Uns erwartete ein Gewusel von Küchenkräften.

Von rund bis schlank und rank, sowie Alt und Jung. Die einen waren, am Hühner und Enten rupfen. Die Anderen am Gemüse schneiden oder am Kuchen backen. Brot wurde hier nicht zubereitet.

Dafür war Johann Eberle mit seinem Bäckerwagen zuständig. In der Mitte tanzte eine mir bis zur Brust reichende, korpulente Frau.

Sie war mittleren Alters und trug eine wunderhübsche Kochmütze, die am saubersten aussah. Die kräftige und dominant auftretende kurz gewachsene Frau schwang wie ein General, den mächtigen Kochlöffel wie ein Zepter in die Höhe, knapp über die Köpfe der anderen hinweg.

Ihre rhythmischen Bewegungen erinnerten mit dem verführerischen Hüftschwung an einen Bauchtanz. Ihr Küchenkleid war eng und straff geschnürt, so dass ihre prallen Brüste ein wunderschönes Dekolleté zum Vorschein brachten.

Die sich hervortuende geballte Schönheit glänzte verschwitzt, dass die Schweißperlen von den blickfangenden Anhöhen, in der Mitte zusammen liefen und im sich auftuenden Tal wie ein Rinnsal in die Unendlichkeit ihrer Bluse eintauchten.

Mit einem strengen Auftreten hatte die temperamentvolle Küchenchefin ihr Reich voll im Griff und alle spurten, denn der mächtige Kochlöffel sah bedrohlich aus. Das offene Feuer brannte in einem begehbaren Gewölbekamin. Er lag gegenüber des Kücheneingangs. Der Rundbogen, durch den wir in die Küche eintraten wiederholte sich, auf jeder der vier Küchenwände und bildete Arbeitsbereiche mit Tischen und Bänken aus Holz.

In den lodernden Flammen standen mehrere dreibeinige Töpfe aus Metall in verschiedenen Größen. Jeweils mit einer Abdeckung und verziert mit einem schlangenförmigen Muster, rund um den kugeligen Bauch.

Die Küchenchefin rief bestimmend und liebevoll und zeigte mit erhobener Stimme auf ein zierliches Küchenmädchen. Johanna, nimm sofort die Deckel von den Grapen und meinte die Dreibeintöpfe. Das Mädchen war elegant und ordentlich gekleidet. Für diesen Ort war sie ein bemerkenswertes Erscheinungsbild.

Johanna lief geschwind zu den Töpfen und tat das, was ihre Chefin Gertrude von ihr verlangte. Ihr elegant abfallendes Küchenkleid wurde von einer plakativ korrekt sitzenden Schleife aus breiten, rotblauen Bändern geschmückt. Die am Bauch gebundene lange Schürze mit zwei aufgenähten Taschen gab halt. Die schöne Küchenschürze ging nach oben über die flache Brust bis zum Hals, wo sie im Nacken verbunden wurde.

Das Häubchen, das Johanna trug, passte perfekt zu ihrer Kleidung. Die grazile Erscheinung dieses Fräuleins, die sicher nicht verheiratet war und nicht das Alter zum Heiraten erreicht hatte, stand dem ihrer Chefin in nichts nach. Bis auf das Dekolleté, damit konnte Sie noch nicht dienen.

Mit ihrem schüchternen Wesen war das Mädchen hier im schwarzen Kloster, bei Katharina Luther in den besten und sichersten Händen, die man sich in dieser Zeit vorstellen konnte.

Inmitten des Feuers befand sich eine Art Metallgestell, mit einer Höhe von einem halben Meter. Darauf stand eine breite glasierte grüne Pfanne. In der, wie es aussah, Wachteln oder Täubchen schmorten. Zu sehen war, dass die Schmorpfanne einzig von Gertrude betreut werden durfte, die akribisch acht gab.

Es duftete herrlich nach geschmortem Fleisch, das auf dem Drehspieß mit Bier übergossen wurde. Es knisterte und zischte um uns herum.

Die Küchenfrauen, die hier in der Küche hauptsächlich ihrer Arbeit nachgingen, tuschelten, gackerten und quiekten vor sich hin.

Sie tauschten ihre persönlichsten und intimsten Geheimnisse bei der Zubereitung dieses Festmahls aus. Es war erstaunlich, wie uns das Zuhören fesselte.

Diese schamlosen Details aus ihrem Privatleben, die hier ungeniert über den Küchentisch gingen, ließen uns rot werden und immer wieder stoppend nach Luft schnappen. Was wir da hörten, war den Frauen egal, denn es blieb innerhalb der Küche.

Sie waren in ihrem Revier und sie hatten recht, denn in ihren Familien, die streng gläubig zu dieser Zeit waren, hatten sie nicht die Möglichkeit, hemmungslos und frei diese Themen zu bereden.

Teilweise waren sie im heiratsfähigen Alter oder verheiratet. Es gab Frauen, die auf der linken Seite zusammen saßen und über Dinge des Alltags in einer traurigen Stimmung redeten. Sie gingen in einer Perfektion ihrer Arbeit nach, ohne dass sie von Gertrude angesprochen wurden.

Die meisten waren älter und hatten unseres Zuhörens zu urteilen, im Bauernkrieg von 1524 bis 1526 ihre Ehemänner oder Söhne verloren. Katharina wird uns später bestimmt Näheres darüber berichten.

Holztröge mit Mehl und Hafer standen auf einem Tisch. Nebeneinander auf einer Holzleiste mit runden Vertiefungen, wie an einer Kette, waren unzählige frische weiße, braune und gescheckte Eier zu sehen. Eine Küchenfrau, die sichtlich in nächster Zeit in Erwartung war, wurde von Gertrude mit Frida gerufen und sollte an dem Tisch, wo sich die Hühnereier und das Mehl befanden, mit einem hölzernen Rührlöffel den Pfannkuchenteig in einer breiten Schüssel kräftig aufschlagen. Die werdende Mutter setzte sich dabei auf einen dreibeinigen Holzhocker. Gertrude rief ihr von hinten liebevoll zu, sie solle den Honig nicht vergessen.

Ihre Küchenschürze war der von Johanna ähnlich. Das Muster ist komplett in Rosa gehalten und uns fiel auf, dass sie die Einzige war, die diese Farbe trug. Es ist anzunehmen, dass es etwas mit ihrem Umstand zu tun hat.

Von den Querstangen, die wie ein Sternenmuster über den Köpfen der Küchenfrauen schwebten und in den umliegenden Küchenwänden verankert waren, hingen getrocknete Kräuter, wohlduftende Knoblauchzöpfe, raschelnde Zwiebelkränze, verschieden farbige Pilzketten, bunte, frische und trockene Schotensorten. Auch geräucherte Würste, von Blutwurst bis Leberwurst und sogar Schinkenbollen hingen dort.

Das hängende Lagersystem war von unzähligen Leckereien durchzogen, die dieser rustikalen Küche ein tolles Flair gaben. Uns fiel auf, dass sich auf den hölzernen Arbeitstischen Zinnkrüge in verschiedenen Größen befanden. Keiner war mit Wasser, sondern alle mit Wein gefüllt. Diese Frage würde später beantwortet werden, denn Katharina stand auf einmal neben uns und hatte auf einem elegant geschnitztten Holzbrett ein paar wunderbar nach Blaubeeren duftende Kuchenstücke.

„Bitteschön und lasst es euch schmecken."

Sie nahm ebenfalls eins und schaute uns mit einem frohen Lächeln an.

„Ihr dürft mich Käthe nennen, wie die anderen.

Kommt, gehen wir."

Sprach sie und zog uns so kräftig an den Ärmeln, dass die Kuchenkrümel aus den Händen glitten und auf den Küchenboden fielen.

„Ihr bekommt später beim Essen einen Einblick in mein Kochbuch"

und zeigte, mit dem Linken zeige und Mittelfinger auf das in einem Lederumschlag, im Regal stehende dicke Rezeptbuch.

„Ihr könnt euch später beim Speisen Zeit für das Buch nehmen."

Johanna, das schlanke und hübsche Küchenmädchen, öffnete uns die massive hölzerne Küchentür mit einem freundlichen Nicken. Die Tür war mit einem im Zentrum geschmückten Fensterquartett verziert.

Die Glasscheiben der Fenster waren nicht klar wie das Glas aus unserer Zeit. Es gab Unregelmäßigkeiten, die das durchscheinende Bild unscharf erkennen ließen.

„Das schwarze Kloster“,

sprach Käthe zu uns.

„Dies ist in dieser Region bekannt und beliebt. Seine Gärten und die Viehzucht versorgen nicht nur dieses Anwesen, sondern unterstützen viele Familien im naheliegenden Umfeld.“

Käthe strahlte in dem Moment, als wir von der Küche in den Vorgarten hinaus traten.

Kohl, Kürbis, Paprika, Tomaten, Sellerie und andere Rüben-Arten reckten ihre Blätter in die Höhe. Zwei alte Apfelbäume schoben ihre Zweige und Äste in den Himmel.

Apfelzweige bogen sich und konnten die schwere Last der Früchte kaum tragen. Die zahlreichen verschiedenen Obst- und Gemüsesorten waren auf die Schnelle nicht zu erkennen. Es sah beeindruckend aus, wie die drei Gartenarbeiter präzise taten, was zu dieser Jahreszeit erforderlich war.

Der Küchengarten verlief abfallend einen flachen Hang hinunter und war ringsherum, durch den akkurat gesetzten hölzernen Lattenzaun, mit seinen nach oben auslaufenden Spitzen, umrahmt.

Die Hausherrin führte uns durch den Garten bis hin zu einer quietschenden Gartentür. Sie schob uns mit ihren offenen Händen, auf dem Rücken hindurch. Linkerhand stand eine wunderschöne, teilweise abgesessene Holzbank im Schatten des mächtigen Apfelbaumes.

Käthe bat uns, auf der Bank platz zu nehmen. Der Blick über die sich auftuende grüne Ebene brachten Bauernhäuser, Scheunen, Ställe und die ersten gebundenen Heuhaufen auf der sich vor uns ausbreitenden Landschaft zum Vorschein.

Sophie fragte mit einem verschmitzten Lächeln, ob wir ein paar persönliche Fragen stellen dürften. Wir sahen Käthe erwartungsvoll an.

„Bitte, aber gerne."

„Stammt ihr hier aus der Gegend und seit wann führt ihr dieses Anwesen?"

„Ich bin 1499 in der Nähe von Leipzig zur Welt gekommen."

Die Vorbestimmung war, dass ich das Leben in einem Kloster verbringen sollte, und das mit einer platonischen Liebe zu Jesus Christus. Meine ersten Jahre verlebte ich im Zisterzienserinnenkloster Mariathron bei Brehna. Dort gab man mir eine gute schulische Ausbildung, an die ich heute immer wieder zurückdenke. Ab dem 10 Lebensjahr sollte ich in Nimbschen zur Nonne werden.

Dieses Städtchen liegt südlich von Grimma in Sachsen, am schönen Flüsschen Mulde. Unsere Familie ist von adliger Geburt.

Enorme Geldsorgen waren an der Tagesordnung, die es meinen Eltern nicht ermöglichten, mich großzuziehen. Sie nutzten die Möglichkeit und fuhren unter Tränen und voll von Schuldgefühlen, von Brehna nach Nimbschen. In diesem Kloster mussten sie keine Aufnahmegebühr bezahlen, da Tante Magdalena von Bora, mehrere Jahre als Nonne dort lebte und die Äbtissin, Margarethe von Haubitze, eine Verwandte mütterlicherseits von Mutter war.

Es bot sich meinen Eltern die Möglichkeit, ihren Haushalt zu verkleinern.

Zu dieser Zeit war klar, dass ich bis zum Lebensende im Heimatkloster in Nimbschen das Leben verbringen sollte, wo ich mich Gottesdiensten, Haus und Gartenarbeiten sowie Lektüren zu widmen hatte, wie es für Nonnen vorgesehen ist.

In diesem Zisterzienserinnenkloster lebten wir unter dem Regelwerk der Benediktiner und der Zisterzienser, die ihren Lebensalltag nachdem des heiligen Benedikt von Nursia ausrichteten.

Den Tag verbrachten wir in einer bescheidenen und gottesfürchtigen Lebensweise, geprägt mit Gebeten, Lesungen von Schriften, Schlaf und der anfallenden Arbeit, sowie dem Versprechen, unser Leben mit einer simplen Ernährung im Zölibat zu verbringen.

Im Winter gab es eine Mahlzeit am Tag und im Sommer zwei Gerichte zum Essen. In der Fastenzeit vor Ostern mit ihren vierzig Tagen durften wir die einzige Speise am Tag vor Einbruch der Dämmerung zu uns nehmen.

Die Gespräche wurden weniger und die Launen der Nonnen waren schwer zu ertragen. Brot war die Hauptnahrung im Kloster. Davon standen uns pro Person dreihundert Gramm am Tag zur Verfügung.

Bei körperlichen Arbeiten konnte die Ration erhöht werden. Wir assen Brotlaibe mit Weizen, Roggen und Hafer. Das edle Weißbrot wurde den Kranken vorbehalten.

Aus den Klostergärten, wo wir Obst und Gemüse selber anbauten, gab es am Abend für jede zum Brot, Geerntetes aus dem Garten. Wir genossen diese Mahlzeit mit Wasser verdünnten Wein. Öle und Fette durften die Zisterzienser nicht verarbeiten. Es gab weder Fleisch, Fisch, Eier, Milch sowie keinen Käse. Diese Speisen waren uns nicht gestattet.

Am Ende meiner Klosterzeit wurden die Regeln vereinfacht und es gab wenig, aber ab und zu ein Fischgericht.

Mein Mann Martin Luther verfasste 1522 eine Schrift, die besagte, dass es das Recht von jedem Menschen sei, frei zu entscheiden, ob er das Gelübde in einem Kloster ablegt oder nicht.

Damals wurden viele Nonnen sowie ich als Kind, dem Klosterleben unterworfen, ohne selbst Einfluss auf diese Lebensentscheidung zu nehmen.

Fluchtgedanken drängten mir Tag und Nacht durch den Kopf und ließen mich nicht mehr schlafen. Nicht das entbehrliche Leben im Kloster oder das Keuschheitsgelübde waren Grund für meine Gedanken, sondern Luthers Bibelauslegung zur Rolle der Frauen in unserer Zeit.

Der Karren des Bürgers aus Torgau mit dem Namen Leonard Koppe traf zu Ostern, anno 1523, in Nimbschen ein und belieferte, das Kloster mit Lebensmitteln jeglicher Art.

Beim letzten Besuch dieses Herren hatte ich gemeinsam mit acht meiner Glaubensschwestern den Kontakt zu ihm aufgenommen.

Wir fragten ihn, ob er bereit wäre, uns die Flucht von diesem Ort zu ermöglichen? Leonard sagte uns seine Hilfe zu.

Nach dem Abendgebet gingen wir zum äußeren Bereich, der für klosterfremde Personen den Zugang bewilligte. Wir passierten somit die unsichtbare

Grenze zwischen dem geistlichen und weltlichen Umfeld dieses Klosters.

Ab dem Moment gab es kein Zurück mehr. Wir waren einzig mit Arbeitskleidung bekleidet, in der man uns nicht gleich als Nonnen erkannte.

Am Ende des Platzes sahen wir Koppe die leeren Fässer auf seinen Karren laden. Das Abendlicht verdunkelte sich rasch und die Laternen waren noch nicht entzündet. Leonard drehte sich weck und tat, als ob er nichts sah. Er kümmerte sich, uns ignorierend, um sein Pferdegespann. Die Holzfässer standen in Zweierreihen hintereinander auf dem Wagen ohne Deckel, so dass wir eine nach der anderen geräuschlos mit uns füllten.

Nachdem das Gespann versorgt war, tat er seine reguläre Arbeit. Er nahm seinen breiten Hammer und verschloss mit den Holzdeckeln die Heringsbehälter.

Als Ratsherr und glaubwürdiger Bürger von Torgau war sich Leonard Koppe sicher, dass er alle Straßen und sämtliche Tore komplikationslos passieren konnte, ohne dass sich jemand über das Gewicht der Fässer wunderte.

Die Furcht und die Angst, dass wir entdeckt werden könnten, ließ mich zittern und erschaudern. Mir wurde übel, doch das kam nicht vom, nach alten

Fisch stinkenden Holzfass, sondern dass keine Frischluft mehr in das Fass gelangte und wir vor Angst erwischt werden. Mir drehten sich die Augen und Schweiß lief mir den ganzen Körper hinunter. Ich war komplett nassgeschwitzt, der Angstschweiß schmerzte auf der Gänsehaut, die ich in diesem Augenblick bekam. Mich schüttelte es immer wieder, ähnlich wie bei Fieber. Die Vorfreude auf mein neues Leben, das beim Sonnenaufgang am Ostersonntag in Wittenberg beginnen sollte, hielt mich bei Kräften und gab mir Mut.

Wir fuhren auf die Stadt zu und wurden von Martin Luther empfangen, der sofort in der Öffentlichkeit Stellung zu dieser Flucht bezog.

Er schlug Leonard Koppe auf die Schulter und beglückwünschte den tapferen Bürger von Torgau zu seiner Tat, die von Herzen kam. Luther übernahm in unserem Beisein die komplette Verantwortung dieser Flucht.

Koppe wurde als Torgauer Ratsherr und Ehrenmann namentlich mit Fluchthelfer benannt.

Ich war erstaunt von dieser Rede, die Leonard als unbescholtenen Mann von Ehre weiterziehen ließ. Luther sagte mir später, dass er damit jegliche Heimlichtuerei vermeiden wollte, da es sich hierbei um eine gottgefällige Tat handelte, für die sich niemand in Zukunft und Heute schämen müsste.

Mit erhobener Stimme und einer unheimlichen Ruhe sprach er, indem er sich mir eng zuwandte, dass die Ehre der geflüchteten Frauen geschützt werden konnte, wenn der Name dieses Fluchthelfers, der als Ehrenmann für Zucht und Ordnung steht eine gut abgelaufene Befreiung garantiert.

Mit aufgerissenen Augen sah er mich an und sagte:

„Ihr seid entlaufene Nonnen, das ist schlimm genug für die Öffentlichkeit! Es darf euch nicht der Verlust eurer Jungfräulichkeit während der Flucht vorgeworfen werden.“

„Die Eindrücke, die nach der Klosterflucht auf mich wirkten, waren überwältigend. Ich kam erst einmal in verschiedenen Haushalten unter, wie dem des Juristen und späteren Bürgermeisters von Wittenberg Philipp Reichenbach. Anschließend beim älteren berühmten Maler Lucas Cranach.

Bisher hatte ich in meinem Klosterleben kaum einen Mann gesehen oder gehört. Nach der Zucht im Kloster war es aufregend in den Bürgerhäusern dieser unglaublichen Stadt zu sein und regelmäßig die intellektuelle Avantgarde dieser Zeit zu treffen.

Wie Luther, Philipp Melanchthon, die Cranachs, sowie verschiedene Universitätsprofessoren, Geistliche, Juristen und Gelehrte.

Im Jahr 1523 befand sich der König von Dänemark Christian II. im Hause von Lucas Cranach. Er hoffte, nach seiner langen Reise auf deutsches Exil, in der Hoffnung, adlige Unterstützung zur Rückbeanspruchung des Thrones zu finden.

Ich wurde ihm vorgestellt.

Er sah in diesem Moment nicht wie ein König aus, eher wie ein gut gekleideter Bürger, was seinem Anlass entsprach. Er war von mir angetan, was mich erschreckte und überraschte, da ich mit derartigen Vorgehensweisen von Männern keine Erfahrung hatte. Ich war achtsam.“

König Christian machte mir als Aufwartung einen goldenen Ring mit einem Edelstein zum Geschenk. Meine Abkehr vom spirituellen Leben einer Nonne, hin zur Selbstbestimmung und Selbstbewusstsein, spiegelte sich erstaunlicherweise im Geist der Zeit wieder.

In Gesprächen mit Frauen aus der Nachbarschaft waren diese neuen Eigenschaften zu spüren.

In der Zeit, während meiner Aufenthalte in den Häusern Reichenbach und Cranach, festigte ich die Kenntnisse über das Kochen und baute die hauswirtschaftlichen Fähigkeiten, die mir als Nonne beigebracht wurden, mit voller Hingabe und Freude aus.

Von verschiedenen Heiratsanträgen unterschiedlichster Charaktere aus Wittenberg und Nürnberg, die sich alle im Sand verliefen, verfasste Luther Briefe an diverse Heiratinteressenten und fragte diese, ob sie Interesse an mir hätten. Der ein und andere war interessiert, doch ich hatte keine Ambitionen an diesen Herrschaften. Er selber kam zu dieser Zeit nicht auf die Idee zu heiraten. Um aus der Verkupplungssituation herauszukommen, schrieb ich einen Brief an Luther seinen Freund Nikolaus von Amsdorf und zog ihn in mein Vertrauen. Martin las das Schriftstück, indem stand, dass ich keinen von den angedachten Heiratskandidaten akzeptieren werde, und schlug selber zwei Herren vor.

Ich zeigte Bereitschaft, Nikolaus von Amsdorf oder Martin Luther zum Ehemann zu nehmen. Obwohl beide älter waren, spielte ich in Gedanken damit, dass er diese Idee nicht ablehnt.

Er kam mit dem Brief in der Hand zu mir und sah mich mit seiner hochgezogenen Stirn fragend an. Es sah aus, als ob er der Heirat nicht abgeneigt war.

„Du hast recht“,

sagte er.

„Warum sollten wir nicht das, was ich predige, vorleben? Alle menschlichen Bedürfnisse göttlichen Ursprungs.

Hierzu gehören Fortpflanzung und körperliches Beisammensein. Jungfräulichkeit und Ehelosigkeit stehen mit der gottgewollten Natur des Menschen im Widerspruch."

Als Letztes sagte er in seiner pragmatischen Art eines Heiratsantrages.

„Eine Frau kann einen Mann so wenig entbehren wie essen, trinken, schlafen und sonstiges Verlangen."

Unsere Heirat resultierte aus der Abneigung dem Papst gegenüber, wie aus der über Jahre gewachsenen Zuneigung zu mir.

Wir gaben uns das eheliche Jawort am 13. Juni 1525, im winzigen Kreise der liebsten Menschen, die wir hatten.

Der Pfarrer von Wittenberg, Johannes Burgenhagen, ein langjähriger Freund meines Mannes, ließ es sich nicht nehmen, unseren Bund der Ehe persönlich zu segnen. Bis heute sind wir mit allen drei Trauzeugen eng verbunden, die uns in der schweren Zeit nach der Heirat mit Rat und Tat zur Seite standen.

Justus Jonas, der Probst der Wittenberger Schlosskirche und Doktor Johann Apel, ein populärer Jurist der Universität, sowie der enge Freund, der berühmte Maler Lucas Cranach mit seiner Ehefrau Barbara sind immer für uns da.

Das gigantische Hochzeitsfest zum Anlass der Trauung fand zwei Wochen später mit Kirchgang und einem gewaltigen Festmahl statt.

Damals und heute ist es üblich, doppelt zu heiraten. Auf unserem Fest war den Gästen, sogenannten Freunden von Luther anzumerken, dass sie mit der Hochzeit eines rebellischen Mönchs und einer entflohenen Nonne nicht einverstanden waren. In einem Gespräch mit Philipp Melanchthon unter uns dreien, während der opulenten Feier, befürchtete unser Freund unangenehme Reaktionen von Luthers Gegnern, sowie von Mitstreitern seiner Reformationsarbeit.

Martin erhob sein Glas und bat die gesamte Hochzeitsgesellschaft um Ruhe.

Der Saal verstummte.

Luther gab eine Weile nichts von sich, um die volle Aufmerksamkeit seiner Gäste zu haben.

Er erhob seine Stimme und zitierte den Vers aus der Bibel.

„Sprüche Salomons 31,10, wem eine tüchtige Frau beschert ist, die ist edler als die köstlichsten Perlen.

Ihr Mannesherz darf sich auf sie verlassen und Nahrung wird ihm nicht mangeln. Sie tut ihm Liebes und kein Leid ihr Leben lang."

„Sein Schlusssatz war."

„Ich habe die richtige Wahl getroffen."

Am 27. Juni 1525 fand unsere zweite Hochzeit statt. Überraschend war, alle Wittenberger Ratsherren waren anwesend und ehrten uns mit einer fulminant sortierten Auswahl an edlen Getränken, wie unzählige Liter Malvasier, Rheinwein und Frankenwein als Hochzeitsgeschenke.

Auf einmal stand Leonard Koppe vor uns und sah mich an, als ob er mir wieder helfen wollte. Wie damals, bei der Flucht aus dem Kloster Nimbschen.

Flüsternd sprach ich zu ihm. Dass alles gut ist, und ich bin hier angekommen. Luther schaute ihn an und bestellte frech und unverschämt bei ihm ein Fass torgisches Bier als Geschenk für uns beide. Ich war erstaunt über die Dreistigkeit meines Mannes. Leonard gab ihm die Hand und sagte.

„Das tue ich gerne für sie und ihre Frau Käthe."

Neben dem Hopfengetränk aus Torgau gab es das Einbecker Feinschmeckerbier.

Das damals Marktführer in Sachen Biere war und nach Antwerpen, Riga, Stockholm und in die Bierhochburg München verschifft wurde.

An Getränken gab es reichlich Auswahl, außer Wasser, das wird als Notgetränk angeboten. Es ist schade, sagte Käthe. Quellwasser ist was Feines und ohne Alkohol.

Euch ist sicher aufgefallen, dass in der Küche Krüge mit Wein stehen. Unsere Brunnen hatten damals wie heute Zugang zum Grundwasser und in diesen werden Abfälle entsorgt.

Die Kloaken sickern durch und die Metzger kippen weiterhin ihre Tierinnereinen hinein.

So ist das Wasser nicht zum Trinken geeignet. Es gibt immer wieder frische Milch von den Klosterkühen. Ansonsten genießen wir unser gebrautes Klosterbier und die aus den umliegenden Regionen, sowie die leckeren Weine aus den hauseigenen Reben. Ihr werdet später eine Kostprobe bekommen.

„Mutter, Mutter“,

klang es aus der Ferne den flachen Hang zu uns hinauf. Von links kamen umher laufende Kinder und schrien nach ihrer Mama.

Käthe unterbrach unser Gespräch und stand von der Bank auf. Sie hielt ihre Arme weit geöffnet und rief der Kinderschar zu,

„kommt rasch zu mir.“

Ein Geschnatter und Geplapper,

alle wollten gleichzeitig erzählen.

„Silencio“

sprach Käthe in Ruhe und winkte mit ihren von Ärmeln geschmückten Händen nach unten, um sie zu beruhigen.

„Das sind meine 3 Töchter und meine 3 Söhne.

Ich bin stolz auf die Sechse.“

Wir gratulierten ihr von ganzen Herzen zu dieser tollen Rasselbande. Auf einmal lugte ein Kleiner aus dem Rudel hervor und kam zu uns.

„Dich kennen wir vom Bäckerwagen, an dem du gespielt hast.

Oder?“

Er nickte verschmitzt und setzte sich zu uns auf die Bank.

„Kinder, macht euch für das heutige Fest fertig.

Es ist wenig Zeit.“

Ermahnte Käthe ihre Lieblinge und schickte sie ins Haus.

„Lasst uns weiter das Anwesen begehen.“

Nach Besuchen in verschiedenen Ställen mit Schweinen, Ziegen, Schafen und Kühen, wurden wir von einem schreienden und kreischenden Schwarm aus Hühnern, Gänsen und Enten überrannt.

Das Kloster war zu dieser Jahreszeit kurz vor der Weinlese. Die Maische Tröge standen bereit. Die hölzernen Weinfässer waren geputzt und poliert. Sie warteten nur auf die, diesjährigen Kloster Weintrauben.

Auf einmal schauerte es uns und wir waren mitten in einem Weinkeller bei einem flackernden Kerzenlicht aus handgemachten Bienenwachskerzen. Das erkannten wir an den befestigten Stangen, die quer von Wand zu Wand unter der Decke gespannt waren. Es wurden zwei Kerzen an einem gemeinsamen Kerzendocht aufgehangen, so wie man es bei einer Kerzenherstellung tut. Die Kerzenpaare hingen parallel am Docht von den Querstangen hinab. Es duftete nach Rauch und Holzfässern, vermischt mit den Aromen von verschiedenen Jahrgangsweinen. Käthe zapfte uns jeden einen Zinnbecher mit Klosterwein aus einem Fass, auf dem die Markierung, 1530, mit Brandzeichen zu sehen war.

„Das ist der beste Wein, den wir bisher gekeltert haben. Probiert ihn und lasst es euch schmecken."

Wir hatten nie zuvor solch einen leckeren Rotwein getrunken und lobten Käthe mit einem Prost.

„Mein Mann Martin hat während seiner Studienzeit hier im schwarzen Kloster gelebt, das früher Augustinerkloster genannt wurde."

Sie befüllte die Becher abermals und holte in ihren Erzählungen weiter aus.

„Luther bekam 1524 das leere Klostergebäude, am Ende der Reformationszeit von Kurfürst Friedrich geschenkt. Nach der Hochzeit zog ich zu ihm in das faszinierende Gebäude, das mein Lebensmittelpunkt geworden ist.“

Wir standen weiterhin vor dem Fass mit der Aufschrift.

„1530“,

als Käthe uns mit ihrem ansteckenden Lachen darauf aufmerksam machte, dass sie in dem Jahr und zeigte mit ihrem Becher auf die Jahreszahl des Weinfasses, die Studentenunterkunft im Kloster eröffnet hatten.

„Die ganze Familie packte mit an, um diese Unterkunft für studierende Menschen zu ermöglichen.“

Lene, meine Tante, die wir nach unserer Heirat aus dem Kloster Nimbschen hergeholt hatten, half uns mit ihrem resoluten Auftreten, bei der Betreuung von drei Nichten aus Martins Verwandtschaft. Auch Famulus, der hier in Wittenberg studierte sowie, einigen Neffen, die hin und wieder vorbeikamen, wenn sie Hunger hatten und vier Waisenkindern, die ständig bei uns wohnten.

Mehrmals in der Woche kamen Besucher und die täglichen Essensgäste aus der umliegenden Gegend, denen wir halfen und eine Mahlzeit spendierten. Diesen Mitmenschen verdanken wir das Entstehen wunderbarer Tischreden, die mein Mann in stillen Stunden neben seinen Studien schrieb. Ihr werdet sicher heute Abend in den Genuss einer dieser Reden kommen.

Teilweise befinden sich eine Menge Menschen hier im Kloster, so dass wir nicht wissen, wie viele es sind.

„Regelmäßig finden hilfesuchende protestantische Flüchtlinge aus Gebieten Europas zu uns, die weiterhin altgläubig sind.“

Wieder dem Tageslicht entgegen, den Weinkeller verlassend bemerkten wir, dass die Sonne langsam unterging. An den Taubenschlägen, die in der Nähe des großgeratenen Fischteichs standen, sprang ein Hündchen um uns herum und bellte energisch.

„Tölpel“ ruft Käthe mit ermahnender und erhobener Stimme dem Hund zu.

„Das sind Sophie und Mark, Gäste der Familie und sie sind bei uns herzlich willkommen.“

Er setzte sich auf seine Hinterbeine, hob seinen Kopf und wedelte mit dem Schwanz.

„Lasst uns ins Haus gehen und das erwartende Fest vorbereiten.“

Tölpel folgte im Gleichschritt an Sophies Seite. Wir liefen unter Käthes Führung über den Klosterhof, durch das rege Treiben, das den Festvorbereitungen geschuldet war, vorbei an Johann Eberle, der sich freute, uns zu sehen und an den Waschfrauen, die mittlerweile trockene Kleider an hatten und hübsch frisiert für die Feier waren. Aus einer offenstehenden Tür auf der rechten Seite des Hofes rief jemand lautstark.

„Käthe, komm zu mir!“

Katharina packte uns an den Händen und wir folgten ihr in den von außen unscheinbaren verdunkelten Raum.

„Lucas schön, dass du der Einladung gefolgt bist. Ist Barbara mitgekommen?“

„Sie ist in unserem Gemach und richtet sich für euer Fest her.

Ich überprüfe noch schnell den Bestand der Arzneien und fülle ihn auf.“

„Sieh, wir haben Besuch.

Die beiden haben meinen jüngsten heute Mittag das Leben gerettet. Das sind Sophie und Mark. Ihnen zu Ehren richten wir das spontane Fest als Dank aus.“

Wir wurden rot, als uns Käthe vorstellte.

„Das ist Lucas Cranach, ein enger Freund unserer Familie und ein berühmter Maler, sowie der gesundheitliche Betreuer von Martin.

Wir befinden uns in seinem Laboratorium, wo Arzneien und Heilmittel gelagert und hergestellt werden.“

„Nennt mich Lucas.

Freunde des Hauses sind auch meine.

Wie ihr seht, sind hier Salbtöpfe und Tinkturen. Die Temperatur dieses Raumes ist ideal für die Herstellung und Lagerung dieser Substanzen.“

Er nahm ein Gefäß und wies mit dem Namen Nönnchen auf die bauchige Form des Glasfläschchens hin und grinste Käthe an.

„Kommt jetzt wieder dein alter Witz über Nonnen?“

Lucas fuhr fort und erklärte uns den Begriff dieser Flasche.

„Nönnchen ist die Anspielung auf die Bauchform schwangerer Nonnen.“

Er lachte lautstark, fast krümmend und stellte das Fläschchen zu den anderen zurück.

Dieser winzige Raum war nicht größer als 3 x 5 Meter und war vollgepackt mit diversen getrockneten Kräutern, breite und schmale Gläser mit eingelegten Tieren, Pflanzen oder Körperteilen, die wir nicht zuordnen konnten. Sie dienten Studienzwecken und waren mit lateinischen Begriffen versehen, um den Inhalt zu identifizieren.

Hunderte von Töpfen, Gläschen und Nönnchen standen gut sortiert und katalogisiert an seinem Platz. Lucas ging auf Käthe zu und wies sie auf drei neue Salbtöpfe hin, die für ihren Ehemann bereitstanden. Mit besorgter und leiser Stimme sprach sie zu uns.

„Wisst ihr, mein geliebter Martin hat eine labile Gesundheit.

Ich freue mich, dass er in den heilenden Händen dieses genialen Mannes ist. Er kümmert sich regelmäßig um Luther und hilft, seine Leiden zu verringern.“

Lucas nahm sie an den Schultern und warf ihr einen tröstenden Blick zu.

Nach einem mächtigen Schnaufen rappelte sie sich auf und wir verließen das Laboratorium.

Wir betraten den Klosterhof mit seinen duftenden Aromen, die von dem schmiedeeisernen Außenofen im Hof herüberwehten. Bei unserer Ankunft bewunderten wir seine wunderhübschen Eisenornamente.

Er war jetzt in voller Funktion zu sehen und bepackt mit knusprigen Leckereien aus der Klosterküche.

Eine Kalbskeule wurde von einem Mann langsam über dem Feuer am schwebenden Spieß gedreht und immer wieder mit, lauwarmen Bier übergossen.

Das Fässchen, aus dem der kräftige Kerl den Hopfensaft mit einem Holzhahn laufen ließ, hatte die Aufschrift.

„Schwarzes Kloster“.

Nachdem wir das Fass interessiert begutachtet hatten, hielt Jonas uns zwei Bierbecher unter die Nase.

Es duftete verführerisch.

Die extragroße Metallplatte, die auf den Flammen hing, glühte und die darauf stehenden vier schweren Eisenpfannen waren mit in Rotwein geschmorten Taubenbrüsten bestückt.

Eine weitere Bratpfanne mit frischen Pilzen und Zwiebeln, die herrlich und kräftig ihre deftigen Aromen entfaltete, ließ uns das Wasser im Munde zusammenlaufen und wir bekamen Hunger.

In den anderen beiden Pfannen wurden Kartoffeln mit knusprigem Speck gebraten und karamellisierte Äpfel mit Honig verfeinert.

Ein kurz geratener älterer Herr mit weißen Haaren und einem massiven Bauch, den er vor sich her schob, sprach uns nuschelnd durch seinen ungepflegten Vollbart an.

„Ich bin Bierbrauer Bertram und habe dieses Getränk gebraut.“ „Vielen Dank, dass wir ihr Bier probieren dürfen.“

„Wir sind Sophie und Mark.“

Jonas, vom Eisenofen, kam von hinten und zog ihn an seinen mit Flecken überzogenen Kittel. Bertram reagierte nicht und der junge Mann zog immer kräftiger, so dass der Brauer mit ihm schimpfte.

„Mensch Kerl, was ist denn wieder?“

Rauschte es durch seinen vom Bierschaum durchzogenen Vollbart. Flüsternd sprach er in sein rechtes Ohr.

„Das sind Käthes Gäste, die ihren Jüngsten das Leben gerettet haben.“

„Oh Oh“

rief der Biermeister erschrocken und verlegen. Er wandte sich rasch mit einem verschmitzten Lächeln zu uns.

„Möchtet ihr meine Brauerei besuchen?“

Jonas fiel ihm ins Wort und wies uns dringend darauf hin, dass sonst niemand sein Heiligtum betreten darf. Wir nahmen dankend das Angebot von ihm an.

„Folgt mir in mein Reich,“

rief der Bierbrauer uns zu und stampfte vor uns her.

Der Weg war kurz, da sich die Brauerei innerhalb des Gebäudes befand. Bertram öffnete mit einem geschmiedeten Eisenschlüssel, der wunderhübsche Verzierungen aufwies, die Hopfenknospen ähnelten, das schwere breite Lagertor mit seinen zwei Flügeltüren, die sich unter einem der drei mächtigen Torbögen an der hinteren Seite des Klosterhofes befanden.

Ein extremer Biergeruch drang in unsere Nasen.

Das Gewölbe war ähnlich, wie das der Klosterküche mit Querstangen durchzogen, an denen Hopfenblüten und Eichenlaub Äste mit vielen Blättern zum Trocknen hingen. Holz und Zinnkrüge versteckten sich zwischen den Zweigen und man konnte die Gewölbedecke kaum mehr erkennen. Holzfässer standen für uns ungeordnet im Raum umher.

„Möchtet ihr ein Bier brauen?“

Fragte Bertram.

Wir schauten uns an und waren überrascht von dem Angebot und nahmen diese Geste des Vertrauens dankend an.

Der Meister mit seiner leuchtenden, eng anliegenden roten Hose, die seine kurzen Beine schmückte, sah für sein Alter sehr flott aus.

Die bis zu den Knöcheln gebundenen schwarzen Schuhe passten gut und kamen schick zur Geltung.

In einer Ecke, die vom Ruß eingeschwärzt war, flackerte ein Feuer, auf dem ein gewaltiger Henkeltopf mit einem Haken an einer Kette schwebte.

„Ich habe immer reichlich kochendes Klosterwasser aus dem Hofbrunnen in Brautemperatur auf den Flammen“,

schnaubte Bertram uns durch seinen zotigen Bart zu.

„Wir haben hier 20 Liter erwärmtes Wasser“

und zeigte auf den Topf, der über dem Feuer hing und führte uns zu einem stehenden Holzfass. Er wog mit seiner hängenden Handwaage, die er griffbereit am Gürtel unter dem Braumeister-Kittel in einem Stoffsack trug, den Sack mit 4 Kilo Malz und übergab uns die Körner mit seinen rauen Händen.

„Gebt alles in den Topf!“

Bertram stellte mit der schweren Kette den schwebenden Metalltopf ein paar Stufen tiefer, sodass wir die Zutaten in den Wassertopf gießen konnten.

„Ihr habt jetzt 4 Kilo Malz mit 20 Liter erwärmtes Wasser vermischt mit einer Gradzahl von 65.“

Wie er die Temperatur kontrollierte, war sein Geheimnis.

„Rührt das eine Viertelstunde lang.“

und drehte seine gläserne Sanduhr um, sodass der Sand zu rieseln anfing.

„Meldet euch bei mir, wenn die Uhr durch ist.“

und hatschte zu einem Hocker, der an der gegenüberliegenden Wand stand, setzte sich und schlief sofort schnarchend ein.

Nachdem wir ihn geweckt hatten, erhöhte er die Temperatur des Wassers, indem er Holz im Feuer nachlegte und den Metalltopf mit der Kette eine weitere Stufe tiefer hing.

„Wir haben einen Wert 70 erreicht. Es darf sich nichts am Boden absetzen.“

Murmelte er vor sich hin, drehte die Sanduhr ohne Worte um, setzte sich wieder und fing abermals an zu schnarchen. Nach der kommenden Weckaktion sprang er auf und hob den Topf vom Feuer. Gegenüber der Feuerstelle befanden sich zwei aufrecht stehende Holzfässer, die leer waren und als Tisch dienten. Darauf stand ein gut abgedichteter Holztrog, der aus der Hälfte eines alten Bierfasses hervorging. Ihm war anzusehen, dass er immer wieder, als Auffangbecken für diverse Zutaten diente.

Er nahm ein Tuch aus festem Leinenstoff und faltete es in den Maischetrog aus, sodass der Rand über den Trog hing.

Bertram goss den gesamten heißen Inhalt in das Filtertuch und fing somit die Biermaische auf.

Murmelnd trug er den zu einem Sack gebundenen Stoff mit der Maische fort. Er nuschelte durch seinen Vollbart, dass jeder weitere Aufguss ein Kinderbier ergibt. Was auch immer er damit meinte.

Diese aufgefangene Würzflüssigkeit wird im selben Topf im kochenden Wasser für eine Stunde mit 2g Hopfen und 4g Eichenlaub gekocht. Wir mussten die Sanduhr 4 x drehen, bevor wir unseren schnarchenden Bierbrauer Bertram wieder weckten.

Er sprang gleich nach dem ersten Weckversuch putzmunter auf und stampfte schnaubend zum Biertopf über dem Feuer, nahm ihn runter und goss alles in einen vorbereiteten Holztrog. Der war ebenfalls mit einem Tuch ausgelegt und sammelte mit Hand die groben Zutaten aus der Essenz.

Nachdem wir uns eine Weile unterhielten und die Flüssigkeit auf Kellertemperatur abkühlte, gab der Meister 8g Bierhefe hinzu und schüttete das Ganze in ein passendes Fässchen und verschloss es mit einem Holzstöpsel.

Er schob es ins Eck und schrieb das heutige Datum darauf. Ergänzend standen folgende Worte zusätzlich auf diesem Bierfässchen:

„Gebraut von Sophie und Mark."

Er bedankte sich mit einem kurzen Nicken und führte uns aus seiner Brauerei, schloss das Tor mit 3 Schlüssel-Drehungen ab und wandte sich wieder Jonas am Eisenofen zu.

Nachdem wir uns bedankt hatten, klang aus den oberen Stockwerken Musik in den Hof hinunter. Spielleute probten ihre Stücke.

Wir machten uns frisch und folgten den Anweisungen, von Käthe uns zum Festsaal zu begeben.

Im Saal war Unruhe zu spüren, gemischt mit einem Gemurmel und Geraschel.

Das Feuer brannte im breiten offenen Kamin, vor dem sich eine lange Holztafel in Richtung Eingangstür zu uns hin auftat.

Weißbestickte Tischdecken glitten elegant die Tafel entlang. Sie waren wunderschön anzusehen, mit weißen Tier und Pflanzen Motiven bestickt und eine goldene Borte verzierte den Rand.

Johanna, das Küchenmädchen stand plötzlich neben uns und bekam mit, dass wir von der Tischwäsche angetan waren.

„Das Tischtuch wird nur an Festtagen benutzt."

Sprach sie leise in unsere Ohren und lief mit ihrem bezaubernden Festtagskleid, das komplett in blauweiß mit einer nach unten fallender Spitze auf dem Boden aufschlug in Richtung eines wartenden Mannes.

Er wartete schüchtern links am brennenden Kaminfeuer mit einer welken Blume und rotem Gesicht, was beides sicher der Hitze des heißen Kamins geschuldet war.

Jonas war der Blumenmann, wir lernten ihn vorhin im Hof kennen. Er machte uns mit Bertram dem Bierbrauer bekannt.

Desto näher sie mit ihrer umwerfenden Erscheinung kam, um so mehr fing die magere Blume in der Hand von ihm an zu wackeln. Sie nahm ihm die Pflanze ab und freute sich mit einem liebevollen Lächeln über das elend aussehende Blümlein. Nachdem sie dem stocksteifen Kerl die schwere Last des Blümchens abgenommen hatte, sah man von weitem, dass ihm ein Stein vom Herzen fiel und er sich lockerte.

Katharina sprach uns von hinten an.

Im Umdrehen erkannten wir, dass sie jemanden bei sich hatte, der größer und älter war als sie.

Sie nahm die Hand des Mannes und stellte uns ihren Ehemann Martin Luther vor. Wir erwiderten das Vorstellungsritual und bedankten uns bei ihm für seine Gastfreundschaft.

„Nehmt neben mir und meiner Frau Käthe am Kopf der Festtafel direkt am Kamin platz.“

Wenn man überlegt, was Luther in unserer Zeit für einen Stellenwert hat und was er mit seiner Reformation alles veränderte, von dem er selber nicht wusste, was für Auswirkungen seine Arbeit über Jahrhunderte und Gesellschaften hat, ist es ein Privileg, mit diesem geistigen Weltenveränderer an einem Tisch zu sitzen.

Der Saal füllte sich mit zahlreichen Besuchern. Den ein und anderen kannten wir, wie die Waschfrauen, die in Begleitung ihrer Ehemänner waren, Jonas und Johanna, Bertram sowie Lucas und Barbara Cranach und die Kinder von Käthe und Martin.

Am vorderen Teil der Tafel Richtung Tür platzierten sich weitere Gäste. Das waren Tante Lene und ihre Schützlinge, um die sie sich kümmerte. Als Letzter kam ein Herr im Alter von Luther auf den Kamin zu und nahm den freien Platz neben uns ein. Er stellte ihn als seinen Freund und Mitbestreiter Philipp Melanchthon vor.

Er begrüßte uns mit einem Nicken und sprach,

„ihr könnt mich Philipp nennen“.

„Wir sind Sophie und Mark, Reisende, die hier zu Gast sein dürfen.“

Käthe kam zu uns und Philipp geeilt, sie sagte voller Stolz.

„Das ist der höchste Gelehrte in Wittenberg und er möchte ein Schulsystem für Kinder installieren".

Wir gratulierten und wünschten ihm, dass beste Gelingen bei diesem Vorhaben.

„Es wird sicher funktionieren."

und sahen ihn dabei tief in die Augen. Wir wussten, dass es funktioniert. Philipp Melanchthon ist der Gründer und Grundsteinleger des Schulsystems, wie es bis in unsere Zeit Bestand hat.

„Was ist eure Aufgabe, Sophie und Mark?"

„Wir sind auf Forschungsreise durch Europa und versuchen alles, über die Ess- und Trinkgewohnheiten der einzelnen Regionen herauszufinden."

„Das ist bemerkenswert, ich kann gerne bei den Forschungen behilflich sein",

sagte Philipp voller Neugier.

Auf einmal durchquerte ein klingendes Geräusch den Saal. Es verstummte alles und es wurde still. Ein kratzendes Räuspern durchdrang den hellhörigen Raum. Mit erhobener Stimme klangen folgende Worte über die Tafel.

„Ich möchte heute keine Rede halten, doch meinen allergrößten Dank an die Retter unseres jüngsten Sohnes aussprechen.

Sophie und Mark, der Herr hat euch sicher zu uns gebracht und das mit Grund. Ihr habt das Beste gegeben, ohne zu überlegen.“

Weinende Silben folgten diesen Sätzen.

„Ihr seid mit offenen Herzen von uns, die hier im Saal sind und allen Wittenberger Bürgern willkommen.

Wir hoffen, dass ihr in Zukunft öfter hier seid.“

Er wies seine Frau Käthe an, uns eine Schachtel zu überreichen.

„Nehmt dieses Geschenk an, auf das wir immer bei euch sind.“

Katharina half vor ungeduldiger Neugier beim Auspacken und war gespannt, ob es uns gefiel. Sie nahm den Goldring, der in der Schatulle zum Vorschein kam und steckte ihn Sophie an den Mittelfinger der linken Hand. Er war zu weit, wunderschön und komplett aus Gold, verziert mit Runen ähnlichen Symbolen. In der Mitte schmückte sich der Ring mit einem rundgeschliffenen Smaragd, groß wie eine Daumenkuppe. Sowas hatten wir nie zuvor gesehen und schüttelten beide ablehnend mit den Köpfen.

„Das können wir nicht annehmen,

Käthe und Martin!“

„Oh, das habt ihr zwei mehr als verdient“,

reklamierte Luther und forderte die Gäste mit einem startenden Beifall auf zu klatschen und zu trampeln.

Der Saal bebte und die Lautstärke war ohrenbetäubend, dass wir das sagenhafte Geschenk mit einer nickenden Danksagung annahmen, und streckten die linke Hand von Sophie in die Höhe.

Auf einmal wurde es wieder still und die Saaltür öffnete sich erneut. Spielleute mit traditionellen Instrumenten brachten durch ihre mittelalterliche Musik eine beschwingte Stimmung und Heiterkeit in diese herrliche Feier.

Käthe erklärte uns die Geschichte des Goldrings.

„König Christian der II,“

von dem ich euch erzählt habe, hat das Schmuckstück von einem fahrenden Händler aus dem Orient. Dieser war mit italienischen Edelleuten zu Gast bei ihm und den Smaragd Ring übergab er als Gastgeschenk mit der Bitte, das Rätsel zu lösen.

Mit ihren großen leuchtenden Augen bat Käthe uns, das Mysterium, um diesen Ring aufzuklären.

„Schaut diese Speisetafel an und genießt das mit Liebe zusammengetragene Festmahl.

Wir haben unsere beliebtesten Rezepte für euch zubereitet. Seht her, wie versprochen habt ihr hier die Möglichkeit, in meinem Rezeptbuch zu schmökern."

Sie gab uns das in Leder gefasste abgegriffene Buch aus dem Regal in der Küche. Philipp schaltete sich in das Gespräch mit ein und sprach uns mit einer Einladung zu ihm nach Hause an.

„Wenn ihr wieder einmal hier seid, kommt mich bitte besuchen.

Ich möchte euch mit meinen Rezepten und Studien zu diesem Thema bei eurer Arbeit unterstützen."

„Gerne, das werden wir sicher tun und bringen dann gerne mehr Zeit mit, um Wittenberg ausführlich kennenzulernen."

Wie wir das genau machen sollten, wusste bis dahin keiner und schauten uns erklärend an.

Langsam bekamen wir immer mehr Hunger und Philipp begann mit gepökeltem Brustfleisch vom jungen Rindlein in einer Soße von Spinat und Löwenzahn. Die Blätter müssen gründlich gewaschen werden, bevor sie mit dem Fleischsud kochen. Das Pökelrindfleisch kocht mit Sellerie, gerösteten Zwiebeln, Lauch sowie Karotten bei niedriger Temperatur ein paar Stunden lang.

Schwups hatten wir, jeder einen Löffel zum Probieren auf unseren, mit einem Schmuckrand verzierten Zinnteller. Das war so schmackhaft und wir schmatzten genau wie die anderen Gäste vor uns hin.

Käthe war erfreut, dass es uns schmeckte. Sie konnte sich nicht mehr halten und tat weiter Leckeres auf die Teller.

„Probiert von den gesottenen Eiern mit Kräutern, Schalotten und Bärlauch an einem geräucherten Wanst von einer fetten Sau."

Wir bekamen mit, dass beide Freude dabei hatten, uns mit den Spezialitäten ihrer Heimat bekannt zu machen. Nachdem sie erfahren hatten, dass wir uns auf einer kulinarischen Forschungsreise befanden, war die Motivation nicht mehr zu stoppen und sie machten aus Spaß eine Wette, welche der Gerichte, die sie reichten am besten schmecken würden.

Derjenige der uns für die meisten Speisen begeistert, hatte symbolisch gewonnen.

Philipps Empfehlung ist im Ofen gebackener Nacken vom Jungschwein auf gelben Rüben und Sauerkraut. Diese Sauerei schmeckte sensationell lecker. Der Schweinenacken wird mit gehackten Knoblauch und frischen Kräutern gut bestrichen. Am sauren Weißkraut darf man nicht den Lorbeer und die Wacholderbeeren sowie Nelken, Zimt und trockenen Weißwein vergessen,

„wegen der Bekömmlichkeit“,

korrigierte er nachträglich.

Käthe hielt es vor Aufregung nicht mehr aus und preiste die nächste Speise mit jeweils einem Löffel für jeden von uns mit schmückenden Worten verführerisch an.

„Eierspeise mit Nüssen, Rosinen und sauren Äpfeln, Rotwein ist wichtig für die getrockneten Trauben, sonst werden sie nicht weich. Feingehackte Mandeln dürfen nicht in dieser leckeren Kombination fehlen“

und zeigte mit ihrer schwenkenden rechten Hand auf die kleinen schmalen Streifen in der Eierdelikatesse.

„Mit Eiern, Mehl, Milch, Honig und Salz, sowie den Wein der marinierten Rotweinrosinen wird ein Pfannkuchenteig gerührt.

Dieser wird erstmal auf einer Seite in einer Pfanne gebraten“,

erklärte Käthe mit erhobenem Zeigefinger.

„Äpfel nicht vergessen, die Rosinen und die gehackten Mandeln werden mit gewürfelten Apfelstückchen erst beim Wenden des Eierpfannkuchens untergehoben, bis er auseinander reist.“

Die Kruste krachte, so dass schon das Hinschauen Appetit machte.

Es duftete lecker nach frisch gebackenem Holzofenbrot und wir mussten aufpassen, uns nicht gleich am Brot satt zu essen. Philipp schob mit seinen Händen zwei Tontöpfe von Katharinas Seite unauffällig und im Gespräch mit uns vertieft an ihr vorbei.

Auf einmal knallte es auf dem Tisch und er hielt still. Käthe hatte sich einen der beiden Töpfe geschnappt und schaute ihn mit hochgezogener Stirn an.

„Der Schmalztopf ist meiner“ und zog spaßig und überzeugend eine Grimasse.

„Streicht euch reichlich von der Kräuterbutter auf das Roggenbrot, es schmeckt himmlisch.

Knoblauch, Dill, Schnittlauch und Petersilie sind neben schwarzen Pfeffer und Salz wichtig für diese Mischung.“

Bei jedem Biss in dieses tolle Butterbrot krachte die spektakuläre Brotkruste und die Krümel flogen von uns aus über den Tisch auf die anderen Gäste zu.

Auf der Tischdecke waren keine Stickereien mehr zu erkennen, so verkleckert sah die Tafel aus.

Freunde und Familie unterhielten sich mit vollem Mund, dass kaum ganze Sätze zu verstehen waren. Der Wein floss aus Zinnkrügen und das Bier wurde direkt aus dem Fass neben der Tür in mächtige

Holzkrüge gezapft.

Dafür stellte Bierbrauer Bertram, der für den Ausschank verantwortlich war, den jungen Jonas mit seiner hübschen Damenbegleitung Johanna ab.

Anschließend stimmte der Meister des Hopfensaftes mit seiner Schnarchsymphonie den Spielleuten mit ein.

Gertrude, die Küchenchefin war auf ihrer Runde, um zu schauen, ob von allem reichlich auf dem Tisch stand. Diesmal hatte sie keinen drohenden Kochlöffel dabei.

Mit ihrer weiten und rhythmisch schwingenden Hüfte quetschte sie sich hinter unseren hochlehnigen Stühlen vorbei. Sie verschaffte sich genug Platz, ohne sich am Kamin zu verbrennen. Den ein und anderen Gast schob sie ungewollt mit ihrem hüftvollen Temperament, samt dem Sitzmöbel an die Tischkante.

Ihr heute spektakulär einladendes, mit einer eleganten Kette geschmücktes Dekolleté, schwebte auf Augenhöhe an uns vorbei und zwang sichtlich sämtliche Besucher, der Reihe nach einen Blick zu riskieren. Was Gertrude auffallend mit einem rosigen Lächeln genoss. Sie machte eine komplette Runde um die ganze Tafel und die Köpfe drehten sich wie synchron einstudiert in dieselbe Richtung.

Nachdem die Küchenchefin unter tosenden Beifall den Saal verlassen hatte, wandten sich alle wieder ihrem Essen zu.

„Weizenbrot mit Griebenschmalz ist köstlich," schwärmte Käthe und richtete uns jedem ein leckeres Brot her.

„Lasst es euch schmecken" und wies auf den Majoran hin, der sich im Schmalz befand. Rieb sich die Hände ab und schaute Philipp mit einem erstaunten Blick an.

„Was meinst du, wer von uns hat gewonnen?"

Philipp blickte uns an, wie wir das Schmalzbrot genossen, und zuckte schmunzelnd mit den Schultern.

„Ihr habt euch Mühe gegeben,"

flüsterte Sophie

„und diese tollen Kreationen schmackhaft präsentiert, vielen Dank. Ihr habt beide, als Sieger ein dickes Lob verdient."

Sie streichelte Käthe und Philipp über den Rücken. Mit wehmütigen Augen erhoben wir die Zinnbecher und sprachen zum Gastgebern folgende Worte.

„Morgen früh, werden wir, solange es dunkel ist abreisen, da uns diese Reise in unzählige andere Regionen führt.

Nochmals tausend Dank für die liebevolle Feier und das wunderhübsche Geschenk.

Wir bleiben gerne eine Weile auf dem Fest und werden später zu Bett gehen."

Stampfend und klatschend ließen alle Gäste wieder den Boden beben. Die Musik spielte temperamentvoller auf, Wein und Bier liefen in Strömen.

Die Stimmung wurde immer lockerer, die Themen frivoler und in mancher Ecke intimer. Links außen neben der Tür, wo das Licht nicht mehr seinen Schein entfaltete, waren die kuschelnden Schatten von Johanna und Jonas zu erkennen. Auf der rechten Seite am Bierfass saß unser Bierbrauer, der auf einmal seine Müdigkeit verlor und voller Energie strotzte, was dem Erscheinen der Küchenchefin anzurechnen war. Sie rückte ihm dicht auf, sodass der Braumeister zwischen ihr und dem Fass festsaß.

Mit ihrem, aufreizendem Kleid brachte sich Gertrude in Stellung und belebte Bertrams Kräfte und Säfte wieder zum Leben. Nach und nach gingen außerhalb der Festtafel die Kerzenleuchter aus, die dann nicht mehr neu bestückt wurden.

Auf die ausgehenden Kerzenständer der großen Tafel steckte Rita, eine der korpulentesten Waschfrauen, neue Kerzen auf, sodass das Licht am Tisch weiter brannte. Kerzenwachs kleckerte in immer länger werdenden Zapfen die Leuchter hinunter, direkt auf die Tischdecke und bildete wunderhübsche Skulpturen, die schön und bizarr aussahen.

Mit Käthes Kochbuch in den Händen nahmen wir uns einen Kerzenhalter und fingen an, die Seiten durchzublättern. Wir trafen auf eine außergewöhnliche Rezeptur für einen Gewürzwein, aus Weißwein, Honig, Zimt, Ingwerwurzel, Rosenwasser, Kardamom und Gewürznelken. Das klang lecker, dass wir Käthe fragten, ob wir uns dieses und weitere Rezepte abschreiben durften.

Sie strahlte und war hellauf begeistert.

„Ich leihe euch das Buch gerne aus. Ihr müsst mir versprechen, es bei eurem Wiederkommen zurückzubringen.

Ist das in Ordnung?"

„Gerne, wir bringen dir das Kochbuch beim nächsten Besuch zurück und freuen uns, wenn wir hier zu Gast sein dürfen."

Wie, wann und ob überhaupt wir jemals hier an diesem Ort zu dieser Zeit mit diesen tollen Menschen ein weiteres Mal zusammen treffen werden, war völlig unklar und machte uns bei der Zusage ein schlechtes Gewissen.

Gegessen wurde nicht mehr, doch die Krüge wurden immer wieder nachgefüllt. Der ein und andere schlief am Tisch und schnarchte synchron vor sich hin. Der Einzige, der nicht schnarchte, war Bertram. Von ihm waren undefinierbare Laute zu hören, da er und Gertrude in ihrer Ecke beschäftigt waren.

Johanna und Jonas, das junge Paar, hatten sich still und leise zurückgezogen.

Katharina nahm ihren Mann an die Hand, der leicht schwankte, und beide verabschiedeten sich winkend aus der Runde.

Käthe und Martin drückten uns kräftig und schauten mit traurigem Abschiedsschmerz zurück.

Von Lucas Cranach und seiner Frau Barbara wurden wir ebenfalls nach Wittenberg eingeladen, um uns die schönen Künste der Stadt zu zeigen.

Philipp legte mit einem wackeligen Stand seine beiden Arme über unsere Schultern und sagte mit einer gut lallenden Stimme.

„Ich freue mich auf ein baldiges Wiedersehen mit euch beiden. Bis bald ihr zwei Hübschen."

Er schob sich an der Wand rutschend entlang, hin zu seinem Gemach zum Schlafen.

Das Feuer im Kamin erlosch und es wurde recht kühl im großen Festsaal. Einige Gäste schliefen tief und fest und werden sicher erst am kommenden Morgen hier im Saal aufwachen.

Bei uns war an Schlaf überhaupt nicht zu denken, denn wir waren viel zu aufgeregt. In Gedanken sortierten wir die Rückreise in unsere Heimatzeit. Die ganzen Sachen verstauten Sophie und ich am Körper, genau wie auf der Hinreise.

Die Zusatzzutat, die uns in diese Zeit brachte, war der Pfeffer. Was sich bestätigt hat, da dieses Gewürz beliebt und selten war. Luther und Philipp Melanchthon bekamen ihre Pfefferkörner von den Herrschaften, die regelmäßig das Kloster und die Universität besuchten. Diese wiederum von fahrenden Händlern, die aus dem Osten oder aus dem Orient kamen.

Für die Rückreise in die heimatliche Zeit benötigten wir einzig die drei Grundzutaten Knoblauch, Salz und Olivenöl. Das Ganze mit 5 Löffeln gut vermischen und in die Pfanne geben. Da wir einen Zeitsprung von 500 Jahren brauchten, um nach Hause zu kommen, gingen wir davon aus, dass dies die richtige Mischung war.

Dieser Moment ist für uns die erste Zeitreise aus der Vergangenheit zurück in die Zeit, in der wir leben.

Nachdem alle zu Bett gegangen waren und es draußen anfing zu dämmern, beeilten wir uns und schlichen leise in die Küche. Es gab kein Kerzenlicht. Nur das Licht der aufgehenden Sonne schien durch die vier winzigen Fenster in der Küchentür, die zum Garten führte.

Heute waren die fleißigsten Küchenfrauen, wie Gertrude und Johanna, sicher später dran.

Nach diesem spektakulären Fest hatten sie es sich verdient.

Im Küchenkamin glimmte die Glut vom Vorabend, die wir mit kleinen Zündhölzern schnell zu einem ordentlichen Feuer entflammten.

Den erhöhten Eisenrost, der die Höhe eines Hockers hatte, auf dem sonst Käthes grüne Metallpfanne stand, schoben wir direkt auf die Feuerstelle.

Ich band mir das Lederband, das am Griff der Zeitpfanne durch das große Loch am Ende gezogen wurde, um mein Handgelenk. Es stabilisiert die Sicherheit mit der Kupferpfanne, für den Fall, dass sie wegrutscht oder verloren geht.

Die Reisezutaten waren in Sophies kleiner Schale vermischt. Sie gab die Zutaten mit einem Rutsch in die über dem Feuer stehende Pfanne und steckte das Schälchen nach einem kurzen Auswischen wieder zurück in ihre Umhängetasche.

Die Hände drückten wir so kräftig zusammen, dass es Schmerzen in den Gelenken der Finger verursachte. Pyramidenkette und Adlerbrosche pressten sich genau wie auf der Hinreise mit bebenden

Vibrationen auf unsere Brust.

Durch die Bewegungsunfähigkeit waren wir nicht in der Lage, etwas zu unternehmen.

Mit einem Schlag hörte der Druck auf dem Oberkörper auf. Es war nichts mehr zu hören, außer ein klingeln, das aus dem Hintergrund an die Ohren drang und uns bekannt vorkam.

Es war das Mobiltelefon, das sich bemerkbar machte. Es hörte sich an, als ob wir zu Hause waren.

Nachdem wir die Augen wieder öffneten, spürten Sophie und ich eine große Erleichterung.

Beide saßen wir im Garten auf der mit Messingornamenten verzierten Gartenbank und tranken erstmal ein Gläschen eisgekühlten Champagner, der im Kühlschrank stand. Die aufgehende Morgensonne und das Kribbeln des erfrischenden Getränkes belebten schnell wieder unsere Lebensgeister. Kopfschüttelnd starrten wir uns an und fingen kräftig, schallend und kaum mehr Luft bekommend an zu lachen.

Vor Freude, dass wir dieses unglaubliche Abenteuer geschafft hatten und es uns beiden gut ging. Dem Fest der Reise und dem Alkohol geschuldet stellte sich eine schwere Müdigkeit ein, die uns in den kuscheligen und flauschigen Betten lange ausschlafen ließ.

Kapitel 6

~Analyse~

Spät war es und die Sonne stand schon hoch zur Mittagszeit. Kaffeeduft zog durchs Haus und die Brötchen bräunten sich im Ofen. Wir nahmen beide, im Schlafanzug unterwegs, unsere Tagebücher zur Hand und schrieben die Abenteuer der letzten Reise akribisch auf. Es war still am Kaffeetisch, denn jeder befand sich in seinen Gedanken. Ab und zu schauten wir uns fragend mit leuchtenden Augen an, doch keiner sagte etwas. Nur kurz huschten gemurmelte Gedankensätze über den Tisch.

Wie zum Beispiel:

,„Gertrude traue ich alles zu,"

oder.

„Ob das mit Johanna und Jonas was wird?"

Mit staunenden und raunenden Eindrücken blieben wir beide, an einen Punkt der Reise hängen und fragten uns genau das Gleiche.

„Was hat es mit dem rätselhaften Goldring auf sich?"

Wir sahen uns Sophies linke Hand an. Der Smaragd-Ring wackelte hin und her, denn er saß nicht fest am Finger. Bei weiteren Untersuchungen mit einer Lupe wurden keine neuen Hinweise gefunden.

„Komm lass uns Karl besuchen.“

Sagte ich.

Wir nahmen die Zeitpfanne, Käthes Kochbuch, das Pergament, die Pyramide und die Adlerbrosche, sowie den mysteriösen Ring und fuhren zu unserem alten Freund.

Die Spitzen der ausschweifenden Flügel des überdimensionalen Kupferadlers, der auf der großen, von Runen überzogenen Steinpyramide im Vorgarten von Karls Haus stand, warfen beim aussteigen aus dem Auto die ersten Schattenmuster auf den von Oleander Büschen gesäumten Parkplatz.

Die Nachmittagssonne schob die ständig wachsenden Schattierungen auf uns zu. Die Temperatur im Schattenbereich der ausgebreiteten Flügel jagte einen eiskalten Schauer über die Haut, der uns beide kräftig durchschüttelte.

Da es außerhalb des Schattens mindestens 35 Grad in der Sonne hatte, war das fröstelnde Gefühl ungewöhnlich und bemerkenswert. Karl hingegen, der wie immer mit seiner leichten Leinengarderobe und seinen zwei Händen winkend und beschwingt auf uns zu kam, bemerkte dieses Kältegefühl nicht.

Beim Rundgang um die Pyramide bot sich uns ein mystisches Schattenspiel. Der Adler warf seinen Flügelschatten, mit jedem unserer Schritte, auf die in sich verschachtelten Steine.

Geprägt mit den tief in das Gestein eindringenden Runen Symbolen, die mit handbreiten Abständen und einer Zeigefingergröße gut zu erkennen waren. Ähnlich wie die Zeichen des Goldrings an Sophies Hand.

Mit einem starren Blick und dem Innehalten seiner beschwingten Bewegungen, fixierte Karl den Ring und schaute uns über seinen Brillenrand mit hochgezogener Stirn fragend an. Mit seinen strubbeligen Haaren hatte er heute noch keinen Spiegel von vorne gesehen. Von seinem ungepflegten Siebentagebart und seiner ungeputzten Brille, die an der rechten Seite mit Klebeband umwickelt war, wirkte Karl für sein Alter mehr als fit.

Nachdenklich machten uns bei diesen Temperaturen seine handgestrickten Wollsocken, die er mit Badelatschen trug.

Die grüne Pluderleinenhose hatte sicher ihre Berechtigung, um seine dünnen bleichen Beinchen zu verstecken. Sein weiß flatterndes Leinenhemd, wirkte an ihm flott. Wir kannten uns schon viele Jahre und philosophierten oft über gutes Essen.

Bei diesen Gelegenheiten durften wir regelmäßig einen Blick in Karls Getränkemuseum unten im Keller seines geheimnisvollen Hauses werfen. Das war wie ein Hochsicherheitstrakt gesichert.

Wir wussten nicht, was er dort alles aufbewahrte. Er ging voraus, wie immer mit seinem Gehstock, den er nie aus der Hand gab und wenn, dann nur in unserer Gegenwart. Für ihn war das sicher keine Gehhilfe, denn er benutzte ihn nicht wie eine. Er zog den eleganten Stab nah am Körper anliegend immer hinter sich her und drückte ihn fest runter, als ob er die Bodenhaftung nicht verlieren wollte.

„Setzt euch",

bat uns Karl, an seinem großen Massivholztisch im Salon Platz zu nehmen. Er nahm seinen Stock und fuhr ihn mit voller Energie von links nach rechts über den gesamten Tisch, sodass sich jedes Teil, was sich darauf befand, an den Seiten herabfiel.

Alles Mögliche fiel zu Boden, es waren Papiere, Fotografien, sogar Bücher knallten auf den regional typischen, weinroten Santa Catarina Fliesenboden, ohne eine Aufmerksamkeit von Karl zu erhalten. Er fokussierte den Ring an Sophies Hand mit beiden Augen ganz fest. Dass er sich nicht auf den Tisch setzte, war bemerkenswert.

„Was habt ihr auf eurer Reise erlebt?"

„Erzählt es mir bitte exakt.“

Er klopfte mit dem Stockende vor ihrer Ring-Hand auf die Holztischplatte.

Zitternd und mit weinenden Augen bat er uns innig, jedes Detail der Zeitreise genauestens zu berichten.

Tränen tropften vor Aufregung auf die dunkle Holzplatte. Sie liefen langsam im Spannungsaufbau des Gespräches und durch den Schiefstand des Tisches auf der rechten Seite in Richtung Tischkante. Die Tränen trockneten kurz davor mit ihren Salzkristallen in einem atollförmigen Rand fest.

Nachdem wir Karl anhand der Erinnerungen und den Notizen aus den Tagebüchern bis ins kleinste Detail unserer Reise vertraut machten, war es nötig, Licht im Salon zu machen, da die Sonne mittlerweile untergegangen war.

Wir entzündeten die Öllampen und Kerzen. Das gelbe flackernde Leuchten passte immer mehr zur beruhigenden Stimmung und den emotionsgeladenen Erzählungen.

„Erinnern kann ich mich an all die schönen und gefährlichen Zeiten, die ich mit der Zeitpfanne erleben durfte.“

Karl schnaufte mehrfach hintereinander in Erinnerungen schwelgend.

„Seid so gut und berichtet mir bitte in Zukunft von jeder euren Zeitreisen.“

Er sah uns mit zugekniffenen Augen zweifelnd an.

„Wollt ihr weiter machen?“

Karl schaute uns fragend an.

Da wir mit den Vorbereitungen für die kommende Reise bereits begonnen haben, führte diese Information zu einer sichtlichen Entspannung in seinen Gesichtszügen.

„Habt ihr etwas mitgebracht, was ihr eigentlich nicht dürft?“

Sophie griff tief in ihre Handtasche und Käthes Kochbuch kam zum Vorschein. Sie legte es auf den Tisch.

Mit beiden Handflächen vor dem Gesicht schüttelte Karl den Kopf und lacht dumpf klingend vor Begeisterung in seine schwitzenden Hände hinein. Nachdem er sie beidseitig verkrampft und hektisch von oben nach unten an seinem Leinenhemd abgetrocknet hatte, haftete der feuchte Stoff auf seiner Haut, als ob er vom Sport kam.

Er zog mit seinen zitternden Fingern Käthes Kochbuch zu sich hin und schlug jede Seite mit einer Erhabenheit und einem Fingerspitzengefühl um, als ob das Buch gleich auseinanderfallen würde.

Beeindruckend und faszinierend stammelte er vor sich hin und schob seine Brille immer wieder die Nase hoch und runter.

„Was werdet ihr mit dem Buch machen?“

„Wir werden uns die Rezepte kopieren und nachkochen.

Käthe haben wir versprochen, das Rezeptbuch bei unserem nächsten Besuch zurückzubringen.“

„Wie wollt ihr das tun?

Das ist nur möglich mit dem Messer der Persönlichkeit, das bis heute von niemandem gefunden wurde.“

„Karl, wir haben darüber auf der Rückseite des Pergaments gelesen. Der Schriftzug kam erst zum Vorschein beim Zusammenrollen des Papiers, nachdem wir die Vorderseite mehrfach studiert hatten.

Der Moment, in dem die Schrift aus dem Nichts erschien, war wirklich mystisch.

Was hat das zu bedeuten Karl und kannst du uns mehr sagen?“ „Das Messer wird in diesem Papyrus hier erwähnt“.

Er zeigte auf die Papyrusrolle, die wir mitgebracht hatten.

„Es wurde bisher von niemandem gefunden und gilt als nicht auffindbar. Es ist ein Mythos, über den zahlreiche Geschichten erzählt werden und immer wieder neue und abenteuerliche Szenarien weiter gesponnen werden.

Eins weiß ich sicher aus Informationen, die ihr noch nicht kennt und irgendwann kennenlernen dürft, wie man es bedient.

Das kann ich an euch weitergeben und für was ihr es verwendet. Dieses Relikt sollte immer glänzend poliert werden. Euer Spiegelbild muss makellos darin zu erkennen sein. Mit dem Messer könnt ihr durch die Zeit reisen und gezielt Personen mit ihrem Namen und dem Datum auf den Tag besuchen.

Das ist das, was ihr braucht, um Käthe, Martin Luther und Philipp Melanchthon wiederzusehen.

Ihr habt es nicht und keiner vorher hat es jemals in seinen Händen gehalten.

Es ist sicher, dass es dieses Relikt gibt, sonst hätte euch das Pergament nicht darauf aufmerksam gemacht."

„Sagst du uns bitte, wie wir mit dem Gegenstand umgehen?"

Sorgfältig und vorsichtig murmelte Karl vor sich hin und schaute uns mit herabhängenden Mundwinkeln und schüttelnden Kopf besorgt an.

„Es ist nicht ohne Grund unauffindbar!"

In den Händen von gefährlichen und dummen Menschen kann es die Geschichte der Welt verändern oder zu Zerstörung und Tod führen. Solltet ihr eines Tages, was ich nicht glaube, das Messer finden, vertraut niemanden mehr und lasst keinen von diesem Menschheitsgeschichte verändernden Relikt wissen. Schützt euch und fallt nicht auf. Benutzt es für seltene und unbedingt nötige Reisen und nehmt es nur mit, wenn es notwendig ist.

Aus Überlieferungen kann ich folgende Hinweise mit auf den Weg geben.

Schreibt den gewünschten Namen und das Datum mit Jahr, Monat und Tag auf irgendetwas, wie Papier, Tafel, Holz oder in den Sand, egal mit was. Es sollte lesbar und nicht zu groß geschrieben sein.

Ihr bestückt die Zeitpfanne mit den Zutaten, die für die Reise gebraucht werden, wo sich die zu besuchende Person aufhält. Nehmt das Relikt und platziert es stehend hinter der Schrift mit Namen und Datum beschrieben. Sie muss sich komplett darin spiegeln. Ist das der Fall, stellt ihr eure Kupferpfanne mit den Zutaten auf die Kochstelle und haltet euch, die Pfanne und das Reisemesser fest.

Achtung!

Es sollte einen stabilen Stand auf der gegenüberliegenden Klingen Seite haben, um die Buchstaben lesbar zu reflektieren. Das kann es, da das Messer nach Überlieferungen einen speziellen Griff hat, der zum Stehen geeignet ist.

Ist dies nicht gewährleistet, können unvorhersehbare Dinge eintreten, die bisher niemand erlebt hat.

Ich kann nur sagen, dass die unglaublichsten Märchen und Horror Geschichten erfunden wurden. Macht euch keine Sorgen, es wird nichts passieren, da ihr das Messer nicht habt.

So bin ich beruhigt.

„Jetzt zu dem Ring an deiner Hand, Sophie?

Darf ich mir den bitte genauer ansehen?“

Er ließ sich leicht von ihrem schmalen Finger abziehen.

„Der Goldring ist ein Geschenk von Käthe und Martin Luther zur Rettung ihres jüngsten Sohnes.“

Karl nahm das Schmuckstück an sich und holte seine große Lupe mit integrierter Lampe aus dem am Salon angrenzenden Arbeitszimmer. Er untersuchte ihn präzise nach Hinweisen und machte Notizen in seinem kleinen ledernen Notizbuch.

„Weißt du etwas über diese fast unlesbaren Runenzeichen im Inneren? Karl, uns ist aufgefallen, dass diese Runen den Zeichen auf deiner Steinpyramide ähneln.“

Er drehte den Smaragdring um, erschrak mit einem Zucken, schob den Ring erschrocken zu uns hin und sengte seine Leuchtlupe mit einem schweren Stöhnen. Zurücklehnend gab er uns die Lupe und sagte,

„Schaut auf die kleine Platte unter dem Smaragd“. Wir erkannten beide eine Pyramide, die versteckt von Hautresten und Schweißrückständen zu erkennen war, und lehnten uns erstaunt in die schönen alten Schwingstühle zurück.

„Meine Fresse“,

sagte Karl.

„Das gibt es nicht, dass ich das miterlebe“.

Er sprang aus seinem schwankenden Stuhl auf und tanzte wie ein kleines verrücktes Männchen im Salon umher. Beide fuhren wir mit den vor Aufregung schwitzenden Händen gleichzeitig durch unsere Haare und schauten uns erstaunt an.

Er drehte sich um und lief zum Tresor.

Dort holte er eine handgroße, unscheinbare, verrostete Blechdose heraus, auf der ein abgegriffener gestanzter Werbeschriftzug aus alten Zeiten kaum noch zu erkennen war.

Bei seinen hektischen und zitternden Bewegungen klapperte es in dem Döschen hin und her. Es hörte sich nach einem Rollen an. Der kleine Behälter war vor Rost schwer zu öffnen und ließ sich mit

Geduld und Sophies ruhiger Hand dennoch aufmachen.

Die abspringenden Rostkrümel verteilten sich flächendeckend auf dem großen Tisch.

Aufgeklappt stand die Dose direkt vor uns und wir nahmen den Inhalt vorsichtig heraus.

Es war ein Päckchen mit Wachspapier. Nach dem Auswickeln kam ein Goldring zum Vorschein, der exakt aussah wie der von Sophie. Der Ring war genau so weit im Durchmesser verarbeitet wie der, den wir von Käthe und Martin erhalten hatten. Beide sahen identisch aus. Nicht eine Abweichung war zu erkennen.

„Nehmt die Lupe“,

rief uns Karl zu.

Nach einer gründlichen Analyse drehten wir ihn um und erkannten sofort, was unser Freund meinte.

Auf der Platte unter dem Smaragd befand sich das Symbol, eines Adlers, der seine Flügel ausbreitete.

„Setzt die Ringe auf eure Mittelfinger der linken Hand und wartet ab, ob etwas passiert.“

Das taten wir und im gleichen Moment blinkten beide kurz auf und passten sich mit ihrem Durchmesser der Fingergröße an.

Mit einem winzigen Zucken am Finger spürten wir den Druck der Ringe. Sophie ihrer zog sich ein wenig zusammen und bei mir dehnte er sich minimal aus, denn ich hatte ihn schwer aufziehen können, da er zu klein war.

Karl nahm unsere Finger.

Er hielt sie straff zu sich hingezogen, so dass Sophies und mein Bauch von der abgerundeten Tischkante gequetscht wurden.

Er sah sich die Goldringe mit aufgerissenen Augen, ohne zu plinsen, minutenlang an.

Jetzt funkelten und blinkten die beiden Schmuckstücke mit einer beeindruckenden Intensität.

Er warf uns die Hände mit einem Schwung zu und sie klatschten an unsere Brust.

„Gebt acht auf sie!“

Stammelte er mit schwitzender Stirn und fast auf dem Tisch kniend.

Immer wieder und ständig wiederholend sagte er den Wortlaut.

„Wie im zweiten Pergament“

beschrieben.

Wie im zweiten Pergament.

Aus Erzählungen von Zeitreisenden ist bekannt, die beide Smaragdringe trugen.

„Das liegt sehr lange zurück und kann nicht bewiesen werden."

„Karl, von welchem zweiten Pergament sprichst du?

Um was für Runenringe handelt es sich und was ist die Eigenschaft dieser Goldringe?"

„Fragen über Fragen, die berechtigt sind",

erwiderte er und nahm endlich wieder in seinem Schwingstuhl Platz.

Von Müdigkeit und Aufregung gezeichnet, bat er uns, ihm zuzuhören.

„Das sind die Ringe der Redlichkeit!"

Er warf uns quer über den Tisch seinen Gehstock zu.

„Seht den Stock genau an!

Fällt euch etwas auf?"

Der Adler mit der Größe, die eine Handinnenfläche bequem ausfüllen kann, bildet den Kopf des Stockendes.

Die Struktur, der aufgespannten Kupferflügel des Vogels, war geprägt von einer Patina durch Schweißablagerungen der inneren Handfläche.

Mit seinen Krallen klammerte er sich um das kugelförmige kupferne Kopfende des dunklen Ebenholzstabs. Am Übergang vom Stab zum Adlerkopfende waren zackige, parallel angeordnete Markierungen zu erkennen, die sich in einem gezackten Muster des Kupferkopfes ineinander schmiegten, so dass es nicht möglich war, den Adler abzudrehen.

Unterhalb der schwarzen Zacken befanden sich ringsherum drei Symbole, die wie Runen aussahen.

Sie waren größer als die anderen Runenzeichen, die sich durch ein feines und elegantes Kupferband abhoben.

Diese liefen vergoldet längst in Dreierreihen am Stock, wie feine Ketten herunter. Eine wahrhaft meisterliche Arbeit.

„Drückt bitte die drei obersten Runensymbole gleichzeitig und beeilt euch“,

rief Karl uns mit bestimmenden Worten zu.

Dies taten wir. Nach einem dumpfen Klacken und einer Vibration im Stab verschob sich der Kopf des Gehstocks und schob den Adler in die Höhe.

Der Adlerkopf ließ sich abziehen und ich legte ihn zur Seite.

„Sieh in das Stockinnere hinein und zieh das heraus, was du erkennst.“

Im Inneren war eine Rolle aus Papier, die ich mit dem kleinen Finger versuchte herauszuziehen. Das funktionierte nicht, er war zu dick.

Sophie nahm mir den Stab ab, zog mit einer ruhigen Hand und ihren schmalen, eleganten Fingern eine Papierrolle heraus und übergab sie vorsichtig Karl.

Aufgerollt, völlig schmucklos, ohne Siegel und Band, lag es vor uns.

Er präsentierte das zweite Pergament, von dem er uns erzählt hat.

Das antike Dokument war kleiner als das Erste. Es sah eher aus wie ein größerer Notizzettel.

Deutlich zu sehen waren mehr Runenzeichen, die teilweise mit bedrohlichen Serifen und aufmerksam machenden Farben dominant etwas aussagen wollten.

Karl verwies uns mit einer leisen flüsternden Stimme darauf hin, dass die zwei wichtigen Pergamentwegweiser in verschiedenen Epochen, von unterschiedlichen Personen und in unbekannten Regionen verfasst wurden. Keines der beiden Pergamente weist auf das andere hin.

Anzunehmen ist, dass das Zweite von Druiden geschaffen wurde. Zu welcher Zeit ist leider nicht zu erkennen. Da vereinzelte Texte in Französisch und Latein geschrieben wurden, wird es aus der Bretagne stammen.

„Lasst uns sehen, ob über die Goldringe etwas herauszufinden ist.“

Erstaunlich war, dass wir das Papier in unserer Sprache lesen konnten.

Karl hingegen konnte das nicht und meinte, dass es an den Ringen lag.

Dieses Pergament war in Schwarz und Weiß gehalten. Es war schwerer zu deuten als das Erste mit seinem auffälligen Farbenspiel sowie den filigranen Verzierungen, die dem Ausdruck der Schrift mahnende Charaktereigenschaften verlieh.

Auf dem Pergament war etwas markiert, mit dem keiner was anfangen konnten. Wir kümmerten uns nicht weiter darum, was in Zukunft zu einer unheimlichen Begegnung führen wird.

„Spiele mit dem Meister der Kreise das Schach der Druiden!“

Dies stand ohne Bilder und Runen oben plakativ geschrieben.

Das ist ziemlich geheimnisvoll.

Im mittleren Teil war ein Schmuckkreis zu sehen, in dem die Himmelsrichtungen abgebildet waren.

Ähnlich wie bei Kompen, bloß mit kulinarischen Abbildungen.

Der äußere war komplett mit Buchstaben ausgefüllt, die den folgenden Satz bildeten.

„Finde den Kompass der Aromen, er zeigt immer in die Richtung des guten Geschmacks.“

Im unteren Teil war ein Bild zu erkennen, das wie eine 8 aussah. Es bestand aus zwei gleich großen gezeichneten Ringen, die sich berührten.

Im Inneren jedes Kreises befand sich jeweils ein angedeuteter Edelstein mit einem Runensymbol. Diese Symbole waren exakt die gleichen wie die in unseren Smaragdringen.

Beide waren mit einem breiten Band verbunden, auf dem mit verschnörkelten Buchstaben geschrieben stand.

„Der Smaragd ist der Stein des Redners.“

Unter der acht war kleingeschrieben und etwas abgegriffen zu lesen;

„Paarweise wird die Redlichkeit entfaltet, höre, sprich und sieh, wie immer!“

Das kann ein Bezug auf die Ringe sein, da die Runensymbole in den beiden Kreisen die gleichen sind wie die auf den Anderen. Erstaunlich und faszinierend, was sich vor uns offenbart.

Wir bemerkten, dass es uns leicht fiel, die Schrift zu entziffern und das Papier zu deuten. Ab diesem Augenblick sind fremde Sprachen für Sophie und mich verständlich.

Lesen, sprechen und verstehen sollte kein Problem mehr für uns sein.

Karl montierte den Adler wieder auf den Stab des Gehstocks. Er stützte sich erschöpft mit seinem rechten Arm auf. Er sah müde und geschwächt aus.

„Ich ruhe mich aus. Nehmt das zweite Papyrus mit in eure Obhut, aber nie mit auf Reisen!“

„Karl, was hat es mit den Runen in den Ringen, am Stock und an deiner Pyramide auf sich?“

Mit einem Blick zurück zu uns und den Worten, darüber sprechen wir, wenn ihr Schachspielen wart, standen für uns jetzt mehr Rätsel im Raum als zuvor.

Wir verabschiedeten ihn mit einem nickenden und winkenden Gruß.

Kapitel 7

~20 Löffel~

Daheim angekommen hatten wir die Ringe an den Händen und präparierten die Ausstattung für die nächste Reise. Wir versuchten, in eine Region und Zeitepoche zu gelangen, wo eine andere Sprache gesprochen wurde.

Am besten weit zurück und in eine entwickelte Gesellschaft. Wir planten, 2000 Jahre in die Vergangenheit zu reisen. Genau gesagt, in das erste Jahrhundert nach Christus.

Komplett aus dem Häuschen und völlig durch den Wind packen wir jeder zusätzlich eine Metallflasche mit Olivenöl in die Umhängetaschen, sowie eine aus Metall bestehende Schraubdose mit Meersalz und eine gleich große Dose vollgepackt mit Knoblauchzehen. Für das neue Abenteuer nahmen wir eine erweiterte Zutat mit. Platziert wurde jeweils eine dichte und stoßfeste Flasche mit Weinessig in jeder Tasche. Dieser wird gerne zum Konservieren von Lebensmitteln verwendet. Mal sehen, wo diese Zeitreise uns hinführt.

Die Schale, die Sophie ständig bei sich trug, wurde diesmal randvoll mit Reisezutaten.

Berechnungen, um 2000 Jahre in die Vergangenheit zu reisen, ergaben, dass wir 20 Esslöffel grobes Meersalz, 20 vom Olivenöl und 20 Löffel Knoblauch für die Grundzutat vermengen mussten. Zusätzlich gaben wir 20 vom Weinessig hinzu. Die Pfanne war an meinem Handgelenk fixiert und stand auf dem heißen Herd, der sich später automatisch abschaltete.

Die Zutatenmischung glitt von der Schale in die Zeitpfanne und köchelte langsam. Das säuerliche Knoblaucharoma, das durch die Zugabe des Essigs entstand, lag dominant in der von Spannung geladenen Luft. Durch die Vibrationen auf unserem Brustkorb fingen wir an zu zittern und hielten uns wieder an den Händen.

Sophie und ich hofften, dass die Schmerzen im Brustbereich, wie wir sie von der ersten Reise kannten, bald nachlassen würden.

Angsteinflößendes Geschrei drang an unsere Ohren, gepaart mit, martialischen Gestampfe, untermalt von quietschenden und reibenden Blechgeräuschen, die uns eine Gänsehaut verpassten.

Nicht zu deutendes Gebrüll aus Panik, Leid und Wut war aus der Ferne zu hören. Wo waren wir gelandet? Es duftete trotz dieser extrem ungewissen Situation angenehm nach frischen Kräutern, die an einem Feuer mit würzigem Fleisch schmorten. Die feinen Aromen von Thymian, Rosmarin und Salbei lagen in der Luft.

Ein massiver kräftiger und schnell packender Handgriff ließ uns erstarren. Wir hielten uns fest und versuchten, so lange wie möglich zusammen zu bleiben. Füße verlierend und strampelnd verloren wir den Halt zum Boden und wurden mit einer unvorstellbaren Kraft gleichzeitig mit den sich zuziehenden Griff im Nacken nach hinten gezogen.

Unsere linken und rechten Hände berührten sich wie im Flug wahllos. Die umher fliegenden Finger, die zueinander suchten, trieben immer weiter auseinander. Das Tempo erhöhte sich rasant. Die Beine folgten den Schritten nicht mehr, sie schlugen und stolperten auf dem glatten und staubigen Kopfsteinpflaster hoch, runter, hin und her.

Im sich ständig wechselnden Blickwinkel waren schemenhafte Silhouetten von Häuserfassaden, an denen voll behangene Wäscheleinen gespannt im Wind wehten, zu erkennen.

Bei der Geschwindigkeit, mit der wir weggezogen wurden, waren vor Furcht fortlaufende und schreiende Menschen zu sehen. Der in die Höhe steigende, aufgewirbelte Straßenstaub vernebelte den

Blick, so dass es nicht möglich war, sich zu orientieren.

Die Augen tränten vor Dreck. Trotz, Staub und lauten Geräuschen war unser Geruchssinn weiterhin aktiv und sogar feiner ausgeprägt. Die gerösteten Aromen von Fleisch und Kräutern waren kaum mehr wahrzunehmen, sie wichen seifigen und erfrischenden Düften, wie Lavendel.

Ähnlich wie in einem Badehaus oder einer Waschküche.

Das Tempo verlangsamte sich und die panischen Geräusche um uns herum verstummten. Langsam und sanft lösten sich die beiden mächtigen und kräftigen Hände aus dem Nacken.

Wir drehten gleichzeitig die Hälse von links nach rechts und von vorn nach hinten. Streckend und dehnend bewegten wir die Halsmuskulatur erst einmal vorsichtig.

Vor uns richtete sich ein riesiger Kerl, mit stattlicher Statur und schulterlangen grauen, fast weißen Haaren auf. Sein Zopf und der elegante, gepflegte Vollbart vermittelten uns einen harmlosen Eindruck. Er wirkte mit seinem fortgeschrittenen Alter charmant. Mit seinen weit ausgestreckten Armen und den riesigen Händen wies er uns höflich darauf hin, uns zu setzen.

In dem Raum ohne Tür stand mittig, ein breites, in Stein gemeißeltes Becken, befüllt mit Wasser. Am Rand verliefen schräge Steinplatten mit gestaffelt verlaufenden Rillen und über dem Wasserbecken waren netzförmige Seile gespannt. Von oben hingen Stoffe und Leinen zwischen frischen und getrockneten Lavendel Sträußen auf Kopfhöhe hinab. Auf der linken Steinbank, parallel von dem Becken, nahmen wir platz und warteten auf das, was kommt. Es schien, dass der Begleiter, den wir im Nacken hatten und uns wegschleppte, freundlich gesinnt war. Er setzte sich auf den Beckenrand uns gegenüber, öffnete wiederholend seine Arme zum Willkommensgruß und nickte mit einem Lächeln.

„Mein Name ist Favorinus Gellius."

Klang es an unsere Ohren. Erstaunlich, durch die Smaragdringe verstanden wir alles perfekt. Beide standen wir auf und verneigten uns dankend.

„Das ist Sophie und ich bin Mark. Wir sind Reisende und studieren die Ess- und Trinkgewohnheiten anderer Kulturen."

„Ihr befindet euch hier bei mir in Sicherheit. Dies ist eine alte Gladiatorenschule, in der offiziell nicht mehr trainiert wird. Wir sind mit der Schule in Vergessenheit geraten und uninteressant für die Legionäre der Stadttruppen.

Diese werden immer unverschämter und brutaler. Ihr Vorgehen vorhin auf dem Mittagsmarkt hier bei uns in dem weit abgelegenen Stadtteil von Pompeji ist nicht zu entschuldigen. Es gab nicht einen Grund, friedliche Familien mit ihren Kindern und den Ältesten zu schikanieren und sie zu provozieren.

Seit vor drei Jahren, anno 59 der neuen Zeitrechnung, keine Gladiatorenkämpfe hier bei uns ausgetragen werden dürfen, haben 2000 römische Legionäre mit ihren Clans unzählige Häuser besetzt.

Nach den großen Krawallen im Amphitheater zu Pompeji, wo tausende Einheimische und ihre Nachbarn aus Nuceria in einem Blutbad zu Tode kamen, herrscht hier Angst und Schrecken.

Ich habe mir zur Aufgabe gemacht, so viele Menschen vor diesen Attacken zu beschützen, wie es möglich ist. Heute hattet ihr das Glück, mich zu treffen und ihr habt es gebraucht.

Nach der Zeit als Gladiator hinterließ mir mein alter Gladiatorenmeister Maximus Gavanius dieses stattliche Gebäude.

Ich war wie ein Sohn für ihn, nachdem er mich im Alter von neun Jahren mit einer Gladiatorenlanze aus siebzig Meter Entfernung vom Galgen schoss. An dem ich mit zwei größeren Brüdern, meiner hochschwangeren Schwester und ihrem recht schaffenden Ehemann dem Tode geweiht war.

Die Geschwister haben es nicht geschafft.

Da sie alle ausgewachsen waren, schnürte sich die Galgenschlinge schneller um ihren Hals zu und brach ihnen durch ihre kräftigeren Bewegungen innerhalb von kurzer Zeit das Genick.

Ich hatte Glück, mein Kinderhals war schmal."

Favorinus Schultern sackten hinunter und er schnaufte wie ein Ochse vor lauter Last, die er zu tragen hat. Sophie reichte ihm ein weißes Stofftaschentuch aus dem römischen Umhang, den sie trug.

Er trocknete seine Tränen ab.

Nach einem großen Luftholen fuhr er fort.

„Beim Eintreffen von Maximus Gavanius lag ich zitternd am Boden. Die bewegten Schatten der im Wind schwingenden Geschwister waren der letzte Blick zu ihnen.

Meine Schwester verlor im Moment des Todes ihr ungeborenes Kind am Galgen. Das Kleine hing blau verfärbt zwischen den Blut überlaufenden Beinen seiner Mutter, mit der Nabelschnur um den Hals, aus dem Mutterleib herunter.

Diese Bilder werde ich nie vergessen.

Es schüttelt mich noch heute, als wäre es wie damals."

Uns liefen die Tränen bei dieser tragischen Lebensgeschichte. Wir setzten uns zu Favorinus auf den Rand des Steinbeckens.

Es war traurig, zu hören, was mit seiner Familie geschehen ist und schlimm mit anzusehen, wie er leidet.

Wir saßen links und rechts an seiner Seite und versuchten die zitternden Hände, zu halten, was uns schwerfiel, da sie enorm groß waren.

Sein gigantischer Brustkorb pumpte sich mit dem nächsten Atemzug kräftig auf und schob sich in die Höhe, dass wir dachten, der Kerl platzt gleich. Er brauchte diese Luft, um in sich zu gehen, denn Favorinus wollte uns die ganze Tragweite dieser Tragödie erzählen. Die Atemluft strömte mit voller Kraft aus ihm heraus und hielt sich die enormen Hände vor sein schmerzdurchzogenes, liebevolles und freundliches Gesicht. Mit schüttelndem Kopf und zitternden Sätzen sprach er weiter.

„Wir wurden gezwungen, Mama und Papa beim Sterben zuzusehen. Mutter wurde vor den Augen ihrer Kinder und ihres Ehemannes mehrfach brutal geschändet.

Wir Geschwister standen Hilfe schreiend mit Schlingen um den Hälsen vor unseren Eltern auf dem Galgen Podest. In dem Glauben, ihre Familie retten zu können, ertrug sie unzählige Schändungen von verschiedenen uniformierten Soldaten.

Vater musste diese Grausamkeiten wehrlos ansehen. Er hing, von Peitschenhieben übersehr, zwischen vier Schlachtrössern, gefesselt an jedem Hand und Fußgelenk.

Die aufgeregten und schnaubenden Pferde, mit ihren sadistischen römischen Legionärsreitern, die damals Pompeji unterjochten, standen sternenförmig, ausgerichtet an den Himmelsrichtungen und zogen an Vaters Gliedmaßen.

Er schrie nicht.

Er weinte nicht.

Bei jeder Schwäche, die er zeigte, wurde die Schändung seiner geliebten Ehefrau heftiger und das Leid seiner Kinder größer.

Er hatte enorm viel Stärke und Kraft, wie man es sich kaum vorstellt."

Favorinus schnappte mehrfach nach Luft und trank das Wasser, was wir ihm reichten.

Er sagte von einem Moment zum anderen kein Wort mehr und schaute, mit einem leeren Blick nach unten, auf den abgetretenen und mit Seife gewachsenen Waschküchenboden.

Es vergingen zahlreiche Minuten einer alles und nichts sagenden Stille. Mit stotternder winselnder

Stimme, wie die eines Kindes, das Angst hat, flüsterte er uns zu.

„Mutter weint nicht mehr.“

Er zitterte am ganzen Körper und die Tränen flossen, wie zwei Flüsse links und rechts an seiner Brust, unter dem offenen Hemd hinab in seinen Schoß und schlossen sich zu einem trauernden Tränenfluss zusammen.

Er hob seinen Kopf und schaute uns mit weit aufgerissenen, panischen, rot unterlaufenden Augen an.

„Eine Lederpeitsche knallte viermal. Die Pferde liefen mit tosendem Geschrei und den entrissenen Gliedmaßen vom Vater in Richtung Mama, direkt auf sie zu und trampelnd über sie hinweg. Die schweren Hufe mit kopfgroßen Eisen beschlagen, zermalmten mit krachenden Geräuschen den Körper meiner Mutter bis zur Unkenntlichkeit.

Die Peitsche knallte wieder, kurz und kräftig. Das Galgenpodest unter unseren Füßen wurde weggerissen, unmittelbar knackte es viermal.

Die Hälse der Geschwister gaben dem Druck der Schlinge gleichzeitig nach. Sie hingen bewegungslos am Galgen und warfen wehende Schatten auf diesen Platz der Grausamkeiten.

Ich zappelte wild umher und hielt die kleinen Hände zwischen Galgenschlinge und Hals.

Kurz darauf zischte die riesige Lanze von Maximus über meinem Kopf hinweg und ich fiel zitternd zu Boden.“

Es drang ein lauterwerdendes Meckern einer Ziege auf uns zu. Favorinus stand auf und streckte seine breiten Hände aus. Mit einem gepolter sprang ihm eine aufgeregte meckernde Ziegendame entgegen und fiel in seine offenen Arme.

Er kippte mit Schwung nach hinten. Sie schleckte ihm das Gesicht ab und fuhr mit ihrer langen, schmalen Zunge durch seinen grausen Vollbart, der bis zur Brust reichte. Sie sammelte jede Salzträne aus dem Bart, um ihn zu trösten.

Seine Mundwinkel schoben sich vor Freude, bis hin zu seinen Ohrläppchen hinauf.

Favorinus setzte sich auf seine Knie und umarmte diese meckernde Dame mit einer Herzlichkeit, die uns erneut zu Tränen rührte.

„Das ist Sofia, die älteste Ziege, die ich habe. Sie lebt schon lange bei mir und kennt mich gut.

An den Augen und der Stimme erkennt sie meine Gefühle. Sie gibt die beste Ziegenmilch von allen anderen, die mir ebenfalls ans Herz gewachsen sind.

Folgt mir durch den Garten in die Küche und probiert den Ziegenkäse von Sofias Milch.“

Favorinus war wie ausgewechselt nach der Begegnung mit seiner Ziege. Die Freude und die Lebensenergie haben wieder zu ihm zurückgefunden und er schlenderte beschwingt mit wehenden Armen durch diese grüne Oase.

Er zeigte uns mit einer Heiterkeit seine prächtigen Feigenbäume. Mit ihren handähnlichen Blättern und den sich darunter verbergenden vollreifen Früchte, spendeten sie Schatten. Vor lauter Saft und Kraft platzten schon ein paar dunkelblaue Feigen.

Die im Garten wahllos gepflanzten alten Olivenbäume mit ihren nicht reifen Olivenfrüchten, könnten mit Sicherheit historische Geschichten aus den letzten Jahrhunderten erzählen.

Beladene Zitronenbäume mit ihren sonnengereiften Früchten strahlten in der Sonne. Die vielen saftigen Zitrusfrüchte waren schwer, so dass die Äste sich bogen. Gleichzeitig standen sie in Blüte und so hingen grüne, unreife Früchte direkt neben den voll ausgereiften und präsentierten uns durch die unzähligen weißen Pigmente der geöffneten Zitronenblüten ein Wunderwerk der Natur.

Der wunderhübsche verwilderte Garten duftete nach Salbei, Thymian und Rosmarin. Die erfrischenden und belebenden Aromen ließen uns kurz verweilen und innehalten.

Die Waschküche, die nur durch diesen, Wildgarten begehbar war, sah mit dem breiten Eingang faszinierend aus. Durch eine ausufernde Rankenpflanze war die Wäscherei komplett vereinnahmt. Mit ihren handflächengroßen lila-gelben Blüten zelebrierte sie ein Farbenspektakel, das mit ihrem duftenden Aromenspiel eine Magie auf dieses reizende Anwesen zauberte.

Unser Retter und die kopfschüttelnde meckernde Sofia standen vor einer winzigen Holztür, die die Hälfte von Favorinus Größe hatte und von einem breiten Rahmen aus massiven Granit umrahmt war.

Links und rechts neben der Tür sahen wir 2 kleine Fenster, die jeweils mit einem Kreuzgitter geschützt waren.

Die Fensterrahmen mit ihren eingebauten Gittern waren genauso überdimensional gebaut wie die der Tür.

Zwei mächtige abgetretene Sandsteinstufen, die zur Tür führten, waren nach vorne hin abgelatscht, sodass sie kaum zu erkennen waren.

Der kopfgroße massive Metallring im Zentrum der Tür, auf einer geschmiedeten verzierten Metallplatte, sah spektakulär aus. Sofia schubste die Tür mit ihrem Kopf auf. Es drang ein appetitanregender

Duft von Knoblauch und frischen Kräutern auf uns zu.

Favorinus schob sich mit seinem athletischen Körper durch die winzige Tür und schaute lächelnd zurück.

Die Tage in diesem August sind wunderschön und heiß. Am Türrahmen waren auf Schulterhöhe speckige Reibestellen durch Schweiß zu erkennen, die bestimmt von ihm stammen. Was bei der Türgröße klar war.

Duckend und den Kopf mit den Händen schützend betraten wir einen abgedunkelten Raum.

Das Licht, das durch die beiden kleinen Fenster eindrang, reichte gut aus, um sich vor Ort zu orientieren.

Tonkrüge und Amphoren, befüllt mit Speisen und Zutaten, die kühl und lichtgeschützt hier lagerten, reihten sich mit Kork und Holzdeckeln verschlossen links, rechts und übereinander an den Wänden entlang.

Holzplanken und Seile sicherten das Lagerkonzept. Gekennzeichnet mit römischen Zahlen und runenähnlichen Symbolen sah dieses Lager ordentlich katalogisiert aus.

Sofia stand wieder meckernd und erwartend vor einer weiteren halboffenen Tür, aus der, der von uns erspürte Duft strömte. Es offenbarte sich ein schmaler Gang, mit ein paar Metern Länge und einem gelblich flackernden Licht am Ende. Man konnte ihn bequem mit einer Handschubkarre passieren. Die über Generationen vom Fackellicht geschwärzte Kuppeldecke konnte Favorinus mit einer Handbreite zwischen Kopf und Decke durchqueren.

Dem Lichteinfall folgend, drangen schrille weibliche und mahnende Rufe an uns heran.

„Favo, wo bleibst du denn?“

Er drehte sich zu uns herum und verzog schuldig sein Gesicht.

„Oje, ich bin wieder zu spät.“

und schüttelte verlegen beide Hände vor sich her. Im gelben Licht stand eine etwas korpulente mit hübschen Kurven betonte kleine Frau mittleren Alters. Sie schwang mahnend in Richtung unseres Retters, ein von Mehl staubendes großes Nudelholz.

Er ging schüchtern auf sie zu und nahm sie in den Arm und drückte sie kräftig. Ein strahlendes Lächeln dieser reizenden Dame kam nach einem dicken Kuss zum Vorschein.

Sie im Arm haltend, sagte er mit roten Wangen und einem breiten schuldigen Grinsen.

„Das ist Magdalena, die Liebe meines Lebens. Ohne sie würde ich schon lange nicht mehr unter uns weilen. Sie gibt mir Lebensfreude, obwohl sie immer wieder Anlass zur Angst hat. Ihr wisst aus welchem Grund."

Seine Frau, die mindestens zwei Köpfe kleiner war als Favorinus, schaute zu ihm auf und befreite sich aus seinem liebevollen Griff. Sie zog ihm trotzdem eine mit dem staubenden Nudelholz über sein strammes Hinterteil und schimpfte lieb und bestimmend auf ihn ein.

„Du hast die Kinder vergessen, sie kommen gleich und du bist spät dran!"

„Oje" sagte er.

„Magdalena, ich habe Gäste mitgebracht"

und wies mit seinen ausschweifenden langen Armen auf uns hin.

„Das ist meine Frau Sophie und ich bin Mark.

Wir sind auf einer Studienreise zum Thema Essen und Trinken in verschiedenen Kulturen.

Dein tapferer Mann hat uns beiden heute Mittag das Leben gerettet.

Wir sind ihm dafür sehr dankbar und möchten euch gerne helfen."

Sofia, die vorlaute Ziege, schubste ihn und meckerte Favorinus, mahnend an. Er fiel aus allen Wolken und bat Magdalena, den versprochenen Ziegenkäse, den er uns angepriesen hatte zu holen, um davon ein wenig runter zu schneiden, bevor die Kinder kommen.

„Ihr werdet sehen, riechen und schmecken, dass es sich um den besten Käse handelt.“

Dieser Ziegenkäse war so köstlich, mit seinem leicht nussigen Geschmack und der festen Konsistenz. Wir durften einige Stückchen dieser Delikatesse probieren. Sophia die Milchgeberin dieser Spezialität schob sich zwischen uns und holte sich verdienterweise ihre Streichelbelohnung ab. Im Mittelpunkt fühlte sie sich sichtlich wohl.

„Seht zu, wie Favorinus gleich mit unseren Nachbarskindern spielerisch ein geheimes Verteidigungstraining absolviert.

Nach dem Training helft ihr mir in der Küche. Die Kinder werden sicher hungrig sein.“

Auf einmal wurde es laut, Kindergeschrei mit Rangeleien und Geschubse waren zu hören.

Sie kamen durch die große Küchentür auf der gegenüberliegenden Seite des Ganges, durch den wir das Reich der Aromen betreten hatten. Es polterte und es flog die massive Holzküchentür auf. Im Türrahmen steckten drei Kinder, die gleichzeitig in der Küche sein wollten. Sie drängelten und hauten sich, doch es weinte keiner, denn es war alles spielend.

Sofia, die Ziege stand vor ihnen und meckerte kopfschüttelnd auf sie ein.

Der Geräuschpegel wurde stärker und hektischer. Man verstand sein eigenes Wort nicht mehr. Favorinus hielt sich an dem breiten Steinbackofen zurück mit der Ahnung, was gleich passieren würde.

Magdalena rief bestimmend und dominant mit ihrem in die Höhe schwingenden Nudelholz.

„Silencio!“

Es halte wie ein Donner beim Gewitter.

Augenblicklich war es still geworden und die Kleinen hatten den Türrahmen wieder freigegeben, so dass die anderen die Küche betreten konnten.

In einer Linie standen zehn Kinder kerzengerade von links nach rechts der Größe folgend, jeder mit einem Körbchen oder einer Tonschale mit Zutaten und Lebensmitteln in diesem Raum. Vom Ofen her nuschelnd kamen von Favorinus die Worte,

„So ist es ständig und immer wieder lustig anzusehen.

Es ist Tradition und ein Ritual, wie die Kinder voller Energie und Tatendrang zu uns kommen.

Ist einer mal nicht energisch, machen wir uns große Sorgen, was öfter vorkommt, da die Situationen in den Familien nicht einfach sind.

Alle drei Tage dürfen diese Kinder bei uns trainieren, um sich in Gefahrensituationen zu verteidigen.

Ihr selber seid ja heute in eine geraten. Täglich kommt es zu solchen Vorfällen, die immer brutaler werden.“

„Favorinus trainiert die Kleinen ab dem siebten Lebensjahr, solange sie wollen und wie sie können. Es sind immer Unterschiedliche bei uns, das richtet sich nach ihren Verpflichtungen im Haushalt. In letzter Zeit stellen wir fest, dass die Eltern dieses geheime Training bei uns für ihren Nachwuchs öfter nutzen. Sie geben ihren Kindern ein paar Zutaten aus ihrem Haushaltsbestand mit, um eine Wertschätzung ihrerseits zu zeigen.

Es kommt immer auf die Situation in der Familie an. Oft sind die Väter und älteren Jungen von den römischen Legionen zwangsrekrutiert worden oder versklavt. So verbreiteten sich Angst und Schrecken in der Bevölkerung.

Wir bestehen nicht darauf, dass jemand was gibt. Uns ist wichtig, dass die Kleinen in der Lage sind, sich und ihre Liebsten zu schützen.“

„Er hat uns von seiner Kindheit erzählt.“ „Jawohl, das ist genau der Grund, warum mein oft verrückter Mann und riesiger Ochse sein Wissen über Verteidigung und Kampf weitergibt."

Leider haben Favorinus und ich keine eigenen Kinder. Ich war seit der Kinderzeit Eigentum einer hochrangigen Legionärsfamilie in Rom. Vor zehn Jahren wurde diese Familie nach Pompeji versetzt und hier lernte ich Favo kennen, wo er bereits ein freier, immer noch aktiver Gladiator war.

Sein Herr Maximus behandelte ihn wie einen Sohn. Er hatte hier in dieser Region Macht und Einfluss und bekam mit, dass sich Favorinus hin und wieder mit mir traf und dabei glücklich war.

Für uns scheinte es unmöglich, dass wir als Paar zusammenleben durften, da ich lebenslange Leibeigene dieser römischen Familie war.

Der hochrangige Soldat, das Familienoberhaupt, hatte die Leidenschaft des Wettens zum Laster und war eine Belastung für seine Sippe.

Er verwettete das gesamte Familienvermögen. Dank seiner militärischen Stellung war er unantastbar und privilegiert, Immunität zu haben. Maximus beobachtete den Legionär eine ganze Zeit lang und studierte sein Wettverhalten, das risikoreich war.

Er sprach mit meinem Liebsten und unterbreitete ihm einen Vorschlag.

„Favorinus du wirst, was gegen dein natural ist, die nächsten Kämpfe verlieren. Ich werde den Römer täuschen und ihn zu hohen Wetteinsätzen mit dir als Favoriten verleiten. Die ersten drei wirst du machtvoll gewinnen und die folgenden zehn werden dramatische Niederlagen sein.

Der Legionär hat nichts mehr, womit er wetten kann. Wir werden diesen Mistkerl zwingen, Magdalena als Einsatz ins Spiel zu bringen."

Maximus hat ihn mächtig unter Druck gesetzt und ihm gedroht, wenn er das nicht tut, wird er dafür sorgen, dass keiner in dieser Stadt und in anderen Regionen jemals wieder mit ihm wettet. Sie haben das haargenau durchgezogen und es hat funktioniert. Den beiden sei Dank.

„Ich bin heute eine freie Frau, die zu schätzen weiß einen tollen Mann wie meinen an der Seite zu haben."

„Raus mit euch auf den Trainingsplatz und bleibt ruhig, wir haben Gäste."

Auf Favorinus Worte hörend oder nicht, liefen die Kinder mit einem Geschrei und Getöse aus der Wohnküche hinaus auf den Platz. Sie verkeilten sich ähnlich, wie bei der Ankunft im Türrahmen.

Magdalena schwang ihr riesiges Nudelholz und klatschte, jedem in der Tür steckenden leicht eine auf sein Hinterteil. Sofort war Ruhe in der Küche und die Tür war wieder begehbar.

Aufgewirbelter Staub drang von außen durch die Küchentür. Favorinus folgte den Kindern auf den Platz, auf dem sie wie eine wildgewordene Herde umher rannten. Man konnte vor staubiger Luft nichts mehr sehen. Mit brüllenden Rufen eines Löwen rief er aus voller Kehle heraus,

„Pali aufgestellt!"

Magdalena stupste uns mit ihrem Ellenbogen in die Seite und grinste uns mit folgenden Worten an.

„Jetzt gehts los, passt auf."

Von einem Moment zum anderen verstummten alle Geräusche. Nur der, wie ein wilder Ochse schnaufender Favorinus, der in sich aufbauenden Ruhe des untergehenden Staubes zu hören war. Es waren ein paar Minuten Stille zu vernehmen.

Einzig das Weiße in den Kinderaugen war zu sehen. Die Gesichter und die freien Oberkörper der Kinder waren komplett eingestaubt. Es glänzte nichts mehr und es war keine Haarfarbe zu erkennen. Selbst die leuchtenden Farben ihrer Lendenschurze, dem Subligaculum, waren grau.

„Pali eins"

halte es vibrierend den Platz entlang, der mit einem hohen Mauerwerk und uralten schattenspendenden, hochgewachsenen Zypressen eingezäunt ist. Von Außen war es nicht möglich, hineinzuschauen oder über die Mauer einzudringen, was gut und wichtig für die Kinder und ihr geheimes Training war.

Der Älteste der Kinderschar kam nach vorne und nahm von Favorinus einen zweihenkeligen Reisigkorb mit hölzernen Schwertern entgegen. Ohne Kommentar wusste der Junge, was zu tun ist. Jeder bekam von ihm ein Holzschwert. Über den Arenaplatz hallten mit lauter und martialischer Stimme die Worte.

„Pali"

Die Buben strömten geordnet auseinander und begaben sich einzeln zu einem mannshohen Holzpfahl, die halbkreisförmig auf dem Platz angeordnet waren.

Magdalena drehte sich zu uns um und hob stolz ihren Kopf. Mit beiden Händen in den Hüften und ausgefahrenen Ellenbogen streckte sie voller Kraft ihre fulminante Brust nach vorne. Mit weit geöffneten Augen sagte sie.

„Ich habe Monate versucht, bis jeder dieser Jungs seinen Lendenschurz selber und ordentlich binden konnte. Am Anfang standen die Kerlchen auf dem Platz und bei der ersten Bewegung rutschten alle

Schurz in die Knie. Das Gelächter und Geschrei war riesig. Desto mehr freue ich mich, was aus den Kleinen wird, wenn wir ihnen ein paar lebenswichtige Hilfestellungen mit auf den Weg geben. Für uns ist das eine große Freude, nachdem wir keine eigenen Kinder haben. Spielend mit einer harten Disziplin lehrte Favorinus den Buben, wie sie sich und ihre Familie verteidigen. Jede Woche werden sie besser, schneller, brutaler und kräftiger. Das ist wichtig, sonst werden sie nicht überleben. Wir achten darauf, dass sie immer im Spiel Kind bleiben.

Ihr werdet später beim gemeinsamen Essen alle kennenlernen."

Die Holzpfähle stammen aus Maximus seiner Zeit und jeder Athlet, genannt Pali, hat seinen eigenen Pfahl, der ebenfalls Pali heißt, an dem er trainierte.

An diesen Holzpfosten haben hunderte begabter Kämpfer ihre Fähigkeiten verbessert.

Magdalena liefen bei diesen Worten die Tränen in die Augen.

Wir lehnten mit ihr an einem Geländer aus Pali. Einst gebaut für Zuschauer zur Erinnerung an gefallene Gladiatoren. An den Armen lehnend versuchten wir, sie zu trösten.

„Immer wenn die Kinder kommen, denke ich an meinen älteren Bruder Brutus.“

Er wurde an dem Tag, an dem unsere Eltern von römischen Legionären nach qualvollen Folterungen getötet wurden, wie ein Tier in Ketten gelegt und als Sklave verschleppt.

Ich wurde, wie von mir erzählt, als Leibeigene in der Legionärsfamilie von Partus, genannt dem Schlächter als Sklavin gehalten. Bis ich auf Favorinus und Maximus traf, was mein Glück war. Ich wusste, dass Brutus sich nicht ohne Widerstand versklaven lassen würde und endete als Kämpfer in der brutalsten Gladiatorenschule von Rom.

Eines Tages nahm mich Partus mit zu einem Gladiatorenkampf im Kolosseum von Rom.

Das stand mir sonst nicht zu. Ich musste direkt neben ihm in seiner Loge sitzen, schweigen und zusehen.

Drei Gladiatoren betraten diese riesige Arena unter tosenden Beifall der tobenden und fanatischen Menge auf den nach oben auslaufenden Rängen dieses Stadions. Ein Kämpfer wurde als Grasus der Begnadete dem Publikum bekannt gegeben. Ihm wurde versprochen, wenn er hier lebend herauskommt, wird er begnadigt. Mit seinem mächtigen

Helm, dem Kurzschwert und dem Langschild stand er von Angst durchzogen auf dieser Schlachtbank.

Lexitius, ein winziger, schmächtiger Gladiator, mit einem Lendenschurz und dem Gesicht freien Stahlhelm ausgestattet. Er betrat den gewaltigen Platz des Todes, mit einem zerfledderten Rundschild und eine für ihn zu lange Lanze. Der kleine Kämpfer wurde sofort wegen seiner Größe vom Publikum mit nach unten zeigenden Daumen und verachtenden Rufen dem Untergang geweiht.

Ich fühlte, wie er in der Arena zitterte, sein hellrot leuchtender Schurz wechselte aus meiner Entfernung gut sichtbar vor lauter Aufregung seine Farbe von hell in ein feuchtes dunkelrot.

Es bemerkten einige Besucher und lachten ihn aus. Er tat mir leid, wie er da stand. Keiner kam ihm in seiner aussichtslosen Lage zu Hilfe.

Auf einmal tobte die Menge, nachdem der Sprecher den Namen Brutus der Titan, Brutus der Titan mehrfach und gebetsförmig in die Arena schrie.

Mir war klar, warum ich dieses Mal mitgenommen wurde. Die Loge betrat ein schmaler, lang nichtssagender betagter Mann. Er nahm, unter seinem Umhang verschwindend, einen Lederbeutel vom Schlächter entgegen. Partus sah mich mit einem stechenden und brutalen Blick an.

Dein Bruder macht die Familie reich. Ich habe heute ein Vermögen auf den Untergang von Brutus den Titanen gewettet.

Mein Gesicht versank vor Scham, bedeckt von den Händen samt Schultern auf den Knien. Ich brüllte in der Hoffnung, dass mein Bruder etwas hörte.

Partus hielt mir mit seinem linken Handrücken den Mund zu und hob mich wie eine Trophäe in die Höhe. Mit brüllenden Worten schrie er dem Titanen zu:

„Sieh deine kleine Schwester. Du weißt, was du heute zu tun hast."

Die Menschenmassen der Arena schlossen sich ihm loyal an. Alle riefen, mit gesenkten Daumen und synchron trampelten Füssen,

„Brutus, Brutus, Brutus"

und das minutenlang.

Der Boden bebte und die Menge tobte wie im Blutrausch. Ich schämte mich, ihm nicht beistehen zu können. Brutus mit seinem großen an den Seiten weitauslaufenden Helm, der ihm mit den Spitzen links und rechts über die Schultern ragte, stand mit dem schweren Kettenhemd fest auf seinen beiden kräftigen Beinen. Die hochgebundenen Schuhe schützten ihn an den Knien. Zur Verteidigung hatte er einen langen Dreizack, der ihm bis oberhalb vom Kopf reichte. Ein mit gewichten versehendes Wurfnetz, das hohe geschickliche Kampfkünste erfordert, erhöhte seine Chancen, nicht gleich getötet zu werden.

Partus zog meine Schultern unter Schmerzen zurück und zwang mich, das unmenschliche Spektakel mit anzusehen.

Er stand hinter mir und achtete darauf, dass ich alles aufmerksam erlebte.

Die Augen schweiften hilfesuchend und fast ohnmächtig in die Höhe zum Himmel. Vorbei an wehenden weißen und bunten Stoffsegel, die über den einzelnen Terrassen im Kolosseum bis oben hin gespannt waren und im aufkommenden Wind in der ringförmigen Arena auf und ab wippten.

Das Getöse der fanatischen Menge wurde immer lauter und brutaler. Das Wippen der Segel, mit den monoton rauschenden Windgeräuschen, schaukelte die Massen wie im Rhythmus des Todes in Ekstase.

Der Kaiser saß in seiner Loge. Er erhob sich und die Menschenmenge verstummte augenblicklich. Die Stille in diesem Moment war unerträglich. Er streckte seinen rechten Arm nach vorne und drehte seinen Daumen hoch, um das Spektakel zu beginnen.

Ein rasselnder Klang von schweren und gigantischen Ketten lag in der Arena. Es öffneten sich drei riesige, weit auseinanderliegende Tore im Boden des Kampfplatzes. Mit quietschenden Geräuschen der Portale untermalt, mischte sich ein immer lauter werdendes Tiergebrüll unter die akustische und bedrohliche Atmosphäre. Brutus und Grasus bewegten sich Rücken an Rücken in die Mitte der Arena zu. Sie versuchten, auf einer Anhöhe von aufgeschütteten Steinen Schutz zu suchen.

Lexitius stand, wie versteinert mit seinem nassen Lendenschurz, vom Publikum zum Tode geweiht zitternd vor den sich offenbarenden Toren. Zwei ausgehungerte schwarze Panther sprangen heraus. Der kleine Kämpfer wurde auf Grund des ausströmenden Geruches seines feuchten Schurzes auf der Stelle von beiden Raubkatzen in Stücke zerfetzt. Seine Arme und Beine wurden weggeschleppt. Er brüllte immer weiter vor Todesschmerzen.

Das Arenapublikum jubelte und zeigte seinen Daumen nach unten.

Aus dem dritten Tor sprang ein gigantischer, ausgemergelter Löwe mit einer mächtigen Mähne. Der brüllend vor Hunger schrie und den lebenden zappelnden Rest von Lexitius mit einem einzigen

Biss in seinen Kopf erlöste und den menschlichen Torso zur Seite schleppte.

Der sandige Boden färbte sich sternenförmig in tief dunkles Rot und zeigte uns, wo sich die Tiere aufhielten. Die Panther und der Löwe näherten sich der Anhöhe, auf der Brutus und Grasus standen. Sie kämpften und verteidigten sich, mit allen, was sie hatten.

Sie schrien die Raubtiere an, um ihnen Angst zu machen, doch es brachte nichts.

Die ausgehungerten Monster waren genau wie das schreiende Publikum im Blutrausch.

Grasus wurde trotz seiner Waffen und des Mutes von beiden schwarzen Raubkatzen gleichzeitig angefallen. Einer sprang ihm beißend direkt an den Hals, sodass er nicht mehr schreien konnte. Der andere verbiss sich, zähnefletschend zwischen seinen Beinen fest.

Brutus versuchte, ihm zu helfen. Mit seinem Dreizack und dem Wurfnetz gelangen ihm gezielte Attacken, was die Tiere weiter reizte. Grasus wurde ausblutend von beiden Panthern die Anhöhe hinab verschleppt.

Die Steinanhöhe war blutüberströmt und lockte den in Rage brüllenden Löwen an, der weiterhin im Blutrausch war. Er sprang Brutus von hinten mit seinen breiten Vorderpfoten stoßend an. Er rutschte auf dem Blut von Grasus herunter und landete auf dem Rücken mit seiner Langwaffe, die er mit beiden Händen senkrecht nach oben ausgerichtet hatte.

Das monströse Tier nahm einen Sprung mit Anlauf aus der Höhe. Mit gespreizten Vorder- und Hinterläufen flog er auf meinen Bruder zu. Den Monsterlöwen durchbohrend hielt Brutus mit seinen Armen und einer gigantischen Kraft den Dreizack hoch. Er spießte ihn direkt in den Brustbereich auf. Doch er lebte und biss immer wieder, mit seinem weitaufgerissenen und angsteinflößenden, breiten, mit scharfen Zähnen besetztes Maul, auf den Speer hängend, in Brutus Kopf.

Durch seinen weit über die Schultern auslaufenden Helm machten ihm die massiven Bissattacken nichts aus. Er drehte und wackelte mit seiner Waffe so lange, bis die Raubkatze ihren Todeskampf erlag.

Eine Hundertschaft Legionäre der roten Garde betraten den Platz und jagten die schwarzen Panther wieder in den Untergrund. Er schob den schweren Tierkörper von sich herunter und stand auf.

Das Publikum war außer sich und jubelte meinem Bruder zu. Mützen und Tücher vielen wie ein langer Regenguss durch das Kolosseum hinab in die Arena.

Selbst der Imperator hielt seinen Daumen nach oben. Er entließ Brutus aus der Sklaverei und warf ihm ein hölzernes Schwert als Zeichen der Freiheit zu.

Dieses spezielle Holzschwert mit eingelassenen Symbolen erhalten Gladiatoren, die vom Kaiser persönlich begnadigt und in ein freies Leben entlassen wurden. Von meinem Bruder habe ich nach dem Tag nichts gehört. Bis zu jenem, wo mich Maximus und sein Ziehsohn aus der Leibeigenschaft befreiten. Kurz nachdem ich seinen Haushalt verlassen hatte, verbrannten Partus und seine gesamte Familie in diesem Haus. Keiner wusste, was passiert war. Brutus lebt heute mit seiner Ehefrau Flavia und den drei Kindern in der Nachbarschaft.

Wir unterstützen uns gegenseitig. Er und Favorinus sind mittlerweile beste Freunde.

Sie unterrichten die Kleinen oft gemeinsam.

Ihr werdet ihn sicher kennenlernen.

Zurück in der Küche, wo wir die mitgebrachten Gaben sortierten, richtete Magdalena ihre weißblaue Tunika, die sie unter dem leichten seidenen Stoffumhang trug, wieder für ihre tägliche Hausarbeit zurecht. Sie kam zu mir und bot an, ein paar neue Feinheiten an meiner zu retuschieren, um dem Modetrend zu entsprechen. Tunikas von Frauen sind immer gleich geschnitten. Sie unterscheiden sich durch das aufgenähte Muster und die Farbauswahl. Modische Akzente ergaben sich aus dem Tragen und dem Faltenstil der Tunika.

„Das Grün in dem Umhang passt gut zu deiner Augenfarbe Sophie.“

Sie strich sorgfältig, mit ihrem Handrücken der rechten Hand die herabfallenden Falten meines Seidenumhangs, den ich oben drüber trug, nach unten glatt. Gleichzeitig fielen die Staubreste des Paliplatzes heraus.

Ab der Hochzeit mit Favorinus freute ich mich auf den zweiten Stoffumhang aus edlen Seidenstoff, den verheiratete Damen, als Zeichen ihrer Vermählung tragen.

Ich verwies Magdalena auf den Gürtel hin, der unterhalb meiner Tunika zu sehen war und erklärte ihr, dass wir auf Studienreise zum Thema Essen und Trinken unterwegs sind.

„Mark und ich haben eine kleine Gewürzküche, mit verschiedenen Zutaten immer bei uns.

So können wir, sobald es sich ergibt und eine Küche oder Feuerstelle vor Ort ist, etwas mit regionalen Produkten zubereiten.“

Sie freute sich für uns und strahlte mit ihren roten Wangen, nahm meinen rechten Arm und zog mich mit ihrer kraftvollen Energie ins Kücheninnere.

„Die Kleinen haben hier ihre leckeren Gaben abgestellt.

Sieh Sophie, was unsere Kinder alles von ihrem Zuhause mitgebracht haben, ist das nicht liebenswert? Knoblauch, frischer Basilikum, Kardamomkapseln, weißer und schwarzer Pfeffer. Schau eine Pfefferwurst und ein Savilium, der beliebte Hartkäsekuchen aus Weizenmehl, geriebenen Hartkäse, Honig, Eier und Mohn. Das ist eine richtige hausgemachte Delikatesse.

Lass uns den Kuchen, die gepfefferte Wurst und einen Käse von Sofias Ziegenmilch aufschneiden. Sie sind gleich fertig mit ihrem Training und haben sicher Hunger."

„Mit welchen Kräutern und Zutaten bereitest du Magdalena deine Speisen zu?"

„Komm Sophie, ich führe dich durch meine Speisekammer.

Den Gang zur Kammer bist du ja schon einmal durchgelaufen. Favorinus kümmert sich um die Kinder, wenn sie in der Küche sind. Anschließend gehen sie wieder zurück zu ihren Familien.

Die meisten haben im Haushalt Verpflichtungen oder müssen sich um ihre Geschwister kümmern."

Mit einer flackernden Fackel in der Hand folgte ich Magdalena zur Kammer. Die rußenden Spitzen des Fackelfeuers schwärzten sichtlich die gewölbte Decke des schmalen Gangs.

Der Umfang des Vorratslagers erschien bei diesem Licht um einiges größer, als wir es beim durchlaufen vom Garten her in Erinnerung hatten.

Rechts neben der Tür befand sich auf Schulterhöhe ein massiver Stein mit einem Loch, der aus dem Mauerwerk hervorstand.

Der Fackelstiel passte mit dem breiten Durchmesser perfekt, etwas abgeschrägt hinein und leuchtete den kompletten Raum mit seinem ganzen Volumen aus.

Über unseren Köpfen erhob sich eine Gewölbedecke, ähnlich wie sie in der Waschkammer zu sehen war. Von der Decke herabhängend war ein aus Holzstangen in den Wänden verankertes sternenförmiges Netz zu erkennen.

Dort hingen Zutaten, die an der Luft trockneten. Eine Handbreit oberhalb des Kopfes schwebten aufgereiht und geordnet verschiedene Knoblauch und Zwiebelsorten, entweder gebunden oder als wunderhübsche Zöpfe.

Unzählige getrocknete Sträuße von Kräutern, Pflanzen, Tees und Heilmitteln waren akkurat, mit entsprechendem Abstand für den Trockenvorgang zu sehen. Die verliefen von einer Wand bis zur anderen und waren in den Lagerwänden verankert.

Im Zentrum der Stangen hingen kleine und mittelgroße gefüllte Stoffsäcke. Der Inhalt war nicht zu deuten.

Wir liefen auf einer Art Wegesystem aus gepflasterten Steinen durch die Kammer. Links und rechts an den Wegen sahen wir runde Holz und Korkdeckel. Jeweils mit einem am Deckel festgebundenen unbeschlagenen Steingriff, der mit sich kreuzenden Seilen am Holzdeckel befestigt ist und gleichzeitig als Gewicht und Griff für die Abdeckung geeignet war.

Die versteinerten Kreise, die mit den Deckeln dicht verschlossen wurden, waren uns rätselhaft.

„Magdalena, was sind das für Abdeckplatten am Boden, das habe ich noch nie gesehen?"

„Das sind Deckel für Tonamphoren, die im Fußboden eingelassen sind. Sie dienen zur Kühlung von Lebensmitteln, wie Olivenöl, Carum sowie verschiedenen Essigsorten und unterschiedliche Weine."

„Dient das römische Zahlensystem deiner Katalogisierung? Damit du weißt, wo sich was befindet?"

„Genau Sophie, ansonsten hätten wir Probleme, unsere Zutaten wiederzufinden. Über die Jahre spielt sich das System ein. Man hat die Zahlen und Produkte im Kopf. Zur Sicherheit haben wir eine beschriftete Steinplatte direkt unter der Fackel."

Es gibt in diesem Raum keine Ecken. Er ist komplett rund, bis hin zur Gewölbedecke, die sich im flackernden Fackellicht in ein bezauberndes Bild verwandelt.

Das Zentrum der übereinanderliegenden Holzstäbe bildete, wenn man direkt unter dem Kreuz der sieben Stangen stand und nach oben schaute, eine Linie.

Diese reichte bis zum Mittelpunkt der kuppelförmigen Decke und war mit einer Art Stern oder Sonne markiert.

Die sieben Lichtstrahlen der sternenförmigen Zeichnung waren parallel zu den sieben Holzstangen, die von Wand zu Wand verliefen. In den Abständen zwischen den Strahlen waren handbemalte alte Fresken zu erkennen. Nur teilweise fehlte etwas Farbe, was mich darauf schließen ließ, dass es sich hier um eine uralte Wandmalerei handelt.

„Magdalena, was hat es mit der faszinierenden Bemalung oben in der Kuppeldecke auf sich?"

„Oh Sophie, da können wir dir nicht helfen. Maximus hat uns gebeten, kurz bevor er von uns gegangen ist, hier in diesem runden Gebäude nichts zu verändern. Wir haben ihm versprochen, sein Vermächtnis zu pflegen. Dazu gehören die Malereien in der Kuppel mit den sieben, hier gelagerten Tonamphoren. Die ebenfalls Symbole, wie die in der Gewölbekuppe, tragen. Wir sollten ständig alle benutzen, egal, mit was sie befüllt sind. Sie müssen immer in Gebrauch sein.

Es wurde von uns nicht eine Amphore ausgetauscht und es ging keine kaputt. Maximus hat uns erzählt, dass er die Gladiatorenschule um dieses Rundhaus herum erbaut hat. Ab dem Moment, wo er das Grundstück übernommen hatte, stand hier nur das Rundgebäude.

Er übernahm diesen Platz von einem heiligen, spirituellen und schrulligen alten Mann. Mit der Auflage, das Gebäude zu erhalten, zu benutzen, es nicht zu verändern oder den Inhalt auszutauschen.

Dies waren die Bedingungen unter den Maximus diesen Ort übernehmen und nutzen durfte.

Das hier, existiert schon viele hundert Jahre.

Wir folgen den Anweisungen von ihm und pflegen diesen Ort weiter mit dem, was zur Verfügung steht.

Teilweise sind die Abbildungen im Kuppelgewölbe schwer zu erkennen.

Sophie, schau dir die Tonamphoren an, die sich an der Wand rings herum im Gebäude befinden.

Siehst du die Bildnisse?

Die sehen aus wie die Zeichnungen an den Rändern der Amphoren, die im Boden eingelassen sind und jedes Bild sieht anders aus."

Mit dem Wissen unserer Zeit deuten diese Zeichen auf Runensymbole hin. Die Symbole in der Kuppel sind mit Sicherheit ebenfalls Runenzeichen. Ich frage mich, wie kommen diese vielen unterschiedlichen Runen in diese Epoche und vor allem an diesen Ort?

„Magdalena, erlaubst du mir, dass ich die gesamten Symbole auf eines meiner Pergamente zeichne?"

„Sophie, nimm dir Zeit dafür, so kommst du vielleicht hinter das Geheimnis dieser Zeichen."

Sie suchte Favorinus und die Kinder. Sophie setzte sich in das Zentrum dieser Speisekammer, direkt unter das sternenförmige Bild in der Kuppel und zeichnete das Gebäude, mit all seinen Amphorenstandorten und den dazugehörigen Symbolen originalgetreu ab. Gleichzeitig nutzte sie die Möglichkeit der Einsamkeit und nahm, ihre digitale und die analoge Kamera.

Sie fotografierte jede Einzelheit dieses Ortes, inklusiv der Steintafel mit Magdalenas Lagersystem.

Fasziniert von den Eindrücken, versuchte sie wieder einen klaren Kopf zu bekommen.

Sophie hörte Schritte im Gang.

Magdalena stand verschwitzt vor ihr. Mit ihrem liebevollen Lachen und den roten Wangen sagte sie völlig außer Puste.

„Die Kinder sind bei ihren Familien und haben alles verspeist was wir aufgetischt haben. Es macht uns glücklich, mit anzusehen, dass das, was wir hier den jungen Leuten mit auf den Weg geben, Früchte trägt."

„Magdalena kaufst du den Carum oder kochst du ihn nach einer hauseigenen Rezeptur?"

„Es ist hausgemacht, Sophie.

So wissen wir genau, was drin ist."

„Entschuldige bitte, das dachte ich mir.

Darf probiert werden?"

„Ja sicher, unbedingt und Mark ebenfalls. Ich gebe euch beiden gerne etwas mit auf eure Reise. Wenn du magst, bereiten wir gemeinsam was zu. Alle Zutaten sind im Haus."

„Das Angebot nehme ich gerne an."

Freute sich Sophie.

„Na, lass uns loslegen. Wir suchen erst einmal die Carumzutaten in der Speisekammer zusammen.

Hier sind Sardinen und kleine Sardellen von gestern. Diese brauchen wir für die Zubereitung.

Sophie, nimm ein paar Zweige des getrockneten Oregano von den Holzstangen und zeigte mit ihrer rechten Hand in Richtung Gewölbe."

Sie füllte eine Handvoll graues, schwarzes und grobes Salz in eine schön marmorierte Holzschale. In der Küche angekommen, setzte Magdalena einen Tontopf mit 2 Litern Wasser auf ihre Feuerstelle. Die in einer auf Hüfthöhe gemauerte Arbeitsfläche, mit einer Länge von 2 Metern und einem in der Tiefe als Kochstelle und Arbeitsplatz diente.

Darunter loderte das Feuer. Die Arbeitsplatte hatte zwei runde Öffnungen oben in der Steinplatte, so dass 2 Töpfe gleichzeitig kochen konnten.

„Gib bitte das komplette Salz in das Wasser."

Es waren sicher 500 Gramm. Das Ei was Magdalena mit Schale hinzugab Schwamm die ganze Zeit an der Oberfläche.

„Jetzt geben wir die Fischlein mit Kopf, Schwanz und Eingeweiden in die Salzlake. Der Oregano kann mit seinen Zweigen, Blättern und Blüten ebenfalls dazu.

Sophie, bitte lege den Steindeckel, der hinter dem Topf steht auf ihn drauf, so dass er verschlossen wird.

So riecht es nicht so extrem nach Fisch."

Es lag ein Duft von verbranntem Holz mit einer Note Eukalyptus gepaart und einem beißenden Fischaroma in der Küchenluft.

„Hallo, Hallo“

riefen zwei Stimmen.

Eine war männlich und die andere fein und zierlich von einer Frau.

Die kleine Dame mit einer eleganten, aber schlicht gekleideten Figur betrat den Küchenraum im Schatten eines riesigen Mannes, der ihr folgte und sich bückend durch den Eingang der Küche schob.

„Schau, das ist mein Bruder Brutus und seine liebenswerte Flavia.“

Hallo ihr beiden.

Das ist Sophie.

Sie ist zu Gast bei uns.

Ihr Ehemann Mark und Favorinus sind auf dem Paliplatz und räumen auf. Die Trainingskinder sind so eben nach Hause gegangen. Die zierliche Schwägerin sah den Carumtopf, hob den Deckel und rümpfte die Nase.

Sie verzog ihr liebliches Gesicht mit den Worten;

„Es ist immer wieder das Gleiche. Es riecht furchtbar, schmeckt aber köstlich und ist zum verfeinern der Speisen geeignet.“

Flavia rührte mit einen von Magdalenas großen Holzlöffeln im Carum hin und her.

„Es ist soweit, Magdalena, nimm bitte dein spezielles Tuch zum Abseihen. Sophie, hilfst du uns beim abfüllen?"

Sie brachte eine Tonschale mit einem hohen Rand und legte ihr Carumtuch darüber.

Hob den schweren Carumeintopf mit ihren Händen und nahm die linke und rechte Schürzenseite, die sie über ihrem Tunikaüberwurf trug. Sie griff den Topf auf beiden Seiten und goss den gesamten Inhalt in das hängende Tuch auf der Schale.

Die Fischreste zerfielen in viele kleine ausgekochte Stücke. Diese zerfledderten gekochten Fische ergaben, mit den Oreganozweigen eine graue unansehnliche Masse.

Die Damen hielten das schwere durchhängende Filtertuch mit der tropfenden Fischmasse an vier Ecken fest und Magdalena nahm alle Enden des Spezialtuches und drehte sie über der Tonschale, mit der Carummasse zusammen, sodass die restliche Flüssigkeit unten aus dem Tuch tropfte.

„Flavia reich mir das Trockenbrett!"

Sie verteilte den Fischinhalt auf dem breiten Holzbrett, das, so wie es aussah, immer dafür benutzt wurde. Schob die nicht appetitlich aussehende Fischpaste über das gesamte Brett, bis sich eine dünne Schicht bildete.

„Favorinus, bring mir bitte zwölf große Feigenblätter zum abdecken für den Allec!"

„Was ist das?"

fragte Sophie.

Magdalena hielt ihr liebevoll das Fischbrett mit der Fischmasse unter die Nase.

„Das ist Allec!

Der wird jetzt zum trocknen auf den Paliplatz gebracht. Ist die Masse am Holzbrett fest angetrocknet schaben wir sie ab und zermahlen sie mit einer Steinwalze, zu einem feinen Pulver. Das nennt sich dann so. Wir verwenden es zum Würzen und Verfeinern an vielerlei Speisen.

Diese Speisewürze ist nicht für jedermann, da Allec intensiv im Geschmack ist."

Laute Worte drangen von außen in die vom Fischgeruch durchzogene Wohnküche.

„War das ein Staub, was die Kinder heute hinterlassen haben."

„Erst abklopfen ihr zwei Staubfänger.So kommt ihr nicht hier rein."

Schimpfte Magdalena liebevoll und schwang sofort ihr riesiges Nudelholz.

Flavia und Brutus standen grinsend an der Kochstelle mit den Worten.

„Oh, oh, oh das ist wie immer.“

Nach Minuten langen Klopfgeräuschen kamen Favorinus und Mark herein. Sie rümpften beide die Nasen, da der Carumgeruch in der Küche lag.

Magdalena füllte die aufgefangene Fischflüssigkeit, in die dafür seit Jahrhunderten vorgesehene Amphore, die mit einer römischen Zahl und dem runenähnlichen Symbol markiert war.

Aus ihrer Schürze zog sie eine kleine Tonamphore mit einem heraussstehenden Korken.

Füllte etwas von dem eben zubereiteten Carum in die Miniamphore und übergab sie wie versprochen an uns. Magdalena stellte mich ihrem Bruder und Flavia vor.

„Das ist der Ehemann von Sophie und Begleiter auf der Studienreise zum Thema Essen und Trinken anderer Kulturen“.

Brutus legte seinen kräftigen rechten Arm um meine Schulter und drückte mich.

„Hör mal Mark, Favo und ich werden dir einen Einblick in eine spezielle Küche von Pompeji geben, über die keiner spricht, die aber jeder gerne nutzt.“

Favorinus sprang auf wie ein kleiner Junge und jubelte Brutus mit den Worten zu,

„auf gehts!“

Magdalena packte ihn fest am linken Oberarm und zog ihren Mann zur Seite, mit einem mahnenden Gesicht schaute sie lange und dominant in seine Augen.

„Ihr müsst auf ihn aufpassen, du weißt warum!“

„Das wird schon werden“,

versuchte er, seine Frau zu beruhigen.

Sophie bekam das Gespräch der zwei mit und kam blass vor Angst hinzu.

Favo nahm sie gleich in die Arme.

„Hab keine Sorge, uns dreien wird nichts passieren, vertrau mir!“

Mit einem mulmigen Gefühl übergab ich Sophie die Pfanne. Sie drückte mich mit einem dicken Kuss und sagte liebevoll.

„Bis später, ich habe dich lieb.“

Flavia führte die beiden Damen zu sich nach Hause, dass direkt nebenan lag.

„Sophie, du wirst jetzt unsere drei Kinder kennenlernen.“

Nach einer halben Stunde Fußmarsch, unterwegs zwischen zwei in die Jahre gekommenen heldenhaften Gladiatoren, die sich ihre Freiheit erkämpft hatten, hinzu einem unbekannten Ziel.

Die Zeit verlief wie im Flug, gespickt mit historischen Geschichten und Kampf-Anekdoten.

„Haltet an",

rief Brutus und stoppte unseren Ausflug mit einem einseitigen Augenzwinkern in Richtung Favo. Der tat, als hätte er es nicht gesehen.

Meine Füße schmerzen nach dem Spaziergang, was dem Schuhwerk zu Schulden war. Wir waren an die Schuhe dieser Zeit nicht gewöhnt, denn diese bestanden aus einer dünnen Schuhsohle mit festem Leder.

Die vom Fuß bis unterhalb der Knie gebundenen Lederriemen, wie ein Fischgrätenmuster geschnürt, boten eine gute Stabilität.

Das Problem waren die Sohlen, mit den es gewöhnungsbedürftig war auf Straßen wie dieser, die wie eine Kuppel gewölbt waren und links und rechts in der Gosse endeten. Diese Straßen waren so konzipiert, dass Abwasser und der Unrat automatisch in die Rinnsteine der beiden Seiten liefen. Die Steinstraße bestand aus Kopfsteinpflaster mit hohen Rundungen, auf denen man ohne ein Profil an den Sohlen regelmäßig abrutschte.

Favo und Brutus hatten damit kein Problem. Ihre Füße kannten nichts Anderes und waren trainiert für diese Art von Wegen.

Wir standen vor einer Taberna, wie es hunderte davon in Pompeji gab, direkt vor dem Eingangsportal, das mit seinen weit offen stehenden Türen einladend aussah.

Fröhliche Stimmen drangen aus dem Lokal. Über dem dekorativen Portal mit seinen zwei Fackeln links und rechts erstrahlte im flackernden gelben Licht eine ausgebesserte Freskenmalerei. Unterhalb der Freske stand in lateinischen Mosaik-Buchstaben geschrieben,

„Zimmer mit Aussicht“.

Die Malerei mit ihrer Größe von 4 Metern Breite und einer Höhe von mindestens 2 Metern endete mit einer Spitze unter dem Giebel des Eingangsbereichs. Auf der Freske war eine typische Liegestätte der hiesigen Zeit dargestellt. Edle Polster mit schmückenden Stoffkordeln zierten die in roten Farben gehaltene Liegefläche.

Ein athletischer Männerkörper lag erwartend auf dem Rücken. Freizügig mit einem heldenhaften Kopfschmuck aus Lorbeerblättern bekleidet, der sich hinter den Ohren am Hinterkopf zusammenzog. Auf seine Ellenbogen stützend hob er seine Schultern und den Kopf, um den kopulierenden und wallenden Bewegungen einer mit einem großzügig einladenden Hinterteil gesegneten korpulenten Dame zu folgen.

Die auf ihm sitzend, zugewandt und nur mit einem schmalen durchscheinenden Seidentuch über ihren Brüsten bekleidet war.

Ich schaute mit verwunderten Augen Favo und Brutus an. Beide standen grinsend vor mir.

Gleichzeitig, fast wie abgesprochen, sagten sie glaubwürdig:

„Wir sind hier, um zu studieren! Vertraue uns Mark."

„Gut ihr zwei, dann gehen wir lernen!"

Links und rechts am Eingangsbereich befanden sich schmale, zwei Meter hohe Steintafeln. Diese waren mit gemalten Schriftzügen versehen, wie:

„Hier wohnt die unbesiegbare Claudina, oder Thamyne hat einen fetten Arsch und Rustinania hat gute Manieren, verfügbar zum Vö…!"

Diese Bezeichnung der Kopulierung und viele mehr, die ich mich nicht traue hier aufzuschreiben, gab es hier.

Brutus wies darauf hin, dass dies keine Freiersprüche sind, sondern von den Damen verfasst waren, um ihre Stärken bekannt zu geben. Es gab nach dem Portalbereich andere lateinische Steintafeln, auf denen sich gegen ein hohes Entgelt Freier namenlos verewigten.

Wie zum Beispiel:

„Ich habe die Wirtin gebu…“ oder,“ als ich hier war, wollten alle Damen von mir gevö ... werden“

und viele mehr.

Der L-förmige Tresen, vor dem wir standen, war typisch und in jeder Taberna zu finden.

Brutus schwenkte seinen Blick zur linken Seite gegenüber der Theke und zeigte uns wunderschön bemalte Fresken, auf denen Waldpilze und Trüffel zu sehen waren. Zu erkennen in unterschiedlichsten Formen und Entwicklungsstationen. Es handelte sich um eine Pilzart in verschiedenen Lebensphasen.

Der orangefarbene Hut und die gelben Lamellen erinnerten mich, genau wie das Ei, aus dem der Pilz schlüpfte, an einen heimischen Lamellenpilz bei uns an der Algarve. Mit dem Namen Kaiserling oder lateinisch, Amanita Cesaria. Ein hervorragender Speisepilz, den kaum einer in unserer Zeit kennt. Die andere Freske bildete eine wunderschöne Dame ab, die freizügig gekleidet war.

Das heißt, nur mit einem Korb auf dem Schoß, der mit zahlreichen verschiedenfarbigen Trüffeln bestückt war. Ich wandte mich mit einer Frage an Favo und Brutus.

„Was hat es mit dem Pilzbild auf sich? Ich kenne diesen Waldpilz, sein Name ist Amanita Cesaria.“

„Komm mit zum Tresen. Ich zeige dir die Speisekarte dieser Taberna.“

Jeder von uns erhielt eine Steintafel in Latein mit zwei Menüs.

Erstes Menü:

In Asche gebackene Knolle mit Soße an weiblichen Schamhaaren und Rauke.

Zweites Menü:

Amanita mit Carumei an weiblichen Schamhaaren und Rauke. Beide Gerichte waren mit fünf Sternen gekennzeichnet.

Auf einmal stand eine stattliche Dame mit dem Nötigsten bekleidet hinter der Theke und schaute zu mir.

Ihre extrem geschminkten Katzenaugen fesselten mich sofort. Ihr Blicke verschluckendes Dekolleté, das sie bewusst auf dem Tresen von links nach rechts und zurück gleiten ließ, verriet mir, dass sie hier die Hausherrin ist.

Jede andere Dame würde sich das nie trauen. Unglaublich, welche Macht die Erotik hat.

Favo und Brutus bemerkten, dass meine Blicke außer Kontrolle sind, und rempelten mich mit den folgenden Worten an.

„Reiß dich zusammen, wir sind hier, um zu studieren und nicht zum starren.“

„Ich bin Claudina, die Hausdame und Wirtin dieses Hauses.“

„Mark ist mein Name und ich bin Gast von Favo und seinem Freund Brutus.“

Claudina war das Ebenbild der kopulierenden Dame auf der Freske über dem Eingang der Taberna. Das nenne ich professionelle Eigenwerbung, wie es bei uns heißt.

„Brutus und Favo, ich habe euch eine ganze Weile nicht mehr bei mir begrüßen dürfen!“

„Ach Claudina, wir sind in festen Händen und der Große hier, hat mittlerweile 3 wundervolle Kinder mit seiner Flavia, die du ja lange und gut kennst. Ich bin mit Magdalena glücklich.

Mark ist bei mir und meiner Frau mit seiner Sophie zu Gast. Sie sind auf einer Studienreise zum Thema Essen und Trinken anderer Kulturen unterwegs. Nachdem ich die beiden heute Mittag aus den Fängen der Legionäre gerettet habe, sind wir befreundet.“

„Mark, da hattet ihr Glück, dass Favo da war. Er und sein Schwager sind in unserer Stadt die Wächter der Gerechtigkeit. Die Einheimischen verlassen sich auf die Zwei, wenn jemand Hilfe braucht.

Geht es Flavia und den Kindern gut?“

„Alles bestens Claudina, ohne dich wären wir heute keine glückliche Familie. Du weißt, ich bin immer da, egal was ist.“

„Das weiß ich Brutus, du hast mir ja das Leben und das zu Hause hier gerettet.“

„Claudina, durch deine schicksalhafte Entscheidung, Flavia in ihrer Kindheit bei dir aufzunehmen und sie wie eine Tochter aufzuziehen, hast du es ermöglicht, dass ich hier Flavia kennen und lieben lernte.“

„Sie hatte das Glück und das Pech, dass sie eine Kindsklavin eines römischen Centurio war.

Der sie vor Jahren aus Griechenland entführt hatte und sie als Sklavin in seinem Haushalt mit laufen ließ, ohne sie zu schänden. Das Mädchen hat mir leid getan, weil sie in ihrer bisherigen Lebenszeit nie liebevolle Worte oder Anerkennung vernommen hat. Sie war und ist eine großartige Frau.“

„Claudina, das war es, was mich am ersten Tag unserer Begegnung hier bei dir in der Taberna an Flavia fasziniert hatte.

Ich weiß genau, wie sie immer wieder mit einem Lächeln und erhobener Brust ihre häuslichen Arbeiten bei dir erledigt hatte. Du hast darauf geachtet, dass sie ausschließlich im Haushalt arbeitete und hast sie vor Kunden bewahrt.“

„Flavia hatte das Glück, dass ihr Besitzer ein Freier von mir war und mehrfach seine Zeche nicht bezahlte. Ich machte ihm das Angebot, für die mir zu schuldenden Rechnungen, die Kleine auszulösen und seinen Ruf nicht zu ruinieren. In den Jahren wo sie zur Frau heran wuchs, lernte sie Brutus bei mir kennen. Heimlich und versteckt haben sich die beiden getroffen. Nachts hatte der Kerl, wie ein verliebter Gockel unter ihrem Fenster gestanden, ohne sie beim Schlafen zu stören. Bis eines Tages von römischen Banditen oder Söldnern die Taberna überfallen wurde.

Die Schläger kamen mit Knüppeln, Messern und vermummt nachts und überraschten uns bei der Bettruhe.

Die Mädchen, die bei mir arbeiteten und ich wurden mehrfach geschändet und bis zur Unkenntlichkeit verprügelt.

Er kam zur rechten Zeit, um seine nächtliche Wache unter Flavias Fenster zu halten, und verhinderte das Schlimmste. Flavia versteckte sich in einer geheimen Kammer, die ich ihr am ersten Tag für den Notfall zeigte. Brutus ging absolut gnadenlos mit den Schändern um und verschonte keinen von den acht Verbrechern. Er schlug allen ihre Manneskraft, die Hände und die Köpfe ab.

Nach ein paar Wochen hatten wir uns wieder erholt. Die Taberna renovierte er mit Hilfe seiner Gladiatoren Freunde innerhalb von kurzer Zeit.

Als Dank übergab ich ihm bei unserer Neueröffnung den Leibeigenschaftsbrief, den ich von Flavias Vorbesitzer, als Beweis seiner bezahlten Schulden, erhielt.

Brutus fiel auf die Knie und zerriss augenblicklich den unmenschlichen Brief vor Flavia und gab ihr die Freiheit zurück. Er fackelte nicht lange und hielt um ihre Hand an.

Ich konnte ihr in der Jugendzeit, wo sie bei mir war, das freiheitliche Leben nicht geben. Sie hätte keinen Schutz mehr gehabt und wäre sicher von Sklavenhändlern entführt worden.

Nach der Hochzeit kamen Kind Nummer eins und weitere. Den Rest kennt ihr ja."

„Claudina, ich habe zwei Fragen.

Was hat es mit den weiblichen Schamhaaren und der Rauke auf sich?"

„Mit dem Namen, weibliche Schamhaare, bezeichnen wir die Blätter der krausen Petersilie und die Sellerieblätter oberhalb der Knolle. Wir schreiben ihnen lebensbejahende und appetitanregende Wollust zu. Rauke ist die Bezeichnung unseres Getränkes, das die Potenz steigert. Die Zutaten werden aus drei, mit der linken Hand gepflückten Rucolablättern gestampft und in Honigwasser verrührt.“

„Eins würde mich interessieren. Was haben die 5 Sterne an den jeweiligen Gerichten zu bedeuten?“

„Gute Frage!“

Räusperte sich Claudina.

„Fünf Sterne bedeuten, dass der Gast die Menge des jeweiligen Gerichts bestellen kann, was er sich und seiner Liebeskraft zutraut.“

„Claudina, hast du Gäste gehabt, die sich überschätzt hatten und welche Konsequenzen hatte so ein Überschuss an Potenz Energie?“

„Seine Erwartung wird voll entsprochen und darüber hinaus. Brutus, kannst du dich an den Gast erinnern, der nicht mehr nach Hause wollte. Es liegt viele Jahre zurück.“

„Oje, der arme Kerl, lachte er. Dem war eine Woche lang nicht zu helfen.

Seine Tunika hatte durch seinen permanenten Ständer eine Dauerbelüftung. Da halfen ihm auch nicht die Körbe, die er trug, um die Unpässlichkeit zu vertuschen. Der hat Schmerzen gehabt, wenn er ständig an die Körbe aneckte.“

„Brutus, lästere nicht über den armen Kerl.“

Schimpfte Claudina und stupste ihn mit ihrem Ellenbogen in die Seite. Er zuckte zusammen und schämte sich.

„Vielen Dank für die Information, darf ich eine unverschämte Bitte äußern?"

Claudinas Augenbrauen verzogen sich. Ihr voluminöses, prall gefülltes Dekolletee schob sich nach oben und zwang mich, meine Blicke von ihr zu lassen, um die Fragen nicht stotternd zu formulieren. Mit einem tiefen Luftholen und dem sich aufbauenden Brustkorb gelang es mir, die Frage nach ihren Rezepten fließend von mir zu geben.

Claudina kam voller Elan und Energie geladen hinter ihrem Tresen nach vorne und schaute zu mir auf. Umarmte und küsste mein Gesicht, als ob wir lange Freunde waren.

„Du bist der erste Mensch, der nach den Rezepturen fragt. Du glaubst nicht, wie ich mich freue, dass die Arbeit über die Frivolitäten des Alltags hinaus jemand zu schätzen weiß.

Gerne gebe ich dir all unsere Hausrezepte mit, dass du und deine Sophie Freude damit haben werdet. Folgt mir zu meinem anderen Tresen auf der rechten Seite des Eingangs. Dort haben nur Frauen Zutritt." Wir betraten ein winziges Zimmer mit einem kleinen Tresen.

„Das ist der Kummer und Sorgentresen."

In diesem Raum waren keine Bilder, Skulpturen und Steintafeln zu sehen. Eine weiße schlichte Marmorvase mit ein paar Zweigen stand auf der Theke.

„Wir helfen allen Damen, die eine ungewollte Leibesfrucht in sich tragen und diese nicht austragen können oder dürfen. Die Weinraute, die ihr hier auf dem Tresen stehen seht, gilt nicht nur als Gewürzpflanze, wo sie eher ein Schattendasein tristet. Dieses Kraut hilft täglich verzweifelten Damen, ihre Frucht der Liebe zu verlieren. Wir helfen Frauen, egal, aus welcher Gesellschaftsschicht sie stammen, ihr Leben weiter gestalten zu können, ohne dass sie von ihren Mitmenschen abgestraft und verurteilt werden. Mit unseren Erfahrungen begleiten wir sie sorgfältig, dass keine zu Schaden kommt. Der richtige Umgang mit der Weinraute muss gelernt sein, sonst kann es tödlich enden."

„Claudina, bei wem hast du das Wissen erhalten?"

„Bei mir selbst. Ich kam ungewollt in diese Situation und musste mir helfen, um den Status, den ich hart erarbeitet hatte, zu behalten. Nach den ersten Versuchen vor vielen Jahren ging es mir schlecht. Meine Mädchen, die schon lange bei mir arbeiten, können auf sich selbst aufpassen. Ab und zu hilft Mama Claudina nach und gibt den Damen wieder Stabilität im Leben, wie in einer Familie. Mark, hier habe ich eine Steintafel mit den Rezepten, bis hin zur Weinraute. Halte sie in Ehren und erinnert euch ab und zu an mich.

Brutus, heute ist der Tag gekommen, an dem du das Holzschwert zu dir nach Hause bringst.

Bei Flavia zuhause ist ein würdiger Platz für das Symbol der Freiheit. Eure Kinder haben das Freiheitsschwert dann jeden Tag vor ihren Augen und sind sicher stolz auf ihren Vater. Egal ob du ihnen in Zukunft die gleichen alten Geschichten erzählst, wie das so in glücklichen Familien ist. Ich liebe dich und Flavia, ihr seid ja wie die Kinder, die ich nie hatte."

„Claudina, das tue ich."

„Mark, bitte nimm du das Schwert, solange bis wir an unserem Haus sind. Mit dem kurzen Lendenschurz und dem schmalen Hemd bringe ich es nicht unter."

Ich verstaute es unterhalb der Tunika, verankerte es mit meinem Lederseil an einem Karabinerhaken und an dem Gewürzgürtel.

„Claudina, wer bereitet eure speziellen Speisen zu?"

„Platanius, komm hierher!"

Schrie sie aus voller Kehle heraus und flüsterte uns zu,

„schlecht hören, das kann er gut.“

Ich fragte sie erstaunt, dass bei ihr ein Mann kocht!

„Mit meinem kleinen Koch passiert nichts!“

Wir hörten langsame platschende Schritte, die sich aus den hinteren Räumlichkeiten der Bar auf den wehenden Vorhang im Barbereich zu bewegten. Das Laufgeräusch stammt von nicht korrekt gebundenen Sandalen.

Der Stoff öffnete sich und niemand war zu sehen. Wir schauten uns alle verwundert an. Bis Claudina mit einer herrischen Stimmlage rief,

„Platanius, stell dich nicht so an. Hier wundert sich keiner und es passiert dir nichts. Freunde sind da, komm her und begrüße unsere Gäste. Mark möchte den Koch kennenlernen und hat Fragen zu deiner Arbeit.“

Auf einmal platschten die Schritte rasant hinter der Theke hervor und es gab einen Schlag, als ob jemand gestolpert war. Claudina schaute dahinter und schüttelte ihren Kopf mit einem Lächeln.

Sie bückte sich so tief, dass ihr komplettes Dekolletee, das von einem hauchdünnen durchscheinenden, alles offenbarenden rosa farbenen Seidenschal gebändigt wurde, sich die zustehende Aufmerksamkeit einforderte.

Sie beeindruckte uns Männer mit ihren prallen, verführerischen Kurven und der faszinierenden Weiblichkeit. Die Münder standen jedem offen und verstummten mit starren Blicken auf die sich vor uns auftuenden liebenswerten Objekte der Begierde.

Sich aufrichtend und ohne Anzeichen der Peinlichkeit, zog sie mit ihrer linken Hand den Seidenschal mit ein paar routinierten Handgriffen von rechts auf die andere Seite über ihre augenbändigen voluminösen und wunderschönen Brüste.

Mit dem dominanten Cham einer Herbergsmutter präsentierte sie uns ihren hochgestreckten Arm, an dem ein kleinwüchsiger Mann mit gut gebräunter Haut hing. Mit einem straffen Griff an seinem hinteren Bund des Lendenschurzes schaute uns ein kleiner scheinbarer Koch, mit einem verschmitzten Lächeln an.

Unsere Augen und die Münder standen vor Begeisterung offen, geschuldet der ungewollten Reizattacke Claudinas tanzender Dekolleteevorführung.

Den rechten Arm schwingend setzte sie ihn mit einem Ruck auf den Tresen. Jetzt befinden wir uns mit ihm auf Augenhöhe. Claudina präsentierte ihren Tabernenkoch.

„Das ist Platanius, unser kochender kleinwüchsiger Eunuche aus Ägypten, spezialisiert auf Haremsküche."

Der Koch hatte eine Größe von maximal einem Meter. Bekleidet mit einem verschmierten Lendenschurz, der absolut perfekt gebunden war, und einer Schürze, die oberhalb seines kugeligen, hervorstehenden Bauches Schutz beim Kochen bot. Trotz seiner Größe war er kräftig gebaut und konnte sich mit seinen muskulösen Armen und Beinen in Notsituationen sicher gut verteidigen. Sie wischte ihm mit ihrer rechten Hand sanft über seinen glattrasierten glänzenden Kopf.

„Du bist mein Schatz."

und lachte ihn liebevoll an.

„Mark interessiert sich für dein Talent zum Kochen. Er ist mit seiner Sophie auf einer Studienreise zum Thema Essen und Trinken unterwegs."

„Darf ich bei der Zubereitung eurer Gerichte zusehen und mehr von dir lernen Platanius?"

Er streckte seine Arme aus und ergriff meine Hände. Mit einem Sprung vom Tresen stand er vor mir und strahlte mich mit einem breiten Grinsen von unten hinauf an.

„Komm mit in die Küche“

und zog sich mit den Knubbelhänden die rutschende Schürze im Laufen wieder an den richtigen Platz.

Die platschenden Füße in seinen falsch gebundenen Sandalen wiesen mich darauf hin, ihm in sein duftendes Reich zu folgen. Vor der Kochstelle, die für ihn auf Kopfhöhe endete, stand ein Podest mit drei Stufen, ideal für ihn, um an dem Ofen zu kochen. Platanius zeigte mir eine schwere Steinschale, mit frischen Trüffeln.

„Jetzt bereiten wir in Asche gebackene Knollen an Soße zu.“

Die Trüffel, auf die er eine Menge Carum gegossen hatte, schob er in die mit einem halbrunden Fensterbogen geöffnete Feuerstelle.

Die Schale mit den edlen unterirdisch wachsenden Pilzen befand sich in einem rotgelb flackernden Flammenatoll. Der Anblick der sich im Feuer entfaltenden Trüffeln, mit ihrem betörenden Duft, entfesselte eine Wolke der Glückseligkeit.

Dieser legte sich durch den Vorhang schiebend auf die Bar. Stimmlagen, die uns aus der Bar erreichten, wurden von einem Moment zum anderen beschwingter und emotionaler. Auf das offene Loch oben auf der Kochplatte stellte der großartige kleine

Koch ein ausrangiertes rundes römischen Legionärsschild.

Voller Stolz präsentierte mir Platanius mit den Worten

„Amanita mit Carumei“

seine frischen, aus einem weißen Pilzei gewachsenen Amanitapilze. Er zerriss die Pilze mit den wurstigen winzigen Fingern. Die Fetzen von Hut und Stiel warf er hingebungsvoll in den rauchenden Schild. Eine offene, schmale Tonamphore schwenkte er voller Leidenschaft mit tanzenden Bewegungen im kulinarischen Rhythmus über den rosa farbigen, glühenden Römerschild.

Aus einem Tonkrug, der im Boden eingelassen war, ähnlich wie in Magdalenas Lagerraum, entnahm er vier nach Carum riechende Hühnereier. Er sortierte die Schale ab und reichte mir ein Ei. Ich schluckte und sah erschrocken auf,

„probier“, sagte er.

„Meine im hausgemachten Carumkochprozess gegarten Eier sind eine richtige Delikatesse.“

Ich nahm das Ei, roch daran und zögerte einen Moment, bis Platanius mit zusammengezogener Stirn zu mir schaute. Nach einer massiven Ermahnung, das Ei zu testen und einem Tritt mit seinen übergroßen Sandalen, überwand ich mich, dieses Ei zu essen.

Der Geschmack ähnelte den Soleiern aus unserer Zeit mit einem dominanten und leckeren Fischgeschmack.

Eine Erweiterung meines Geschmacksempfindens. Ich war begeistert.

Die anderen drei gekochten Carumeier schälte er, zerdrückte sie mit den Händen und streute sie zu den bratenden Pilzen. Nach dreimaligen umrühren, schob Platanius den Schild von der Feuerstelle und stellte ihn auf eine lange Olivenholzplatte.

Mit einem gefalteten Tuch zog er die heiße Platte mit den gebackenen Trüffeln aus den Flammen und platzierte sie neben dem Römerschild auf der Küchenplatte. Aus einem Korb mit frischen Kräutern rupfte er eine Handvoll krauser Petersilie und dic Blätter der gartenfrischen Sellerieknolle.

Die in den Händen zerriebenen Kräuterblätter dufteten verführerisch und lösten bei mir absolute Begeisterung aus. Platanius verteilte die geriebenen Gartenkräuter großzügig über Schild und Schale.

„Mark, bitte nimm die Holzplatte und leg sie auf meine Hände.“

Er streckte seine kurzen Arme in die Höhe und rief,

„los!“

Ich platzierte die Platte auf seine knuddeligen kleinen Finger. Er lief mit einem Tempo in Richtung Bar durch den wehenden Vorhang hindurch. Die vom Kochen rauchgeschwängerte Küche schob ihre zähen Rauchschwaden durch den flatternden Vorhang zur Bar hinein. Es schalte uns ein, den duftenden Aromen geschuldet, klatschender Applaus entgegen.

Brutus und Favorinus nahmen Platanius die schwere Platte ab und stellten sie auf den Tabernentresen.

Mit einem kräftigen Griff packte er den Koch an seinen Lendenschurz und setzte ihn neben sein Feinschmeckergericht ebenfalls auf den Bartresen.

„Mark, bring uns Löffel aus der Küche.“

Ich tat, was mir gesagt wurde, und eilte mit den fünf Holzlöffeln zum Essen zurück. Claudina wies uns mit einem verschmitzten Lächeln auf die grünen Akzente in den leckeren Gerichten hin.

Ihre Arme schweiften repräsentativ mit den Worten weibliche Schamhaare über die Platte.

„Platanius wie kommst du Superkoch hier an diesen Ort?“

Claudina drückte ihn mit einem dicken Kuss auf seine glänzende Glatze sanft und liebevoll an ihre voluminöse Brust, sodass er nach Luft schnappte. Sie hielt seine Hände mit den schützenden Worten,

„erzähl deine Geschichte Schätzchen!“

„Mein richtiger Name ist Akim.

Hier in diesem Leben bin ich Platanius aus Sicherheitsgründen. Viele Jahre stand ich in den Diensten eines mächtigen Pharaos. Mit dieser kleinen Größe eignete ich mich, im Geheimen tätig zu sein. Nachdem eine Intrige gegen den Pharao von mir nicht verhindert werden konnte, hatte ich die Wahl zwischen Todesstrafe oder einem Eunuchenleben durch Zwangskastration. Wie ihr seht, habe ich das Leben eines Beschnittenen gewählt und hatte die Gelegenheit, als kleinwüchsiger Leibwächter in der Haremsgarde des Pharaos zu dienen.

Die bestand aus großwüchsigen Haremseunuchen. Ich war der Kleinste und hatte die Möglichkeit, in alle Räumlichkeiten des Haremsbereiches zu gelangen, und war der einzige Eunuche, der das Privileg hatte, in der Haremsküche mitzuarbeiten.

Das war klar meiner Größe geschuldet.

Die Position des Haremskochs ist eine der Wichtigsten am Hofe und wurde innerhalb einer Familie, die dem Pharao nahe stand, vererbt. Diese war unbekannt und lebte im verborgenen und von den Wächtern des Pharaos komplett abgeschirmt.

Ich freundete mich mit Raka, dem Haremskoch an. Er war ein einsamer Mensch und dankbar, dass ich ihm meine Aufmerksamkeit schenkte. Er öffnete sich, sein Herz und sein geheimes Haremskochbuch.

Eines Tages wurde ein Fest zu Ehren der römischen Gäste des Pharaos in Planung gegeben. Diese Feier sollte am folgenden Vollmond in dreißig Nächten stattfinden.

Wir durften diese Feierlichkeiten mit vorbereiten und wurden komplett beobachtet, als leibeigener Koch des Imperators von Rom. Dieser hatte einen unmoralischen Ruf im gesamten Reich, der sich bis zu uns herumgesprochen hatte.

Ägyptische Sklaven, die für den Bau von Monumenten ihr Leben unterordneten, entluden zwei Holzwagen mit Tonamphoren beladen, die von Eseln gezogen wurden. Die riesigen runden Tonbehälter platzierten sie im Kräuter- und Gemüsegarten.

Dieser befand sich im Innenhof des Haremsgebäudes direkt neben der Haremsküche. Beim Entladen der gigantischen erdfarbenen Tontöpfe spritzte Wasser durch die wackelnden Bewegungen schubweise auf die Gemüsebeete. Durch die sengende Mittagshitze verdunsteten die Wassertropfen auf den Gemüseblättern und es bildete sich eine weiße Kruste mit Salzkristallen.

Nach einem Geschmackstest meinerseits handelte es sich um Salzwasser. An den Außenwänden war durch die Verfärbung des Terrakottatons zu erkennen, wie viel Wasser sich im Inneren der Tonamphore befand.

Die tellergroßen Löcher auf den hölzernen Verschlussdeckeln der Amphoren, mit einem Durchmesser von fast 100 Zentimetern, waren über Kreuz mit dicken Seilen, quer auf den Behältern verschnürt.

Die riesigen Krüge hatten eine Breite von zwei bis drei Metern. Durch die unauffällige Größe dachte ich, mich heimlich und unscheinbar an die Gefäße heranzuschleichen. Das gelang mir und ich konnte mit meinen beiden Händen eine der Tonamphoren berühren.

Es waren rhythmische Vibrationen zu spüren, als ob sich etwas im Kreis bewegte, mit einem heftigen Schlag, der aus dem Inneren der Amphore kam, erschrak ich und sprang von Angst durchdrungen zurück.

Direkt vor die Füße des Wächters, der mir eine gewaltige Präsentation seiner Fähigkeiten im Umgang mit der Peitsche schmerzhaft zur Verfügung stellte. Römische Soldaten trugen ein riesiges Kreuz in den Garten und pflanzten es in die

Mitte der beiden Amphoren in die Erde. Blutüberströmt wischten sich die Legionäre das tropfende Blut, des toten Mannes, der mit Händen und Füssen an das Holzkreuz genagelt war, mit ihren zur Uniform gehörenden purpurnen Umhängen ab.

Ich kannte den Gekreuzigten.

Er war in die Intrige gegen den Pharao verwickelt, für die ich zum Eunuchen gemacht wurde. Sie nahmen ihn vom Kreuz und öffneten den Holzdeckel einer der Tonamphoren und warfen ihn kopfüber in das Salzwasser.

Ich konnte in dem winzigen Moment, in dem der Amphorendeckel offen stand sehen, dass sich im Inneren ein Tier befand.

Die Legionäre taten sich schwer, den Deckel wieder zu fixieren. Nach mehrmaligen scheitern und dem klaren Erkennen, dass es sich um eine enorme Muräne handelt, wurde der Leichnam des am Kreuz verbluteten Mannes ihr zum Fraß vorgeworfen.

Nachdem sich das Tier beruhigt hatte, konnte das Tongefäß verschlossen werden.

Die Feierlichkeiten standen vor der Tür. Einen Tag, bevor das Fest zu Ehren der römischen Gäste des Pharaos begann, folgte ich Raka zu den Amphoren in den Garten. Er drückte mir eine steinerne Axt mit einem Holzgriff in die Hände.

Mit mahnenden Worten und hochgezogener Stirn, so dass sich die Stirnfalten überlappten, hielt er mich an beiden Armen und gab mir einen Auftrag und einen lebenswichtigen Rat.

„Du schlägst mit der Axt, solange auf die Tonamphore mit dem Leichnam ein, bis sie aufbricht. Sobald Wasser austritt, renn um dein Leben und verstecke dich in einer Ecke, in die du passt, sonst wirst du sterben!“

Ich tat, was mir aufgetan wurde, und schlug mit voller Kraft auf das Tongefäß ein, bis es einen ohrenbetäubenden Knall gab und die umher wirbelnde Muräne, mit ihrer gewaltigen Energie, den Rest der zerberstenden Amphore auseinanderriss.

Ich rannte um mein Leben und verkroch mich in einem steinernen Silo für Hülsenfrüchte, in dem ich als Kleinwüchsiger gut reinpasste.

Durch die schmalen Belüftungslöcher des Silos konnte ich beobachten, wie die Muräne sich im Garten windete und zahlreichen Speeren der Legionäre solange attackierte, bis der letzte Hauch des Lebens ihren schlangenförmigen Körper verließ.

Raka kam mit einem seiner größten Küchenmesser und versuchte, sich Platz durch abgenagte Menschenknochen, die rings um dieses Meerestier verteilt lagen, zu schaffen.

Ich krabbelte aus dem Silo und ging ihm zu Hilfe. Er zeigte mit seinem martialischen Messer in einer Position, die Gelehrte einnehmen, auf die Muräne und erklärte mir und den anwesenden Legionären, dass diese Tiere verwestes Fleisch fressen und die Knochen abnagen.

Wir standen vor dem Mittelstück des leblosen Fischkadavers. Raka bezeichnete ihn als Bauch.

Das Bauchfleisch von Muränen ist mit seinem Fettaufbau am schmackhaftesten.

Es lassen sich alle Aromen, die das Tier in den letzten vier Wochen verspeist hat, haargenau heraus schmecken.

Der Pharao und der römische Kaiser haben mir gedroht. Wenn das Fleisch der Muräne nicht nach dem Verschwörer der Intrige gegen den, ägyptischen Herrschers schmeckt, landet mein Leichnam in der zweiten Amphore, in der sich ebenfalls ein Kadaver fressendes Meerestier befand.

Darum verwende ich immer das Bauchfleisch, um sicherzugehen, dass ich am Leben bleibe.

Er schnitt ein großzügiges Stück heraus und legte es mir tropfend und schleimend über die Schulter und ging zur Küche zurück. Ich folgte ihm mit dem mir den Rücken herab laufenden Schleim des Muränenbauchs.

Der Pharao und der Imperator Roms verspeisen das Fleisch im rohen Zustand und mit den Händen als Geste der von ihnen erlegten Jagdtrophäe.

Man sollte am besten nichts sagen und seine Gedanken für sich behalten. Die obersten Eunuchen sagten uns, dass durch den Verzehr von nicht zubereiteten Muränenfleisch, dass mit der Leiche eines persönlichen Feindes gefüttert wird, die Manneskraft gestärkt wird. Alle Nachkommen, die nach dem Essen gezeugt werden, haben Kräfte wie Götter erhalten.

Der älteste Eunuch war für die auserwählten Speisen der Damen verantwortlich, die je nach Stimmung der Obrigkeiten zusammengestellt wurden.

Für die Haremsdamen sollte ich das Fleisch der Muräne in Carum mit Oliven und weiblichen Schamhaaren zubereiten, sprich mit frischer Petersilie und den Blättern des Selleries.

Dieses Essen durfte ausschließlich den Damen oder erwählten Jungfrauen serviert werden.

Das Rezept aus meinem alten Haremskochbuch, das seit unzähligen Generationen in Familienbesitz ist, verschafft nach Aussage des Pharaos, der Muskulatur des weiblichen Schoßes die natürliche Kraft einen, Holzscheit spitzen zu können.

Alle Damen an diesem Abend sind unter Todesstrafe verpflichtet, diese zubereitete Muräne zu verspeisen.

Anhand alter Überlieferungen fließt die Energie des verspeisten Feindes direkt in die gebärfreudigen Hüften seiner Frauen.

Sechs Wochen später wurde Raka vom obersten Eunuchen zum Pharao gerufen.

„Akim, ich komme nicht zurück. Nimm mein Haremskochbuch an dich und halte es in Ehren.

Durch den Tod muss ich die Liebsten schützen. Du weißt ja, wenn die Familie kein Kochbuch mehr in Besitz hat, ist sie nicht verpflichtet, einen Haremskoch zu stellen."

Raka wusste, was auf ihn wartet, nachdem nicht eine der Haremsdamen eine Leibesfrucht nach diesem Essen in sich trug.

So nahm ich das Kochbuch.

Der Aufenthalt der Delegation mit dem römischen Kaiser neigte sich dem Ende. Ich nutzte die Gunst der Stunde und die Vorteile, die mir meine Größe schenkte. In den späten Abendstunden, bevor die Römerschiffe in Ägypten ablegten, gelang es mir, mit Rakas Buch im Gepäck auf eines der Schiffe zu schleichen und für den Rest der Überfahrt im Versteck zu warten.

In Pompeji angekommen, verließ ich nachts die Stadt in Richtung der alten erkalteten Lavaströme, die sich wie schwarze Adern an einem kegelförmigen Körper dem Vulkan hinab schlängelten.

Um nicht in die Hände von Sklavenhändlern zu gelangen, erforschte ich das für mich unbekannte Terrain, bestehend aus zahlreichen ausgekühlten und teilweise in sich zusammengefallenen Höhlen der Lavaströme.

Ich studierte ihre Zusammensetzung und nutzte die Möglichkeiten, die sich mir boten. Mit den unzähligen Pflanzen und Kräutern der hiesigen Region hatte ich genug zu essen.

Bis ich eines Tages auf Claudina zufällig beim Kräutersammeln traf, die mir nach einigen Besuchen im Höhlenlabyrinth ans Herz legte, zu ihr in ihre Taberna zu ziehen und den Namen Platanius zum Schutz anzunehmen. So stellte sie mich unter ihre persönliche Obhut."

Der mit edelsten aphrodisierenden Delikatessen befüllte römische Legionärsschild fing an, wie eine Wippe hin und her zu kippen. Unser Koch, der direkt neben dem Schild auf dem Tresen saß, hörte auf zu zappeln. Dies war eine komische Angewohnheit von ihm. Um ihn zu beruhigen, probierten wir, jeder einen Löffel von diesen verführerischen Speisen, die Platanius für uns zubereitet hatte.

Das änderte nichts, der Feinschmeckerschild schwankte weiterhin und heftiger. Die Vibrationen zogen sich vom Tresen über den gesamten Boden der Taberna, bis hin zu dem fantastischen Freskenbild, mit der Darstellung der Amanitapilze und der wunderhübsch illustrierten Trüffeln.

Unzählige Risse durchzogen den Marmorboden bis hin zur Freske, auf der sich von einem Augenblick zum anderen rasend ein Labyrinth von hunderten feiner Spalten bildeten.

Es lag ein unheimliches Knistern in der Luft, gepaart mit farbigen Staubpartikeln, die dem Druck des zerreißenden Bildes nicht mehr standhielten.

Mit einem Knall flog uns die gesamte Freske in tausenden staubigen Teilen um die Ohren.

Platanius fiel vom Tresen und landete auf seinen ausgelatschten Sandalen und wirbelte den bunten Staub kräftig auf.

Wir rieben, die feinen Staubkrümel aus den brennenden und tränenden Augen und schauten uns staubüberzogen mit erschrockenen Gesichtern an.

Favorinus rief zu Claudina,

„Hol deine Mädchen!

Wir treffen uns alle am Haus von Brutus und Flavia, wo sich die Kinder und Sophie aufhalten."

Die Lufttemperatur stieg rasant.

Unsere verschwitzten Körper, an denen sich der mit seinen bunten Farben glitzernde Freskenstaub, wie ein glänzender Überzug absetzte und sich mit Schweiß vermischte, trocknete durch die enorme Hitze wie ein rissiger Lehmüberzug auf der Haut. Dieser krustige Belag zog sich rasch zusammen und übte auf alle Poren und Falten massiven und schmerzhaften Druck aus.

„Klopft kräftig eure komplette Hautpartien ab und schüttelt euch",

rief Favorinus uns zu. Der durch die Stadt ziehende, von Hitze aufgeheizte Sturm war heftig. Wir konnten die Taberna vorerst nicht verlassen.

„Claudina hol deine Mädchen hier in die Bar, das ist sicherer!"

Das Lokal wackelte an allen Seiten und der Hitzesturm wurde stärker. Es gab einen gewaltigen Knall und irgendetwas stürzte direkt vor unseren Augen oberhalb vom Eingangsbereich nach unten und versperrte den Ausgang. Von innen sahen wir das kopfüberhängende, kopulierende Paar, das sich über dem Eingang der Taberna auf der animierenden übergroßen Freske zur Begrüßung der Gäste bildlich verführte.

Der gesamte Giebel samt Bild hatte sich durch den Wind und das Beben gelöst. Er landete vor dem Eingangsportal. Brutus und Favorinus räumten, nachdem sich die Luft abgekühlt und der Sturm sich beruhigt hatte, den Türbereich frei.

Wir hatten Glück im Unglück, dass uns der herabstürzende Giebel den Eingang versperrt hatte.

Nach dem Verlassen der Taberna trauten wir unseren tränenden Augen nicht. Auf der sonst glänzenden Kopfsteinpflasterstraße lagen in Abständen Kinder und Erwachsene aus der Nachbarschaft, die sich nicht bewegten und kaum mehr zu erkennen waren. Der Feuersturm riss ihnen die Kleider und die Haut vom Leib.

Die herabfallende Asche legte sich wie schwebende Fetzen eines Leichentuchs der speienden Hölle über die vom tödlichen Hauch des Vulkans gezeichneten nackten Körper.

Die sonst so lebendigen von Freude und Kummer geprägten Straßen, mit ihren liebenswerten, rutschigen und halsbrecherischen Kopfsteinpflaster waren nicht wiederzuerkennen.

In Abständen gepflanzte Palmen und Koniferen, die sicher viele Generationen der Einwohner überlebt hatten, bildeten heute ein trauriges sterbendes Bild. Sie standen am Straßenrand und leuchteten wehend mit ihren in Flammen stehenden Stämmen und Wipfeln, den Toten dieser sich dem Untergang geweihten Stadt den Weg ins Jenseits.

Krachende Geräusche links und rechts der Straße ließen uns alle paar Meter erschrecken und zur Seite springen. Bäume die, die Last des sie auffressenden Feuers nicht mehr trugen, fielen in sich zusammen und verstreuten die springende Glut über das Totenbett vom Pompeji.

Die purpurrot leuchtenden Strähnen, die sich aus dem Schlund des sich erbrechenden Vulkans, wie ein Spinnennetz der Zerstörung mit Abstand auf die Stadt zu bewegten, ließen uns die kommende Apokalypse bildlich erscheinen.

Brutus blieb stehen und erstarrte vor Angst.

Wo ist das Dach von meinem Haus und hielt sich die Hände an sein von Sorgen durchzogenes Gesicht, mit der Ahnung auf das Schlimmste. Im schwingenden Licht einer gigantischen Palme leuchteten bei jedem Schattenwurf sechs Figuren auf. Drei Größere und drei Kleinere, von Asche Schleier umhüllt, kamen sie auf uns zu. Flavia, Magdalena, Sophie und die drei bezaubernden Kinder fielen uns in die Arme und weinten vor Freude des Wiedersehens.

Die Tränen bildeten auf den staubverhangenen Wangen, Straßen der Hoffnung, auf denen die salzigen lehmfarbenen Perlen der Liebe in Richtung Zuversicht rollten.

Der zähe und dichte, kaum durchschaubare Ascheregen leuchtete rosarot durch die kräftiger und näher kommende, bedrohlich rot leuchtenden Lavaströme. Favo und Platanius führten uns auf den Weg zum Stadtrand, an der Gladiatorenschule vorbei, hin zu den Wiesen. Unser Koch zog mich kurz zur Seite auf seine Höhe. Er schob mir das, in ein Ziegenfell gewickeltes Haremskochbuch unter die von Glut und Asche durchlöcherte Tunika. Dann klopfte er mir ohne Worte auf die staubende linke Schulter und forderte mit einem martialischen Aufschrei die volle Aufmerksamkeit aller hier anwesenden ein.

„Folgt mir“, rief er.

„Das ist mein Terrain. Ich übernehme die Führung!“

Claudina zögerte nicht einen Moment und ging ihm auf das Gelände nach, wo sie ihn kennengelernt hatte.

„Geht hinter ihm her“,

schrie sie uns energisch zu.

„Er kennt sich hier aus.“

Sie lächelte uns mit einem staubigen, großzügigen Wimpernaufschlag ihrer vor Zuversicht leuchtenden Katzenaugen an. Mit Vertrauen und flackernden Fackeln folgten wir dem geführten Weg.

Die herabfallenden handgroßen Aschefetzen, die im heiß aufwirbelnden Wind, bewegten sich rings herum.

Sie entflammten wieder kurzweilig und stiegen durch die aufsteigende Aerodynamik der umher wirbelnden Hitze wie drehende Propeller durch die Luft. Mit kreisenden Bewegungen der Arme schützten wir die Köpfe. Am Stadtrand lagen ursprünglich weite Wiesen, mit unzähligen bunten und duftenden Pflanzen, die in den Morgenstunden ihre farbenprächtige Vielfalt dem Zauber dieser Stadt zur Verfügung stellten.

Nachdem wir diesen grauen, von Asche erdrückenden Blumen und Wiesenteppich im Eilschritt hinter uns gelassen hatten, standen wir auf einer in Richtung Meer abfallenden steinigen Plattform, ähnlich einer Mondlandschaft.

Zurückblickend auf Pompeji, das dem Untergang geweiht war und im Schein des unheimlichen Blutmondes, der thronend über dem Vulkankegel den Eindruck erweckte, dass ihn jeden Moment ein Krater verschluckt.

Uns war angst und bange bei dem, was kam.

Das Leuchten des Erdtrabanten hatte kaum Kraft, sich einen Weg durch die Rauchschwaden der sich aus dem Schlund des Berges hervorschießenden Lavabomben zu bahnen. Ein mörderischer Nachthimmel verdunkelte sich bedrohlich. Der Mond verlosch sich von einer Minute zu anderen komplett und wurde durch die unzähligen, aus dem Höllenschlund des Vulkans herausschießenden roten Feuerbälle ersetzt.

Es ergoss sich ein gewaltiger Feuerregen auf Pompeji. Das ultimativ im vollen Licht erstrahle und mit tosenden Einschlägen dem Untergang entgegensah.

Enorme Lavaströme schoben sich wie blutige Flüsse durch die Gassen und Straßen. Häuser, Höfe und Ställe gingen in den Flammen unter.

Favorinus seine Gladiatorenschule, das Zuhause von Flavia und Brutus, sowie Claudinas freudebringendes Etablissement fielen den Lavaflüssen zum Opfer.

Tiere folgten ihren Fluchtinstinkt.

Sie flohen brennend aus den Stallungen und Höfen und versanken quiekend und brüllend in den Fluten der Lavaströme.

Den Anblick zu ertragen war schwer und es kreuzten sich die Blicke mit tränenden Augen.

Unsere von Wehmut und Trauer verkrampften Hände verknüpften sich in einem geschlossenen Kreis. Sie gaben uns allen eine schmerzhafte Kraft, die wir auf dem zu erwartenden Weg gut brauchten.

Trotz der bedrohlichen, angsteinflößenden Lage hatten wir Mut und Hoffnung für die kommenden Stunden. Die Richtung der tosenden einschlagenden Lavabomben veränderte sich rasch und kam rasant auf uns zu. Glühende Lavaströme legten sich auf die Siedlung und warfen das Licht des leuchtenden Lavateppichs in den verdunkelten Himmel. Die sich ausbreitende Aschewolke reflektierte das rote Leuchten zurück und hüllte uns in einen purpurnen Nebel. Durch seine Dichte trug er die Schreie der brennenden und sterbenden Menschen grausam an unsere Ohren. Menschliche Geräusche ließen nach und verstummten in einer tödlichen Stille. Das pfeifende und donnernde Brüllen der herabstürzenden Lavabomben kam aus verschiedenen Richtungen auf uns zu. Blubbernde Blasengeräusche von schleichenden Lavaströmen übertönten die gesamte Region. Angst und Gänsehaut durchzogen die Körper und versteinerten uns.

Bewegungslos standen wir auf einer alten, erkalteten Lavazunge und erstarrten vor Hoffnungslosigkeit.

Die Einschläge der Lavabomben und ein ganzes Dutzend Lavaströme, die sich aus zahlreichen Felsspalten rings um uns ergossen, kamen mit hoher Geschwindigkeit.

Platanius wies Favorinus und Brutus an mit spitzen Steinen, die um uns herum lagen, auf die alte erkaltete Lavazunge mit einer Breite von sieben Metern direkt in der Mitte einzuschlagen.

Die beiden Herren wunderten sich kopfschüttelnd und bedrängt von ihren Ehefrauen folgten sie den Anweisungen mit vollem Krafteinsatz. Nach zahlreichen Versuchen sprang Brutus jubelnd zur Seite und klopfte sich vor Freude wie ein Gorilla auf die Brust. Platanius warf eine Fackel in das von ihm geschaffene Loch.

„Ich habe lange Zeit in diesen Lavakatakomben gelebt. Es bildet sich bei der Abkühlung auf der Lavaoberfläche eine feste dünne Kruste. Das Innere der Zunge fällt, nachdem die Lava komplett erkaltet ist, in sich zusammen und es entsteht ein Höhlensystem. Ihr müsst euch kleinmachen, genau wie ich und rutscht auf den Knien. Wir versuchen, innerhalb der Lavazunge bis zum Meer zu gelangen. Wenn wir am Ende sind, lasst uns gemeinsam hoffen, dass die

Zunge dort geöffnet ist. Die Öffnungen sind unter Wasser. Um sie zu verlassen, müsst ihr ein paar Meter tauchen."

Platanius, Favorinus, Brutus, die Kinder, Claudina und ihre Mädchen gingen vorweg. Sophie und ich bildeten mit unseren Fackeln das Schlusslicht. Erkaltete Lavazapfen, die sich von der Decke im Inneren der Zunge bis zum Höhlenboden erstreckten, bildeten Hindernisse, die uns aufhielten. Das Rauschen des Meeres kam rasch näher und wir erhöhten unser Schritttempo, teilweise rutschend auf blutenden Knien. Die Temperatur stieg massiv im Minutentakt.

Entlang den Wänden, der Decke und dem Boden baute sich ein stärker werdendes rotes Licht auf, das von hinten kam. Das Donnern der Lavabombeneinschläge außerhalb des Lavaschutzraums kam näher und traf häufiger die äußere Hülle der uns schützenden Zunge.

Es rieselte und staubte massiv von der Decke. Das Atmen fiel uns schwerer.

Die Tücher, die wir zum Mund und Nasenschutz trugen, hielten einiges an heißem Staub ab.

„Wir haben es geschafft!

Wir haben es geschafft!"

Schallte es uns vom Ende der Lavazunge gepaart, mit hoffnungsvollem Meeresrauschen entgegen. Die Fackeln wackelten vor Freude und ein Jubeln und Lachen der Kinder halte zu uns heran. Hintereinander platschte einer nach dem anderen in das erfrischende lebensbejahende Wasser des Meeres und hatte die Hoffnung zu überleben.

Claudina schwenkte uns mit der letzten Fackel zu.

Sie wartet mit den Worten.

„Kommt ihr beiden, wir haben es geschafft!“

Ein gigantischer Knall, mit einem ohrenbetäubenden Einschlag, ließ uns erstarren.

Kurz vor dem Ziel stürzte eine tobende Geröllmasse aus Lavagestein ein paar Meter vor uns von oben herab. Der Weg zu den Freunden und dem Ausgang zum rettenden Lebenswasser ist für uns versperrt.

Das Geröll war enorm, wir schafften es nicht, die massiven Gesteine beiseite zu räumen.

Zu hören waren die Rufe von Claudina, die nach uns rief. Sie weinte herzzerreißend und schluchzte verzweifelnd.

„Claudina, geh zum Wasser! Geh zum Wasser!“

Riefen wir ihr laut zu, bis das Weinen verstummte und ein leises, kaum zu hörendes Platschen zu erkennen war.

Ein paar Minuten später sanken wir beide zu Boden und konnten uns nicht mehr halten.

Die Fackelflammen erloschen am fehlenden Sauerstoff. Die Luft zum Atmen war schwer und heiß. Der Lavazungenraum, indem wir gefangen waren, wurde trotz erkalteter Fackel von Licht durchflutet. Die auf uns zukommenden blutroten Lichtspiele an den Wänden, der Decke und dem Boden waren der anrollenden flüssigen Lava geschuldet. Ein apokalyptisches Bild bot uns, das jeglichen Schimmer auf Hoffnung niederbrannte.

Die Haut schmerzte und bildete Blasen von der enormen Hitze. Wir nahmen uns an den Händen und knieten am heißer werdenden Gesteinsboden.

Die letzte Zuversicht war die Zeitpfanne.

Ich legte sie vor uns auf den Boden. Sophie gab die von ihr vorbereitete Zutatenmischung, die für die Rückreise in unsere Zeit notwendig war hinein. Beide hielten wir den langen warmen Pfannengriff fest. Augen und Kopf waren kurz vor dem Platzen. Die Haare wehten in den heißen Luftbewegungen glühend vor uns hin. Sophie fiel mit ihrer versengten sonst wunderhübschen Frisur nach vorne auf meine Beine und ihre Atmung setzte aus.

Es wurde mir schwarz vor den Augen, die Lippen und die Zunge fühlten sich wie grobes Sandpapier an und es war schwer, den Mund zu schließen, um die heiße brennende Luft nicht einzuatmen.

Nachdem nichts mehr zu spüren war, fiel ich mit einem aufkommenden bebenden Zittern, mit dem Oberkörper schützend über meine Bezaubernde von mir gegangene Sophie.

Kapitel 8

~Fragen~

Schlürfend, die Füße nicht vom Boden bekommend, schleppte sich Karl zur schallenden Tür.

Kräftige Schläge ließen die Tür im Rahmen vibrieren. Die raschelnden, monoton flatternden Geräusche seiner Pluderhose waren einmalig.

Robert, der vor der Tür stand, ahnte bei diesen Klängen, dass Karl zur Eingangstür kommt.

„Setz dich, Lieblingskoch“

und schlug ihm begrüßend auf die rechte Schulter. Er setzte sich vor Robert auf die Tischkante.

„Was kann ich für den Sohn meiner Freunde tun?“

Er breitete ohne Worte auf dem Tisch die Sachen aus seinem Rucksack aus. Suchend legte er eine angeschmorte Filmrolle und eine SD-Chipkarte nebeneinander in die Mitte des Tisches. Gefolgt von einer rußgeschwärzten handgroßen Steintafel, sowie ein verkohltes Holzschwert und ein an den Rändern und Ecken verbranntes Buch aus alten und festen Material, ähnlich wie Papyrus.

„Was sind das für Gegenstände?“

Fragte Karl und schaute Robert mit hochgezogenen Augenbrauen fragend an.

„Diese Sachen habe ich in einer versteckten Truhe auf dem Dachboden im Haus meiner Eltern gefunden. Anbei war diese Pfanne mit einer Kupferadlerbrosche und diese Pyramidenkette. Auch ein paar Ringe mit Edelsteinen. Schau dir diese beiden befüllten Patronengürtel an. Diese befanden sich ebenfalls, zusammen mit den dubiosen Pergamentrollen in der Truhe. Ebenso wie dieses alte Buch, das keiner lesen kann und viele andere Sachen."

„Robert, hör zu,

diese Objekte stammen von deinen Eltern."

„Karl, erzähl mir bitte was zu diesen mysteriösen Dingen!"

„Wie bist du darauf gestoßen?"

„Ich schau hin und wieder, ob alles in Ordnung ist im Haus von den beiden. Da bin ich auf dem Dachboden gelandet und einem nostalgischen Gewühle verfallen. Am äußersten Ende des Bodens stand versteckt unsere alte Angelausstattung und blockierte das Weiterkommen.

Da wurde ich stutzig.

Normal ist das für meine Eltern nicht.

Üblicherweise lagern sie ihre Sachen strukturiert, sodass sie selber herankommen.

Das Angelzeug war für mich von Interesse, da ich diese Leidenschaft wiederentdeckt habe und gerne an die gemeinsamen Ausflüge mit Vater zurückdenke. Beim Sortieren traf ich auf die genannte Truhe. Sie war mit einer alten Decke bedeckt und verriegelt mit diesem Zahlenschloss, sieh hier."

„Das sechsstellige Schloss wird nicht das Problem gewesen sein, da die Kombinationen von deinem Papa stets die Gleichen sind."

„Der Geburtstag von Mama Sophie 050670."

„Robert, weißt du von dem, was deine Eltern in den letzten Jahren unternommen haben?"

„Mama und Papa, versuchten meiner Schwester Susann und mir über das, was sie vorhaben zu erzählen. Doch wir taten es als Fantasiegeschichten ab. Nachdem ich diese Gegenstände gefunden hatte, habe ich viele Fragen und bin auf dich gekommen, Karl. Obwohl wir uns lange nicht mehr gesehen haben."

„Robert, das ist klar, du hast die Ausbildung zum Küchenmeister abgeschlossen und das Restaurant deiner Eltern übernommen."

Ab dem Moment richtet sich der Focus zu 100 % auf die Arbeit und das Unternehmen. Das ist der richtige Weg, mach dir keine Gedanken.

„Sophie und Mark haben mich, über dich und Susann auf dem Laufenden gehalten. Ich kenne euch von Kindesbeinen. Geht euren Weg und macht das, was Freude bereitet.

Sie sind von mir zu den neuen Betreuern der Zeitpfanne ernannt worden. Nicht weil ich das wollte und die Zwei gerne habe. Nein, die Pfanne hat sie gefunden und für sich als Pfannenwächter deklariert. Vor den beiden hatte ich die Berufung des Wächters der Kupferpfanne. Reisen geht bei mir nicht mehr. Du siehst ja, im Alter gehen noch beratende Gespräche. Ab und zu versuche ich zu vermitteln oder zu unterstützen.

Deine Eltern waren skeptisch, nachdem ich ihnen das gesamte Ausmaß der Möglichkeiten offenbart hatte. Sie haben sich sorgfältig und mit Neugier auf ihre Zeitreisen vorbereitet.

Das war bei mir nicht der Fall. Ich bin gleich drauflos gereist, ohne über die Konsequenzen nachzudenken. Im Gegensatz zu Sophie und Mark, bei denen war alles bis ins Detail geplant. Das, was sie auf ihrem letzten Abenteuer erlebt hatten, habe ich in den ganzen Jahren auf meinen Reisen nie durchmachen müssen. Es ist absolut verständlich, dass sie sich, nachdem was ihnen zugestoßen ist, zurückgezogen haben, um auf die Beine zu kommen.

Ich glaube nicht, das, was sie angekündigt haben, umsetzen werden. Solch ein Erlebnis wollen sie niemals mehr erleben, das würde jeder Andere ebenfalls tun. Zusammen haben deine Eltern erstaunliche Erfahrungen gesammelt, die sie nie vergessen.

Das Problem an Zeitreisen ist Folgendes.

Sie sind wie eine Sucht nach Wissensschätzen der Weltgeschichte, die einen nie wieder loslassen.

Lass sehen, was du mitgebracht hast.

Okay, die Filmrolle sollten wir in einem Fotolabor untersuchen und entwickeln. Wie ich deine Eltern kenne, können wir davon ausgehen, dass auf der SD-Karte das gleiche Bildmaterial zu finden ist wie auf der Rolle.

Robert, hol mir bitte meinen Laptop aus dem Arbeitszimmer.

Sieh die Chipkarte, scheint in Takt zu sein. Sie durften die Kameras nicht mitnehmen und haben heimlich fotografiert. Die Bilder sind mehr Schnappschüsse anstatt professionelle Aufnahmen. Schau, da sind sie ja, mach größer.

Was ist das Robert?“

„Keine Ahnung Karl!“

„Sowas hat man noch nie gesehen. Auf Zeitreisen hörte ich davon. Keltische Bauern haben mir aus Überlieferungen hiervon erzählt.

Wie es aussieht, scheint dieser Raum komplett rund zu sein und ist von einer Kuppel verschlossen. Sieh dir das leuchtende Symbol an der Gewölbedecke an. Faszinierend sind die sternenförmig angeordneten Ornamente.

Robert, da kommen wir nicht weiter.

Weißt du, wo sich Sophie und Mark momentan aufhalten?

Das Einzige, was die zwei nach ihrer letzten Reise zu mir gesagt haben, war:

“Nie wieder Karl!“

„Seit, diesem Tag habe ich die beiden nicht mehr gesehen und nichts von ihnen gehört.“

„Meine Eltern halten sich im Moment an ihrem Lieblingsplatz in der Ria Formosa bei Olhao auf und möchten für sich bleiben.“

„Okay, was hast du für schöne Sachen hier auf dem Tisch?“

„Das verkohlte schwarze Stück Holz hat die Form eines Kurzschwertes, findest du nicht Karl?“

„Gib her. Tatsache, es schaut aus wie ein Schwert. Heb an Robert, ich bin der Meinung, dass dieses Objekt für ein Holzschwert zu schwer ist.“

„Stimmt, das ist es, es hat keinerlei Metallbeschläge. Dreh es rum, siehst du die Gravuren in dem verbrannten Teil, das eine Klinge darstellt?

Die ersten Buchstaben schauen aus wie das Wort Vini. Es ist ein weiteres V zu erkennen und der Rest der Schrift ist vom Feuer zerstört.“

„Karl, ich habe hier ein gerolltes und zerdrücktes Papier und der Rand trägt Brandspuren.“

Die Handschrift ist eindeutig die deiner Mutter. Sophie muss es unter Eile und im Stress beschrieben haben. Es sind Zeichnungen und Symbole zu sehen, die im Zusammenhang mit den Bildern auf der Speicherkarte stehen. Einen genauen Einblick in ihre Aufzeichnungen kann uns deine Mama geben. Dieses Buch, was du mitgebracht hast, sieht alt aus. Es ist antiker als die Zeitepoche, aus der Sophie und Mark von ihrer letzten Reise zurückgekommen sind.

Die Spuren des Feuers sind massiv.

Es ist ein Wunder, dass die zwei diese Katastrophe überlebt haben. Ich hoffe, dass ihre Brandverletzungen verheilt sind und sie wieder in das Leben zurückfinden. Dass, sie sich von allem zurückgezogen haben, kann ich nachvollziehen, aber was ihnen zur Verfügung gestellt wurde, sollten sie nicht ignorieren!

Vorstellen könnte ich mir, dass sie über eine spannende Aufgabe zurückkehren werden und wir gemeinsam Zeit miteinander verbringen. Das Dokument ähnelt mit seiner Struktur einem Rezeptbuch.

Ich werde aus den fremdartigen Texten und Zutaten, wenn es sich um welche handelt, nicht schlau. Das Geheimnis um dieses Buch kennen die zwei und der Verfasser.

Die Brandspuren sehen nicht schlimm aus. Größtenteils ist der Inhalt lesbar. Die Schrift gleicht dieser Steintafel und ist ebenso in Latein und mit Dialekt verfasst.

Sophie und Mark sind in der privilegierten Lage, diese Texte mit den Ringen der Redlichkeit, ohne komplizierte Übersetzung zu lesen. Was sie mit Sicherheit getan haben.

Robert, ich finde, zwischen diesen Objekten, die du mitgebracht hast, keinen Zusammenhang.

Mit dem Holzschwert in seiner rechten Hand artikulierte er aufgeregt in der Luft herum.

Mit der rußigen und bröseligen Holzklinge fuhr er mit hektischen und strukturierten Ellipsen ähnlichen Bewegungen, um die nebeneinanderliegenden Stücke auf dem Tisch und versuchte, durch die schwarzen Aschenbahnen auf der Tischplatte Schnittstellen zu finden.

Ohne Aussicht auf Erfolg.

Komplett nervös und von jeglicher Lösung entfernt klopfte Karl kraftvoll mit der Schwertspitze auf die erstmal nichts sagende Steintafel.

Er wurde wütend vor Aufregung und schlug noch kräftiger mit dem Schwert auf die sich vor Rus schwarz färbende helle Steinplatte.

Rußpartikel sprangen durch die Luft und verfingen sich in den Haaren.

Auf einmal knallte es und es wirbelten hunderte verbrannte Holzstücke durch den Salon. Ein klirrendes Geräusch drang durch den hellhörigen Raum, begleitet von einem Zischen, als ob etwas wegflog.

Beide schauten verwundert und fragend. In diesem Moment flog was Blinkendes zwischen eng aneinander stehenden grübelnden Köpfen hindurch und bohrte sich in das Zentrum des antiken Rezeptbuchs.

Es war eine geschmiedete Messerklinge ohne Holzgriff. Die umher fliegenden Rußpartikel setzten sich auf allen Möbeln im Salon ab. Oberhalb der im Buch festsitzenden Klinge, wo sich sonst ein Griff befindet, ragte ein stumpfes Stück Metall empor. Es war quadratisch und wurde im Schmiedezustand mit einer Zange gedreht, sodass es wie eine Spirale aussah.

Auf den einzelnen Seiten dieses Endstückes befanden sich Schriftzüge, insgesamt vier. Auf jeder stand eine Schriftzeile.

Karl nahm seine dreieckige Lupe die, die Form einer Pyramide hatte und an einem roten, geschmiedeten Kupferband um seinen Hals hing. Er hauchte sie kurz an und versuchte, sie mit den heraushängenden Hemdzipfeln auf Hüfthöhe zu putzen.

„Robert, die gesamte Schrift besteht aus Runen, die alle unterschiedlich sind!“

Er zog die Metallklinge aus dem Buch und leuchtete sie unter der, auf dem Tisch stehenden, alten Kupferlampe an. Die Klingenseiten waren exakt wie ein Spiegel poliert.

„Dreh die Klinge rum.

Schau, die flache Seite, sie ist mindestens einen halben Zentimeter breit.

Normal hat man bei einem Messer zwei Schnittflächen, hier ist es anders. Es gibt eine Scharfe und eine Stumpfe, auf der es stehen kann. Die Standseite ist rauer, als ob sie erst geschmiedet wurde. Nimm die Lupe, siehst du die Markierungen auf der Stellfläche?

Das sind ebenfalls Runensymbole.“

„Karl, das sind drei Zeichen, kein kompletter Satz.“

„Bei Runen kann es sein, dass ein Symbol einen ganzen Text aussagt oder einen Wert hat.

Hier geht’s nicht weiter, Robert.

Wir brauchen die Unterstützung deiner Eltern und wenn es für einen Moment ist.

Bitte versuch, die beiden zu erreichen, und frage sie, ob sie uns hierbei helfen können. Ich werde sehen, wer von meinen Studienkollegen noch am Leben ist. Es waren zwei dabei, die sich auf nordische Mythologie und Runenkunde spezialisiert hatten. Drück die Daumen, dass einer davon unter uns weilt. Die Jungs sind ebenso betagt wie ich."

Eine Woche später:

Das klappernde und kratzende Geräusch von tippelnden Pfoten stammte von einem Hund, doch nicht irgendeinem.

Es gab eine Hundedame, die elegant und liebevoll das Parkett entlang huschte. Betty rutschte in der Linkskurve zum Salon aus und landete mit breiten Beinen auf ihrem kahlen Bauch.

Anschließend gab es die traditionelle Begründungszeremonie mit angesabberten Hosen und haarigen Hemden.

„Wie geht es euch?"

Hauchte er uns entgegen.

„Es wird sicher wieder werden, aber nicht wie es war!"

„Es ist schön, euch zwei wiederzusehen. Kommt her, ich möchte dich und Mark kräftig drücken."

„Bei was braucht ihr unsere Hilfe?“

„Ich habe einen Studienfreund kontaktiert. Professor Doktor Jan von Olafson ist ein anerkannter Experte der keltischen Strukturen und Spezialist für Runen der Frühzeit.

Das heißt, der Schwerpunkt seiner Arbeit als Historiker liegt in der Gründerzeit des Druidentums.

Ich habe mit Jan gesprochen und ihn zu uns eingeladen. Nach kurzen Erläuterungen meinerseits ist Jan neugierig und aufgeregt auf die Exponate, die ihr von der letzten Reise mitgebracht habt.

Robert ist durch Zufall auf eure Reisemitbringsel gestoßen und hat mich darüber informiert.“

Uns durchzog beim Anblick der auf dem Tisch liegenden Sachen ein kribbelnder Schauer, der Gänsehaut machte und uns unangenehm schütteln ließ. Wir hofften schlaflos, dass unsere liebgewonnenen Freunde, wie Favorinus, Magdalena, Brutus, Flavia und die Kinder, sowie Claudina und Platanius diese unmenschliche und brutale Katastrophe überlebt haben. Sie hatten nur eine Chance, ihr Leben zu retten, indem sie am Ende der Lavazunge ins Meer springen und ums Überleben schwimmen.

Wir werden nie Gewissheit erhalten, ob und wie unsere Freunde dieses Desaster überstanden haben. Damit klar zu kommen ist sehr schwierig und der

Zeitpfanne ist es zu verdanken, dass wir hier stehen konnten, obwohl wir selber zu dieser Zeit nicht mehr bei Sinnen waren.

Die Pfanne ist in der Lavahöhle heiß geworden. Das hat für die Zutaten ausgereicht, den Reiseprozess einzuleiten und durchzuführen. Trotz all, dem Leid und den vielen Opfern in Pompeji sind wir dankbar, am Leben zu sein.

„Hört ihr zwei Turteltäubchen. Es besteht Hoffnung, dass ihr beiden in naher Zukunft Gewissheit über das Überleben eurer Freunde finden werdet.

Ihr seid bei der letzten Zeitreise auf Informationen gestoßen, die vor euch nie einem Wächter der Zeitpfanne zur Verfügung gestellt wurden. Um was es sich genau handelt, kann ich nicht mitteilen. Begleitet mich auf der Reise in die Bretagne und in die Normandie. Jan kann leider aus gesundheitlichen und Altersgründen keine langen Touren machen. Ich werde Jan besuchen und um seine Hilfe bitten.

Kommt mit nach Frankreich!"

Wir schauten uns zitternd und Hände haltend an. Nach einem Moment sagten wir zu Karl, dass wir seine Einladung nur unter einer Bedingung annehmen würden.

„Keine Zeitreisen mehr!"

„Das ist in Ordnung.

Packt die Pfanne, den Adler, die Pyramide sowie die Pergamente und all eure Reiseutensilien mit ein.

Jan wird sicher einiges für seine Analyse brauchen. Seine Wegbeschreibung habe ich hier in der Hand und lese sie mal vor."

„Begeht nicht die Touristenbrücke. Nehmt den Weg der alten Pilger durch das Watt, wenn das Meer sich zurückzieht und euch und den Weg zum Felsen offenbart.

Lauft zügig und haltet nicht an, denn die Flut kommt! Geht weiter an der Stadtmauer entlang, vorbei an den drei vorgebauten Türmen bis hin zur Bastion. Öffnet den von den Gezeiten gezeichneten Eingang auf der rechten Seite des Bastionsturmes.

Folgt dem in die Tunnel führenden Pfad der Pyramide und ihr werdet mich finden."

„Diese E-Mail habe ich von Jan erhalten. Seine Adresse ist Le Mont-Saint-Michel, Frankreich.

Das ist typisch Jan.

Er war und ist exzentrisch. Absolut zielorientiert, was seine Forschungen angeht."

Kapitel 9

~Bastion~

Die hochgekrempelten nassen Hosen wurden schwerer. Der Sand setzte sich mit jeder sich weiter auftürmenden Welle in die Krampen der Beinkleider und ließ uns alle ständig die Hosenbeine hochziehen und uns verkrampft am Gürtel festhalten. Nachdem wir durch das hüfthohe Wasser des sich füllenden Watts wie Störche stolzierten, erreichten wir die Stadtmauer mit dem ersten Aussichtsturm.

Die aufkommende Flut brachte uns in eine Situation, schneller zu werden. Nach Jan seinen Anweisungen sollten wir uns links an der Mauer orientieren. Der schmale Sandstreifen, der unterhalb der Gebäudemauer begehbar war, füllte sich minütlich mit, schäumenden Meerwasser.

Vierhundert lange Meter lagen vor uns, um die ins Meer ragende Bastion mit dem Eingang trockenen Fußes zu erreichen, ohne zu wissen, was uns in dem Tunnel erwartet.

Entlang der meterhohen dicken Stadtmauer, weg vom Festland in Richtung offenen Atlantik, mit der Bastionsmauer als nächstes Bauwerk im konzentrierten Blick voraus.

Die Beine wurden kalt und schwer. Karl konnte sich kaum auf den Füssen halten. Den letzten vorgesetzten Mauerturm hatten wir hinter uns gelassen.

Die Bastion ist erreicht, nun müssen wir den breiten Mauer Komplex komplett umrunden. In der Hoffnung, den von Jan beschriebenen Eingang zu finden.

Durchnässt, mit der ins Gesicht spritzenden Gischt, standen wir vor einem verschlossenen dunkelgrünen Kupfertor.

Dies ist vom Grünspan überzogen, mit dem Salz des Nordatlantiks gezeichnet, ohne Schloss und Knauf. Der Torbogen ist aus massiven dicken Granit. Es gab keine Möglichkeit, dieses Tor zu öffnen. Das Wasser steht uns über der Hüfte und steigt rasant an. Sophie und ich rüttelten an beiden Seiten des Eingangs, doch nichts passierte.

Auf einmal änderte sich die Farbe des kupfernen Gittertores von Grün in Kupferrot und das Tor öffnete sich.

Dabei spürten wir eine Vibration auf unserer Brust, denn Sophie hatte ihre Pyramide um den Hals und ich trug weiterhin die Adlerbrosche.

Nachdem wir alle das leuchtende Tor durchquert hatten, verschloss es sich und nahm wieder die ursprüngliche altgrüne Färbung an, als ob nichts passiert wäre.

An der Innenseite des Tores befand sich eine unscheinbare runde Kupferscheibe, auf der durch genaues Hinsehen ein Miniaturadler mit einer Pyramide zu erkennen war.

Anzunehmen ist, dass es sich hier um eine Art Flucht-Tor zum Verlassen der Stadt handelte.

Der Blick richtete sich nach vorne in den pechschwarzen, schmalen, hoch aufsteigenden Gang. Es gab für uns keine Alternative. Wir mussten so lange laufen, bis das Licht am Ende erscheint. Durch den ziemlichen Anstieg im Tunnel befanden sich unsere Beine nicht mehr im Wasser und erwärmten sich fühlend.

Die Salzkruste, die sich mit jeder Berührung von der Tunnelwand ablöste, stammte sicher aus den vielen Jahrhunderten, mit ihren, wie heute wechselnden Gezeiten von Ebbe und Flut.

Durch das Licht der Taschenlampen war der Aufstieg nicht so unheimlich. Hin und wieder blinkten durch das Anstrahlen unserer Lampen, an der rund gewölbten Tunneldecke Pyramiden-Symbole auf und wiesen uns den Weg. Links und rechts erschienen Tore aus Kupfer, ähnlich, wie dem Ersten am Eingang der Bastion.

Nach Jans Worten folgten wir den Weg der Pyramide. Es handelte sich hier um ein antikes Tunnelsystem, das wir später noch nutzen werden. Ein gelbes Licht flackerte entgegen und gab uns Hoffnung. Desto trockener es wurde, ließen sich die abgerundeten Backsteine besser passieren.

Auf einmal befanden wir uns vor einem Tor, das dem unten an der Stadtmauer identisch war.

Selbst die runde, unscheinbare Kupferplatte war dieselbe. Ebenso waren, das Symbol der Steinpyramide und des Adlers auf der Platte zu sehen. Sophie und ich standen gemeinsam vor dem Tor und berührten es.

Unsere Brust vibrierte abermals.

Die Farbe des Tores wechselte vom Altgrün in ein leuchtendes kupferrot. Das Tor öffnete sich, in einem sich vor uns befindenden Raum. Ein Fackellicht an der Gewölbemauer gegenüber strahlte eine sichere Wärme aus. In diesem runden Zimmer, mit einem Durchmesser von 4 Metern, befand sich nichts. Außer des brennenden Fackelstabes in der gemauerten Halterung an der Wand, die ein Pyramidensymbol trug.

„Sophie, du trägst die Pyramide, bitte nimm das Licht aus der Wandhalterung und komm zu uns herüber!“

In dem Moment, als sie es aus der Fackelhalterung genommen hatte, versenkte sie sich in der Zimmerwand und verschwand, als ob sie nie da war.

„Geht mit der Fackel die gesamte runde Mauer entlang und klopft die Wand ab,"

rief unser alter Freund zu.

Nach dem klopfen hörte sich auf der, dem Eingang zugewandten Seite, ein Stück Mauerwerk hölzern an.

Wir schlugen kräftig auf die Holzmauer. Sie schob sich vor uns auf und ein, am Stock gehender in die Jahre gekommener weißhaariger Mann stand erwartend vor uns.

Karl räusperte sich mit den Worten:

„Jan, bist du ein alter Sack geworden."

Er konterte wackelnd, mit erhobenen Gehstock:

„Du faltiges Sackgesicht"

und die beiden fielen sich vor Wiedersehensfreude in die Arme.

„Kommt, herein,"

rief Jan uns zu und spielte an seinem Kaminbesteck herum und die hölzerne Tür verschloss sich wieder. Auf der anderen Seite der Tür war ein imposantes Regal seiner Bibliothek zu erkennen.

„Herzlich willkommen, ihr befindet euch hier bei mir in meinem Heim unterhalb der Abtei,

Le Monte-Saint-Michel und oberhalb der Klosterstadt. Ich arbeite und lebe hier, seit mehr als 40 Jahren.

Nehmt Platz und trocknet eure nassen Sachen am Kaminfeuer."

„Jan, sag, kannst du deine Räumlichkeiten, ausschließlich über diesen Weg, den wir gekommen sind, betreten und verlassen?"

„Nein, Karl, es gibt einen anderen Zugang zu mir. Der führt durch das Abteigebäude. Ich habe keinen direkten Weg zur Innenstadt und gehe deshalb durch die Kirche. Das hat damit zu tun, dass dieses Haus ursprünglich als Laboratorium der Mönche konzipiert und genutzt wurde. Somit war nur ein Weg von und zu der Abtei geplant. Diese Bauweise ist einzigartig und absolut vorteilhaft für mich, da ich nicht mit den vielen und täglichen Touristen in Kontakt komme. Es sei denn, ich bin länger in den öffentlichen Räumen des Klosters.

Für meine Arbeit ist das sensationell."

„Jan, wir sind nicht überrascht, uns an diesem Ort aufzuhalten. Es ist eigentlich klar, dass du hier am Monte Saint Michel bist, nach dem, was du damals alles gemacht hast."

„Ihr wolltet mir etwas mitbringen und wie lauten eure Fragen und wie kann ich euch helfen?"

„Karl, das Arbeitszimmer von Jan ist im Vergleich zu deinem eine Schatztruhe auf hohem Niveau."

„Jan hat immer Wert auf schöne und historische Dinge gelegt. Das spiegelt sich in seinen edlen Forschungswerkzeugen wieder und zeigt sich in den alten und höfischen, mit Schnitzereien verkleideten Edelholzmöbeln.

Nein, Jan!

Das glaube ich nicht!

Du hast hier die Originalausgabe des Druidenschachs, in dieser altertümlichen Bibliothek."

„Karl, achtet bitte darauf, dass ihr die Bücher und Schriften nur mit diesen weißen Samthandschuhen berührt!"

„Das geht in Ordnung Jan.

Lass uns erst einmal die Sachen auspacken und analysieren."

„Legt sie hier auf den alten Mammutbaum Holztisch, mit den gelb leuchtenden Messinglampen und den installierten da Vinci Lupen.

Das war ein Geschenk des Hauses Medici und stammt aus meiner Zeit als Pfannenwächter."

„Jan, das sind Sophie und Mark, die momentanen Wächter der Zeitpfanne, die bei mir in Besitz war. Die beiden waren zweimal auf Zeitreisen und bei der

Letzten wären sie um Haaresbreite ums Leben gekommen und haben jetzt Angst vor weiteren Abenteuern.

Wir haben hier und heute alle Utensilien mitgebracht, mit den sie bisher in Berührung kamen. Ich trenne die Sachen auf dem Schreibtisch in zwei Lager. Das rechte sind die Dinge der aktuellsten Reise nach Pompeji."

„Darf ich euer Reiseutensil ansehen, denn jede Kupferpfanne ist unterschiedlich, in Größe, Aussehen und Gewicht!"

„Wie bitte, Jan?

Es gibt mehrere und verschiedene?"

„Ja, was habt ihr denn gedacht. Es befinden sich weltweit auf allen Kontinenten welche. Es wird nie vorkommen, dass Zeitpfannen sich kreuzen oder sich treffen. Das würde eine Katastrophe in Raum und Zeit geben, mit unvorhersehbaren Folgen.

Das Einzige, was passieren kann, ist, dass sich ab und zu Wächter außerhalb ihrer Reisen begegnen, so wie wir hier."

„Jan, zeigst du uns bitte deine Pfanne?"

„Nein, das geht nicht. Ich habe sie nicht mehr. Sie ist mir hier in unserer heutigen Epoche abhanden gekommen. Besser gesagt, ich musste sie in einer Notsituation zurücklassen und konnte sie zu einem späteren Zeitpunkt nicht wieder finden. Ich nehme an, dass jemand anderes sie in seinem Besitz hat. Doch ich glaube nicht, dass er oder sie wissen, was sie da in den Händen haben. Die Kupferpfanne wird den normalen Dienst einer Pfanne ausüben.“

Vor Reliquien, Skulpturen, Bildern oder mystischen Objekten in Gläsern strotzte Jan sein Arbeitszimmer, was keine Ecken aufwies. Es war komplett rund.

Man kann sagen:

Kreisförmig mit drei Türen.

Eine, durch die wir hinein kamen und zwei weitere gegenüber der Eingangstür.

Auf den zweiten Blick waren sie wie ein Stern angeordnet. In der ersten Hälfte befand sich mittig ein antiker Kamin mit einer modernen Verglasung, so dass man das Feuer aus jeder Rundung des Zimmers sehen konnte. In dem anderen Teil des runden Raums stand der prächtige Mammutbaum-Schreibtisch mit einer Länge, auf der unser Karl, mit seinen einsfünfzig, zweimal Platz hätte. Er war ringsherum begehbar. Es gab keine Fenster im Arbeitsraum, dafür verschließbare Belüftungsschlitze, die oberhalb der Bücherregale installiert waren. Die gigantischen Holzregale, die bis zu vier Meter Höhe hatten und die gesamte Fläche der runden Wände einnahmen, waren beeindruckend.

Die unscheinbaren Türen sind diskret in die Regalwände eingebaut. Regale und Holztüren bestanden aus dem gleichen alten Holz wie der Tisch.

„Sophie, was ist los, du schaust komisch?

Geht es dir gut?

Warum liegst du auf dem Schreibtisch und starrst verwundert hoch?“

„Mark und Karl, schaut euch das an“

und zeigte mit ausgestrecktem rechten Arm und Zeigefinger geradewegs nach oben an die Kuppeldecke.

„Jan, kannst du bitte die beiden Lichtkegel der Schreibtischlampen ausrichten, dass die Decke angestrahlt wird?“

Im gelben Lampenlicht offenbarte sich eine für diesen Arbeitsraum gigantische Gewölbedecke. Mit darunter schwebenden weißen Seidentüchern, die sich sternenförmig oberhalb der Regalwand, wie ein Spinnennetz durch den Raum zogen. Durch Bewegungen im gelblichen Licht kamen bunte und alte Schattierungen an der Kuppel des Gewölbes zum Vorschein.

Sophie stotterte plötzlich vor sich hin und wiederholte mit zitternder Stimme die gleichen Worte.

„Die, die sieben Strahlen, wie, wie bei Magdalena in der Speisekammer. Unglaublich, schaut euch das an!“

Sie sprang mit einem Satz vom Schreibtisch herunter und suchte, komplett durch den Wind und hektisch, in der Tasche herum.

„Was brauchst du Sophie?“

„Mark, die SD-Speicherkarte.

Haben wir sie mitgenommen?“

„Ja, sie müsste in der Tasche sein.“

„Jan, hast du ein Abspielgerät, mit einem Kartenlaufwerk, wo wir sie einstecken und auf den Inhalt zugreifen können?“

Er nahm die Karte an sich und steckte sie in ein Tablet.

„Jan, da erkennt man nichts.

Hast du etwas Größeres?“

Jammerte sie genervt in Aufregung vor sich hin.

„Moment meine Liebe, geht gleich los. Ein alter Mann ist kein Schnellzug.“

Jan ging in die dunkelste Rundung des Arbeitszimmers, wo sich nach unseren Blicken ein mit einem Leinentuch überzogenes Bild befand. Er zog das Tuch mit einer rasanten Handbewegung herunter und zum Vorschein kam ein brandneuer 80 Zoll Flat-Smart-TV der neuesten Generation.

Wir schauten uns alle an, lachten vor Bewunderung und klatschten Jan Beifall zu. Er wischte flott mit den Fingern der rechten Hand über sein Tablet und projektierte mit einem gestochen scharfen Fernsehbild den Inhalt des mobilen Gerätes auf den übergroßen Bildschirm.

„Das Bild hier auf dem TV ist der Beweis, dass Druiden ein weltumspannendes Netzwerk haben, um sich zu verständigen.

Wie sie das gemacht haben, wissen wir nicht.

Ich habe im Laufe meiner umfangreichen Forschung zahlreiche Beweisstücke und Indizien sammeln und recherchieren können, die diese Theorie fundamentieren. Die 7 Runenzeichen zwischen den Strahlen stehen für eine Sternenkonstellation, die zu einer Zeit an dem Ort, wo sich diese Freske befindet, auftreten kann, die sich monatlich wiederholt.

Das heißt, dass die Runen an allen Netzwerkpunkten anders aussehen müssen und in kaum merklichen Details voneinander abweichen können. Die Zeichen bedeuten Orte oder sind, wie wir es heute sagen würden, Koordinaten, die sich miteinander verbinden. Ähnlich wie Führungslinien bei Bewegungsabläufen beim Qi Gong.“

„Jan, was sagst du zu den Runenabbildungen auf den Amphoren?“

„Das ist nicht so simpel wie bei der Koordination. Ich nehme nach meinen jahrelangen Recherchen an, dass es sich um eine Art Cryptext handelt, der aus Materialien, Produkten wie Lebensmitteln bestehen kann.“

„Sophie, du sagtest ja, dass Magdalena explizit gesagt hat, dass ihr und ihrem Mann Favorinus vom vorherigen Eigentümer Maximus aufgetan wurde, dass alle Dinge und Behälter innerhalb der Speisekammer nicht verändert oder ausgetauscht werden dürfen.

Das war nach deinem Bericht, die Grundanweisung des schrulligen alten Herren, der ihm das Rundhaus hinterlassen hat.“

„Das heißt für mich, dass durch die Runensymbole auf Amphoren und auf Vorratsbehältern kommuniziert wurde.

Zoom das Bild bitte weit heran an die Runenzeichen auf den Behältern.

Schaut euch das an.

Sie haben eine andere Schriftart als die Gewölberunen. Ähnlich wie die Symbole haben sie einen Anfangs- und einen Endpunkt, die sich wiederkehrend verbinden. Es kann sein, dass es sich um eine

Art Kommunikation mit Bewegungsabläufen handelt. Ich selber bin nie in die glückliche und spannende Situation gekommen, wie ihr Sophie und Mark, solch ein Druidenrundhaus sehen und nutzen zu dürfen.

Eine gewagte Theorie von mir ist und der Professor stöhnte nachdenklich."

„Wie lautet diese, Jan?"

„Meine feste Meinung ist, dass alle Steinkreise auf der Welt, egal wo, ehemalige druidische Rundhäuser sind und heute noch komplett funktionstüchtig sein werden. Ab sofort könnt ihr mich für total verrückt erklären"

und zuckte mit seinen Schultern.

„Wenn du mit der Forschungsarbeit recht hast und deine Erläuterungen zutreffen, kann das war sein Jan."

„Stop, stop, stop Jan.

Eine Bildaufnahme zurück.

Seht ihr das?

Schaut genau hin.

Könnt ihr das auf dem Bild sehen?

Ich habe diese Aufnahmen in der Vorratskammer von Magdalena und Favorinus gemacht.

Jan, kannst du die Seidentücher unterhalb deiner Gewölbedecke abnehmen?"

Er zog an einem Seil und die Tücher fielen an den Regalwänden herunter auf den Boden.

„Seht an die Decke! Es handelt sich um die exakt genaue Gewölbefreske, wie in der Kammer von Pompeji.

Die gleichen sieben Strahlen, die identischen Symbole und die Runen haben ein Ebenbild.

Unglaublich, bis auf Abweichungen in den Bewegungsabläufen der Schriftzeichen. Seitdem die Vorhänge unten sind, sieht man die Farben und die Bilder gut."

„Es ist besser erhalten als die Freske in Magdalenas Speisekammer."

„Das hat sicher mit der Lage und den Temperaturen zu tun!"

„Nein Sophie, das hat es nicht!

Dieses Gewölbebild oben an der Decke ist nicht antik. Ich habe es, als erste Amtshandlung hier in dieser Abtei, von unserem mittlerweile verstorbenen Klostermaler Paul, zu Beginn in diese Kuppelgewölbe malen lassen.

Als ständige Erinnerung an das Ziel und den Mittelpunkt meiner Arbeit. In frühen Jahren habe ich ein Praktikum hier im Kloster von Monte Saint Michel beim obersten Bibliothekar ausüben dürfen und bin dabei auf Aufzeichnung gestoßen.

Diese waren in der verschlossenen und geheimen Abteilung mit dem Namen Druidentum zu finden.

Der vergessene Schlüssel des Bibliothekwächters kam mir in einer Vollmondnacht gerade recht.

Die Druidenabteilung gibt es heute immer noch und befindet sich mittlerweile unter meiner Aufsicht.

Sophie, ich möchte dir von ganzem Herzen Danke sagen, dass du mir und dieser Arbeit weiterhin Zuversicht gibst und mich in dem Bestreben, das Geheimnis des Druidentums zu lüften, einen Schritt weiter bringst. Die antike Aufzeichnung muss ein Replikat von der Freske aus Magdalenas Speisekammer sein. Warum, erkläre ich euch gleich.“

„Jan, kannst du etwas zu dieser Klinge sagen?“

„Zeigt mal bitte her! Ich brauche die Da-Vinci-Lupe, gibt sie mir mal rüber, mein alter Freund.

Karl, die Runenschriftzüge auf dem quadratisch, gedrehten, rauen Endstück unterhalb des grifflosen Messers, besagen Folgendes!

Finde den Schaft aus Druidenholz und suche den Druidenbaum.

Mehr steht da nicht.“

„Was bedeuten die Runensymbole auf der stumpfen breiten Seite?“

„Ich muss die Lupe näher heranziehen. Die sind winzig und teilweise verkratzt.

Hier steht."

Stelle mich auf!

Jan überlegte und spielte nervös mit seinem Daumen auf der Schnittkante der Klinge. Er schob nachdenklich, im Unterbewusstsein, die weiche Fingerkuppe auf der Hautseite hin und her über die scharfe Kante, ohne zu merken, dass er sich verletzte.

„Jan, was tust du da?"

Rief Karl und wies ihn auf den Finger hin.

Sein Blut lief langsam und gleichmäßig an beiden Seiten der gesamten Klinge hinab. Es trocknete an jeder Klingenseite und bildete schwarze Schatten, die wie Bilder oder Symbole aussahen.

Jan brüllte und alle erschraken!

„Halleluja!"

Schrie er.

„Das sind Runensymbole aus der Gründerzeit der Druiden! Die gibt es nicht mehr und man findet kaum Aufzeichnungen darüber."

„Kannst du damit etwas anfangen, Jan?"

Fragte Karl.

Na klar!

Das ist das, was meine Forschungsarbeit über Jahre ausmacht und kommt jetzt und heute zum Einsatz.

Die Symbole in Runenform sagen Folgendes!

„Schreib den Namen vor mir auf:“

Er nahm die Klinge und wusch sie mit heißem Wasser ab, in der Hoffnung, dass weitere Geheimnisse zum Vorschein kamen.

Es passierte jedoch nichts.

Das angetrocknete Blut war fort und das Geschriebene ist nicht mehr zu erkennen.

Sophie hatte, aus ihrer Recherchezeit, die Erfahrung gemacht, gleich alles aufzuschreiben, um die Schriftzüge und die Einzelheiten zu archivieren.

„Ich äußere eine vage Vermutung, die man mir in meinem langen Leben nie erlaubt hätte auszusprechen.“

Da es sich hier um eine heikle Thematik handelt, über die nicht gesprochen wird, ist klar!

Viele sind wegen, dem Thema in einer Anstalt gelandet oder zu Tode gekommen.

Es geht um den Mythos der Zeitpfannen Wächter. Karl weiß genau, was ich hier rede und ihr beide habt mit Sicherheit vom

„Messer der Persönlichkeit“ gehört.

Es ist nach meinem Wissen und dem Stand der Forschungsarbeit die Klinge dieser gefährlichen Reliquie!

Das heißt, es ist nicht komplett und somit nicht funktionstüchtig. Es steht sogar drauf geschrieben, welches Messerteil fehlt.

Was bestimmt eine schwierige Herausforderung für uns sein wird, diesen Schaft zu finden.

Es ist mit Sicherheit nicht ohne Grund in zwei Teile zerlegt worden.

Wenn dieses Messer, mit dem Holzgriff intakt ist und in die falschen Hände kommt, kann es zu einer globalen Katastrophe kommen, wie sie die Menschheit nie erlebt hat.

Meine grundlegende Einstellung als Historiker und Humanist ist, dass wir die Finger von dieser Reliquie lassen sollten!

Da die Konsequenzen nicht zu kalkulieren sind und wir uns und alle Mitmenschen in höchste Gefahr bringen. Als Forscher mit archäologischem Interesse blutet mir das Herz, dieser unschätzbaren Antiquität nicht die Aufmerksamkeit schenken zu dürfen, die sie nach langer Zeit verdient. Wie ihr mir geschildert habt, hat Brutus die Klinge mit seinem Freiheit schenkendem Holzschwert, vom römischen Imperator erhalten.

Es ist anzunehmen, dass der Kaiser keine Ahnung davon hatte, was es mit diesem Schwert auf sich hat. Den Aufzeichnungen zufolge ist aus dieser Epoche bekannt, dass diese Art von Holzwaffen zur Gründung Roms für den Trainingszweck neuer Krieger produziert wurden. Es wird sicher älter sein als von uns angenommen. Um 1000 vor Christus wanderten verschiedene Stammesgruppen im heutigen italienischen Raum ein und siedelten an den Küstenebenen von Süditalien. Sie gehörten den Griechen und Etruskern an. Die Gruppen bauten mit Expansionen Siedlungen aus und gründeten Städte.

Darunter entwickelte sich das aufstrebende Rom.

Während der Schlacht von Kyme brach die Herrschaft der Etrusker zusammen und Rom wurde zu einem Königtum erklärt.

Weiter brauchen wir nicht ausholen.

Mir sind aus alten und geheimen Aufzeichnungen bekannt, in Form von handgroßen Steintafeln, die minimal beschriftet sind und mit Frühzeitlichen Runen eine ähnliche Schreibweise haben wie die auf dem Deckengewölbe von Magdalena.

Oder im heutigen Gewölbe siehe über uns.

Seht auf den Bildschirm.

Ich habe die Tafeln projektiert.

„Stimmt Jan, die Gleichheit mit der Freske ist verblüffend. In den Bewegungslinien innerhalb der Runenbilder sind klar, Anfangs und Endpunkte zu erkennen.

Das heißt, dass diese Messerklinge aus der Zeit der Etrusker stammt. Es kann sein, dass sie in ihrem Besitz gewesen ist.

Sie haben diese nicht geschmiedet. Diese Gruppen waren in der Epoche nicht in der Lage, solch eine Qualität zu liefern.

Diese Metallqualität ist erst viele Jahrhunderte später entstanden.

Hypothetisch gesagt, wurde diese Klinge in einer Zeitepoche handgeschmiedet, wo man dieses Metall bearbeiten konnte und wurde dann auf welchen Wegen auch immer, in die Zeit der Etrusker vor der Gründung Roms gebracht.

Was laut den geheimen Steintafeln bekannt ist und klar geschrieben steht, dass es in dieser Zeitphase Kontakt zwischen Druiden und Etruskern gab.

Nach euren Aussagen über das Rundhaus von Maximus, was er von einem alten schrulligen Mann mit den Auflagen der Hauspflege erhalten hatte, kann ich mir gut vorstellen, dass das runde Haus aus der Epoche der Etrusker stammt.

Ich würde sagen, wir widmen uns dieser Sache nicht weiter. Hier und heute ist keine Lösung greifbar. Ihr könnt gerne die Messerklinge, während eures Aufenthalts bei mir, in meinem Tresor aufbewahren.

Dort ist sie sicher und es sollte niemand erfahren, dass es dieses Objekt gibt und was es damit auf sich hat.

Den Abt, die Mönche und Nonnen vom Monte Saint Michel, kenne ich alle gut. Mir ist von einigen bekannt, dass sie sich wieder zu ritualen aus vergangenen Zeiten zurücksehnen und sich gerne in dubiosen radikalen Zirkeln mit geistigen Zeitgenossen treffen. Denen würde solch eine Reliquie willkommen sein, sowie der Schädel vom Bischof Hauber mit seinem eingebrannten Loch in der Schädeldecke.

Ihr habt heute bestimmt kaum etwas gegessen und habt Hunger?"

„Gut, dass du fragst, Jan, wir dachten, hier gibt es nichts zum futtern."

„Karl, lasst uns gemeinsam in die Abteiküche gehen und meinen Freund und Abteikoch Bruder Claude besuchen. Er wird sicher etwas Tolles aus unserer Region zaubern.

Ihr könnt eure Sachen alle hier lassen. Folgt mir, wir müssen einen Tunnelanstieg hinauf zur Abtei hinter uns bringen."

„Jan, ist dieser Tunnel besser als der, durch den wir zu dir gekommen sind?"

„Das wirst du sehen, Karl."

Er war geschmückt mit eleganten Messinglampen links und rechts in kurzen Abständen entlang der Mauer. Das abgedunkelte Gelblicht strahlte teilweise nach oben an die gewölbeartige Tunneldecke. Die mit Gold verzierten Fresken des Christentums sind ein sensationeller Anblick.

Das Licht führte unsere Blicke auf den ausgeleuchteten Fußboden, mit seinem extravaganten Parkett, das dem Mosaikboden im Pariser-Louvre ähnelte.

Karl mit seiner verschmitzten Art konnte sich vor Begeisterung nicht mehr halten und fragte Jan frech.

„Haben die das alles für dich gebaut, Professor?“

„Nein, mein alter Freund. Das existierte bereits vor der Zeit, als ich die Arbeit hier begonnen habe und wird sorgfältig gepflegt und erneuert.“

Es klapperte und klimperte in Jan seiner rechten Hand.

Am Ring des antiken Schlüsselbundes schwenkten sieben handgroße Eisenschlüssel mit geschmiedeten Bärten hin und her.

Die erste massive Holztür führte uns direkt auf den Kreuzgang der Abtei.

Das mindestens von einhundert Granitsäulen tragende Schieferdach mit den Spitzbögen war mit traumhaften Blättermustern verziert.

Die steinernen Früchte ähneln Hopfenblüten oder Artischocken, die an rankenden Pflanzen wuchsen. Das graue Dach mit seinen Schieferziegeln liegt schützend über den gelbleuchtenden Bögen und lässt seinen in der Sonne glänzenden silbernen Schein in den von Lichtspielen bezaubernden Innenhof des Kreuzgangs gleiten.

Der sorgfältig angelegte Garten im Inneren, gerahmt von einer quadratischen Außenhecke, markiert den Hof.

Die duftenden Kräuter und Blumen, die am Rand der höfischen Rasenfläche gedeihen durften, bildeten ein aromatisches Farbenspektakel, über das man hinweg schauen konnte bis hin zum zentrierten bepflanzten Viereck im Zentrum des Kreuzganghofes. Der mit Sitzgelegenheiten aus regionalen Granit zum Verweilen einlud.

„Lasst uns direkt in die Küche gehen, Bruder Claude wird sich freuen. Er hat sicher Zeit für uns, da es keine Essenszeit ist.

Claude, wo bist du?“

Rief Jan mit seiner immer noch kräftigen Stimme.

„Claude, Claude, ich habe hier hungrige Freunde, die deine Kochkunst bewundern möchten!“

Auf einmal tat es einen Schlag und einen Knall.

Es polterte, als ob jemand in einen Berg mit Schüsseln oder Tellern gefallen war.

Da kam ein etwas voluminöser Mann verschlafen um das Eck und schaute uns misstrauisch von oben nach unten an.

Seine Haare, die einen akkurat geschnittenen Haarkranz bildeten, aus der in der Mitte eine glänzende Glatze hervor strahlte, waren verstrubbelt.

„Claude, das tut uns leid, dass wir dich bei deinem Mittagsschlaf gestört haben. Hast du was vom Mittagessen übrig?“

„Ja, ich habe ein wundervolles Cassoulet mit konfierten Entenkeulen. Dank unserem Herrn, durfte ich es abschmecken“

und kreuzigte sich dreimal.

„Ist das ein Rezept von dir, Claude?“

„Nein, Jan, diese Kombination ist älter als die Abtei Monte Saint Michel.“

Er reichte uns jedem eine Holzschale mit passenden Holzlöffeln, gefüllt mit dem köstlichen, rustikal aussehenden Cassoulet.

In seinen knöchernen Händen zerrieb er den frisch geschnittenen Estragon und streute diesen mit seinen ruckartig aufspringenden Fingern über die Schalen. Es duftete wie nichts Vergleichbares, was wir vorher riechen und essen durften.

Die Aromen schmiegten sich durch die Nasengänge und lösten augenblicklich Glücksgefühle in unseren Köpfen aus.

Die weißen Hülsenfrüchte mit den Nelken und dem Lorbeer harmonierten in Perfektion mit den ganzen geschmorten Knoblauchzehen mit Schale.

Die man, wenn sie zwischen Zeigefinger und Daumen gehalten werden, mit beiden nach vorne geschobenen Lippen auslutschten, konnte.

Diese konfierten-Entenkeulen an dem gepökelten Schweinebauch mit pikanten gebratenen Würstchen geben diesem Bohnengericht die perfekte Absolution, was Geschmack angeht.

Zwiebeln, Karotten und die Kräuter stammen mit Sicherheit aus dem Kräutergarten hier in der Abtei.

Wir saßen alle mit aufgerissenen Augen auf den lehnenlosen Holzbänken und hielten, jeder mit einer Hand, die Holzschale auf dem massiven Eichentisch fest. Der mit seinen unzähligen Narben aus den letzten Jahrhunderten an derselben Stelle stand.

Er lauscht mit seiner Bescheidenheit den hungrigen Geschichten der Gäste.

„Claude, wie erklärt sich der elegante Fischgeschmack im Cassoulet?“

„Gut erkannt Mark. Da erkennt man den Feinschmecker.

Dieser Geschmack ist ein traditioneller Bestandteil des Originalrezeptes.

Es sind zwei Zutaten aus dem Atlantik.

Einmal handelt es sich um den ganzjahres Salicorn. Eine erfrischende salzige Freiluftalge, die in den Dünen wächst und viel Vitamin C enthält.

Ihr merkt sicher, dass diese Algen knackig und saftig sind. Das liegt daran, dass diese erst kurz vor dem Servieren zur Speise untergehoben werden. Die andere Zutat sind schwarze Algenblätter, die in dünne Streifen geschnitten werden und dem Cassoulet den einzigartigen atlantischen Geschmack verleihen, den ihr nur hier in der Abtei findet.“

„Claude nach diesem tollen Essen stellt sich mir die Frage.

Ist der Verfasser von dem Rezept bekannt?“

„Nein Jan. Das Einzige, was wir wissen ist, dass diese Rezeptur aus einer Sammlung stammt, die aus beschriebenen Lederrollen besteht.

Gefunden in einem verschlossenen Tonkrug mit anderen Kochanleitungen in der Gründerabtei Notredam-Sautier, in den tiefsten Abgründen des Monte Saint Michel.

Bei Pflegearbeiten wurden sie geborgen. Aufgrund der Runenzeichen, mit denen jedes Rezept geschrieben wurde, nehmen wir an, dass diese

Rezeptsammlung aus der Zeit der Kelten stammt, vor der Christianisierung dieser Region."

„Jan, kennst du diese Rollen?"

„Nein, Karl",

sagte Jan mit genervter und energischer Stimme.

Ich habe bisher nie von diesen Schriften gehört, geschweige denn gelesen.

„Warum bist du Claude oder wer noch davon weiß, mit diesen Aufzeichnungen nicht zu mir gekommen?"

„Ich habe nicht mehr daran gedacht und die Entdeckung lag vor deiner Ankunftszeit hier in der Abtei.

Ich bin der Einzige, der von den Rollen weiss."

„Claude, wie, wann und von wem sind diese Dokumente entdeckt worden und wer hat sie übersetzt?"

„Jan, hör zu. Bruder Rui de Tak hat diese Schriftrollen aus dem keltischen oder bei den Einheimischen, aus dem Druidischen, kurz vor seinem Tod in Latein umgeschrieben."

„Moment Claude, Rui de Tak ist nach unseren Chroniken vor über fünf Jahrzehnten gestorben und hätte heute mehr als einhundertvierzig Jahre auf dem Zähler. Er war Blind in seinem hohen Alter und er hat viel mit seinen Fingern durch fühlen gelesen."

Jan, das kommt sicher hin und ich weiß wie das damals ablief. Zu der Zeit nannte man mich Novize im zweiten Glaubensjahr. In erster Reihe sollte ich immer stehen, um zu lernen, sonst gab es Prügel.

Bruder Rui nahm die ledernen Schriftrollen, legte seine Hände darüber und fühlte mit seinen Fingerspitzen jede Vertiefung, mit der die Runen in das Leder geritzt wurden. Von der gezeichneten Startlinie bis hin zur Fertigstellung der jeweiligen Schriftzeichen.

Rui ertastete die Unebenheiten und war in dem, was er tat, zu einhundert Prozent perfekt. Im Umgang mit Runensymbolen war Rui der Experte seiner Zeit, wie du es heute bist Jan.

Keiner hat es ihm zugetraut und alle haben sein Können unterschätzt.

Weißt du Jan, durch seine Blindheit haben ihn seine Mitmenschen nicht mehr gesehen oder sehen wollen.

Er war zeitweise schwierig im Umgang mit anderen Menschen, was Rui einsam machte.

Das hatte mit dem Verlust seines Augenlichtes zu tun. Die meisten sind ihm aus dem Weg gegangen. Bevor Bruder Rui die Schriften übersetzen konnte, sind Dinge passiert, die ich euch, nachdem ihr mit dem Essen fertig seid, erzählen möchte.

Ein paar Tage zuvor, als er anfing, diese Dokumente zu bearbeiten, stießen Handwerker, bei den Pflegearbeiten in der vom heutigen Kloster überbauten Gründeabtei, Notredam-Sautier auf eine der Bodenplatten.

Beim Betreten dieser Steinplatte wackelte sie, während einer mit seinen Füßen darauf stand. Vier Arbeiter waren nötig, um die Platte sorgfältig mit einem Spachtel und einer Brechstange aus den zerbröselnden Fugen zu lösen.

Die Bauarbeiten fanden in diesem Moment an der tiefsten Stelle von Le Monte Saint Michel statt.

An diesen Ort durften und kamen an normalen Tagen ausschließlich priorisierte Personen, wie der Abt selber und sein Bibliothekar. Diese beiden hatten die Schlüssel und die Zugangsberechtigung zum ältesten und geheimnisvollsten Bereich des Gotteshauses. Die Handwerker trauten ihren Augen nicht und legten die schwere Steinplatte sorgfältig auf die Seite über zwei parallele Holzbalken. An der Stelle, wo die Platte lag, offenbarte sich ein schwarzes Loch mit einer Breite, so dass ein erwachsener Mensch mit schmaler Figur durch passte.

Die Bauarbeiter rannten aufgelöst auseinander und brüllten vor Aufregung.

Ich höre heute noch die Rufe der Arbeiter, den Kreuzgang entlang schallend. Bis hin zum Altarraum, wo das Geschrei in der Halle, durch eine architektonische Meisterleistung der Akustik, den Widerhall der Klangwellen von einem Ende zum Anderen, in ein monotones Gebetsintervall verwandelte. Das bei tatsächlichen Gebeten, die Brüder und Schwestern in eine ekstatische Müdigkeit versetzte. Die Rufe drangen hintereinander und permanent mit einer sich steigernden Lautstärke durch alle Gänge und Flure des Klosters.

„Bischof Clear“

klang es durch die Abtei, immer wieder bis der damalige Abt aus seiner herrschaftlichen Kammer, durch den Kreuzgang und den vielen rundabgetretenen Stufen nach Notredam-Sautier hinunter stieg.

An seiner Seite befand sich Bruder Jaen Sofie, der das Amt des Bibliothekars zu dieser Zeit ausübte. Mit dem brennenden Fackelstab im Arm wies das Klosteroberhaupt, mit seiner rechten Hand den Bibliothekswächter an, in das Loch hinabzusteigen und die Fackel mitzunehmen.

Er folgte den Anweisungen des Bischofs und tastete sich mit seinen Füßen an den breiten Holzpfahl mit den Sprossen ähnlichen Stufen, die hinab führten entlang.

Im Fackellicht leuchteten seine Beine golden und silbern. Die unzähligen Spinnweben, die sich um seine Unterschenkel wickelten, bildeten eine Art flauschigen Stiefel, der im flackernden Licht reflektierte.

Unten angekommen, rief Jaen Sofie,

„Ich befinde mich in einer runden Räumlichkeit." Auf einmal polterte es und er stolperte über irgendetwas. Mit dem heißen Fackelstab im rechten Arm merkte er, dass er sich im Zentrum des Raumes befand.

Eingerahmt von 7 kopfgroßen tönernen Scheiben. Durch das langsame Bewegen der Fackel kamen auf jeder Tonscheibe Symbole und Zeichen zum Vorschein. Es handelte sich um Runen und sieben verschiedene Symbolmarkierungen.

„Ich brauche Hilfe,"

rief Jaen Sofie zu uns hinauf.

Der Bischof nahm rabiat dem Arbeiter eine Art Brechstange ab und drückte sie mir in meine linke Hand. Mit einem Klaps auf die Schulter und einem angedeuteten Schubs wies er mich darauf hin runter zu klettern und zu helfen.

Unten angekommen, widmeten wir uns der erstbesten Tonscheibe und setzten die Stange an.

Die Scheibe zerbrach in zwei Hälften und uns offenbarte sich ein weiteres schwarzes Loch.

Durch den Schwenk der Fackel erschienen uns Umrisse von Kreisen, die nebeneinander angeordnet zu sehen waren.

Beim näheren Hinsehen stellte sich heraus, dass es sich um aufrecht stehende Schriftrollen handelte. Jaen Sofie war unwohl und die Schweißperlen auf seiner Stirn schrieben ihm Angst über sein Gesicht. Er zitterte so stark, dass die Vibrationen das Fackellicht verwackeln ließen, und man keinen klaren Gedanken mehr fassen konnte. Ich nahm ihm den Fackelstab ab, um wieder Ruhe in diese unüberschaubare Situation zu bringen, und winkte mit der Fackel nach oben, um weitere Instruktionen zu erhalten.

„Los, nehmt die Rollen aus dem Loch, ihr Dilettanten".

Schrie uns der Abt mit einem wirklich bösen Blick zu.

Ihr solltet wissen, Clear war ein für die damalige Zeit ultraerzkonservativ eingestellt, obwohl an anderen Orten Europas die Kirche freizügiger mit ihren Regeln umging. Er machte oft den Eindruck, dass er ein Geheimnis verbarg und somit zu seinen Brüdern und Schwestern, sowie zu den Gläubigen auf Distanz war. Er erhielt kein Vertrauen von seinen Mitmenschen und forderte absolute Hörigkeit.

Nachdem ich nicht gleich reagierte und mit dem Bibliothekar nichts mehr anzufangen war, rief der Abt mir bittend zu.

„Claude, nimm den Inhalt aus dem Loch!“

Auf Grund seiner gemäßigten Stimme tat ich, was mir aufgetan wurde.

„Gib Jaen Sofie die Rollen und kommt wieder nach oben.“

Es handelte sich hier um sieben Schriftrollen aus Ziegenleder. Wir öffneten ein Schriftstück. Eines nachdem anderen. Alle waren mit Runen versehen und sahen alt aus. Der Bischof wandte sich Jaen Sofie zu, der weiterhin zitterte. Er packte ihn mit seinen knöchernen Händen an beiden Schultern und schüttelte ihn kräftig durch.

„Reis dich zusammen“

rief er ihm zu und knallte dem Bibliothekar links und rechts zwei Ohrfeigen ins Gesicht. Beim Hinsehen wurde einem schlecht, heftig waren die Schläge. Er stand kerzengerade und schaute in Ruhe zum Abt hinauf.

„Jaen, du gehst sofort in mein Arbeitszimmer und holst den besten Wein für die vier Handwerker, du weißt ja welchen! Bitte sorge dafür, dass jeder ein großes Glas als Belohnung davon trinkt."

Der Klostervorsteher packte mein Genick und schob mich vor sich hin.

„Wir beide gehen in die Bibliothek und besuchen Rui de Tak."

Ich hatte Angst vor dem Abt, denn er war unheimlich.

Im gelben Licht des Büchersaals angekommen, trafen wir gleich auf Bruder Rui.

„Kannst du uns helfen?"

Kam vom Bischof, wie aus der Pistole geschossen.

„Sei so gut und fühle diese Schriftrollen, mit deinen lesenden Händen. Mir ist bekannt, dass ihr der keltischen Schrift zugewandt seit. Bitte versucht uns zu sagen, was hier in diesen sieben Rollen geschrieben steht."

Bis in den späten Abend hinein erzählte Rui den für ihn abgestellten Bibliotheksschreiber jede Einzelheit dieser Dokumente.

Auf einmal kam still und heimlich Bruder Jaen Sofie auf sanften Sohlen in die Bibliothek angeschlichen, als ob es niemand mitbekommen sollte. Mit den folgenden Worten zum Abt verabschiedete er sich und ging, mit gesenkten Kopf, ohne uns eines Blickes zu würdigen, zu seiner Bettruhe.

„Die Handwerker haben nach ihrer beendeten Arbeit dankend und reichlich ihren edlen Wein getrunken und sind zur absoluten Ruhe gekommen.“

Der Bischof schlug ihm auf die Schulter und starrte mich mit einem durchbohrenden finsteren Blick an.

„Bruder Claude, du bist Novize im zweiten Jahr?“

Fragte er, obwohl er das wusste.

Mit einem stechenden Augenkontakt und seiner festdrückenden geballten Faust auf meiner Brust sagte er zu mir.

„Du wirst den heutigen Tag vergessen und nie mit jemandem darüber reden. Hast du mich verstanden?“

Er drückte mir mit seinen Faustballen so kräftig auf den Brustkorb, dass die Atmung anfing auszusetzen und es zweimal im Rippenbereich krachte. Ich konnte nicht mehr sprechen und bekam wenig Atemluft.

Nur mit einer Reaktion auf den Abt würde er von mir ablassen. Dreimal nickte ich mit dem Kopf und der Bischof ließ nach. Die Luft strömte wieder durch die Lungen und ich ging zu Boden. Bruder Rui de Tak hat durch seine Blindheit von dieser Situation nichts mitbekommen. Der Abteischreiber war uns mit dem Rücken zugewandt und achtete konzentriert auf die lateinischen Worte von Rui.

„Schreiberling“

rief der Bischof ihm respektlos zu.

„Was steht in diesen Rollen?“

„Es handelt sich um Rezepturen, wie sie in der Küche verwendet werden. Diese Rezepte stammen aus einer keltischen Clanküche.“

Clear ergriff die Lederschriftrollen und die Übersetzung, die auf Papyrus geschrieben wurde und drückte sie alle zusammen in meine Arme.

„Hier nimm sie mit in die Klosterküche.

Dort sind sie von Nutzen.“

Er wandte sich Rui zu, nahm ihn in den Arm und lud ihn am kommenden Morgen ein, mit ihm einen Salzwiesenspaziergang in der aufgehenden Sonne außerhalb der Stadtmauer zu machen.

Ordensbrüder dürfen das Kloster ohne die Erlaubnis des Klosterabtes nicht verlassen.

Für Rui ist das eine Ehre, zugleich eine ausweglose Situation, in der er nicht weiß was er tun sollte.

Diese Einladung abzulehnen würde ihm den Zorn des Klostervorstehers bringen und er würde als Aussätziger in der Abtei gelten, der die Gunst des Abtes missachtet und ablehnt.

Es würde keiner seiner Brüder und Schwestern mehr mit ihm reden, weil sie dann selber in Gefahr wären. Der Dankesgeste zu folgen würde heißen, er müsste das Kloster verlassen und sein gewohntes Territorium, in dem er mit seiner Blindheit vertraut ist und jeden Winkel und Raum kennt, hinter sich lassen. Den Treppen und dem Gassenlabyrinth der Klostervorstadt müsste er sich aussetzen.

Für sein hohes Alter war Rui in seiner Umgebung zu Fuß gut unterwegs. Er hielt die Hand, als ob er mich fragen wollte, ihn zu begleiten.

Ich würde gerne mitgehen.

Rui wusste, dass niemand aus der Klosterfamilie ihn unterstützen durfte und sicher keine Erlaubnis vom Abt bekäme.

Führend nahm ich seine Finger und legte sie auf mein Gesicht, sodass er fühlen konnte, wie ehrlich ich es mit ihm meinte und er einen Freund hier im Kloster hatte. Er fühlte die Tränen und ging den Kopf senkend und in sich zusammenfallend in seine Klosterkammer.

Vor Sonnenaufgang suchte ich mir einen verborgenen Platz in der Nähe von Ruis Kammer.

Sobald er sein Gemach verließ, folgte ich ihm unauffällig und auf eigene Gefahr.

Schleichend, mit einem ausgefransten Mantel, der mich in den grauen Schatten der Klostermauer unsichtbar erscheinen ließ, lief ich durch ausgekühlte Ecken, ohne von jemanden bemerkt zu werden.

Nachdem Rui die Steintreppe erreicht hatte, tastete er sich mit seiner rechten Hand an der Mauer die Treppe entlang hinunter.

Ein im Mauerwerk angedeuteter Handlauf half ihm, die Orientierung zu behalten. Auf den Treppenabsätzen, die ihn zum Verweilen einluden, verharrte Bruder Rui, um zu verschnaufen. Seine kurzen, von Angst und Panik geprägten Atemgeräusche, klangen bis zu mir. Ab und zu schlichen in diesen dämmernden Morgenstunden Gestalten aus den verwinkelten Zugängen, um ihrem Tagesgeschäft zu folgen. Ein Duft von Vanille und Moschus lag in der Luft.

Drei Kerle mit weitauslaufenden Kapuzenumhängen kamen kurz vor mir aus einer linken Gasse und traten auf den unterhalb, liegenden Treppenabsatz.

Der kräftig wehende Wind des Atlantiks ließ die Umhänge der drei vor mir herlaufenden Herrschaften weit aufwehen und versperrte mir die Sicht auf Bruder Rui. Ich musste den Abstand vergrößern, um nicht entdeckt zu werden.

Durch die Linkerhand abfallende Steintreppe verlor ich das Geschehen aus den Augen. Ein verängstigter Schrei, gefolgt von einem stumpfen, auf Steinen aufschlagenden Geräusch, holte mich waghalsig aus meiner Mauerecke, um einen Blick hinunter zur weiterlaufenden Treppe zu wagen.

Ich sah einen, von wehenden Umhängen verdunkelten Fleck. Am Fußende blitzte mit einem kratzenden und schabenden Klang was Leuchtendes auf.

Es handelte sich um das silberne Ende eines Gehstocks, das von der aufgehenden Morgensonne angestrahlt wurde und mir eine Reflexion entgegenwarf.

Das Geräusch, dass dieser Stock auf dem rutschigen und taufrischen Kopfsteinpflaster der Treppe erzeugte, war mir aus dem Kloster bekannt.

Keiner von den Brüdern und Schwestern brauchte solch eine Gehhilfe. Der Einzige mit einer Silberfußspitze hing an der fahrbaren Bücherregaltreppe. Mit seinem markanten Handkopf ähnelte er einem drachenförmigen Wasserspeier.

Wie er draußen am Mauerwerk der Abtei, unzählige Mahle zu finden war. Der Bibliothekar war nicht auf einen Stock angewiesen.

Er benutzte ihn nur, wenn er die rollende Büchertreppe von rechts nach links mit dem Drachengriff zog.

Anschließend schob er immer mit der silbernen Fußspitze des Stabs einen Holzkeil unter die Räder der alten abgetretenen Bibliothekstreppe, sodass sie nicht wegrollen konnte.

Da in der Bibliothek ein ähnlicher Steinboden aus flacheren Santa Catarina Fliesen vorhanden war, erinnerte mich das Geräusch an den Morgen auf der Treppe. Die drei unheimlichen Gestalten wendeten sich meiner Richtung zu. Ich musste den Rückweg in die Abtei antreten, um nicht entdeckt zu werden.

Im Laufe des Vormittags in der Altarhalle kam die Nachricht vom Bischof persönlich.

Mit seinen heuchlerischen Worten und dem zufriedenen Gesichtsausdruck sprach er von seiner Kanzel zu uns herab.

Bruder Rui sei an der Stadtmauer tot aufgefunden worden. Er hat sich, die äußere Klostertreppe zur Mauer, aufgrund seiner Blindheit hinabgestürzt, um seinem gequälten Leben ein Ende zu setzen.

Mir wurde schlecht bei den Worten, die ich hörte und musste die Altarhalle verlassen.

Die frische Luft des Kreuzgangs tat mir gut und machte den Kopf wieder frei. Ich ruhte etwas auf den von der Morgensonne angewärmten Sitzbänken im Zentrum des Kreuzganggartens.

Meine nie im Stich lassende Nase weckte mich mit einem Aromenanflug von Vanille und Moschus.

Vor mir stand Jaen Sofie mit zitternden Händen, einem verschmutzten Umhang und sandigen Schuhen. Er nahm zur rechten Seite auf der Steinbank platz, aber es kam nicht ein Wort über seine Lippen und er würdigte mich keines Blickes.

Entweder aus Scham oder aus Hochmut.

Provozierend fragte ich ihn, wo denn sein Gehstock sei?

Mit aufgerissenen panischen Augen nuschelte er mir ängstlich entgegen, dass er in meiner Küche sei. Sein blutleerer weißer Kopf kam mir bis auf Nasenhöhe nah und die Augäpfel waren kurz davor, aus den Augenhöhlen zu springen.

An seinen Worten verschluckend hustete er mir stotternd und spuckend den Wortlaut zu.

„Der Bischof, der Bischof und seine radikalen Freunde des geheimen Ordens von Notredam Sautier!“

„Was ist los?“

Ich packte ihn an beiden Schultern und rüttelte Jaen kräftig durch, bis er sich von mir losriss und die Abtei in Richtung Klostertreppe verließ.

Aufgewühlt kam ich zurück in die Küche.

An der offenen Feuerstelle stand überraschend der Gehstock von Jaen Sofie, wie von ihm erzählt.

Der drachenförmige-Griff lag im Feuer und war kurz davor zu glühen. Ich nahm ein derbes Küchentuch und zog den Stock vom Küchenfeuer weg. In diesem Moment löste sich der Kopf der Gehhilfe. Durch die Erhitzung des Silbers wurde die Schraubfassung geweitet und wie zu sehen war, hat es das obere Ende des Holzstabes zum Bersten gebracht, so dass der Handgriff nicht mehr hielt.

„Claude, sag uns bitte, war an oder im Gehstock was Besonderes zu finden?"

Nein, Mark mir ist nichts aufgefallen.

Ihr dürft die Einzelteile des Stabes gerne mitnehmen.

Anschließend ging ich auf die Suche nach Jaen Sofie. Wieder einmal diese Treppe hinab bis hin zu einem begehbaren Abschnitt der Abteimauer und hielt Ausschau.

Ich lief von einem Mauerturm zum anderen bis hin zur Bastion. Von dort aus war der Blick auf die ankommende Flut am spektakulärsten.

Die gewaltigen Strömungen des Atlantiks trafen hier aufeinander und bündelten bei jeder Gezeitenwende ihre Kräfte, mit dem vollen Aufprall auf die Bastionsmauer. Mit ihren imposanten ausladenden und auswuchtendem Mauerwerk bildete sie den besten Aussichtspunkt der Abteimauer.

Mein Blick schweifte über das Wattenmeer, das immer beim Gezeitenwechsel neu geboren wurde. Nicht nur die Schönheit dieses spirituellen Ortes fasziniert ständig Gläubige und Besucher vom Monte Saint Michel, sondern die gefährlichen und unberechenbaren Strömungen mit den sich stets wieder neu installierenden Treibsandlöchern bildeten.

In denen haben unzählige Touristen durch leichtsinniges Verhalten im Gezeitenspiel ihr Leben verloren.

Meine Augen erblickten zehn bis zwanzig Meter vom gemauerten Ufer der Bastion entfernt einen Menschen, der bis zur Hüfte im Schlamm des Wattenmeeres versunken war.

Nicht um Hilfe rufend, stand er an einer Stelle und versuchte, trampelnd in gleichmäßigen Zyklen die feststeckenden Beine zu bewegen.

Es sah nicht aus, als ob er sich aus dem Wattschlamm befreien wollte. Auf den zweiten Blick konnte ich die Umrisse im Bewegungsablauf von Jaen Sofie, unserem Bibliothekar, ausmachen. Er stand im Rahmen seiner Arbeit in engen Kontakt mit ortsansässigen Geologen, die regelmäßige Messungen der regionalen Sedimente durchführten.

Ich selbst war vor einiger Zeit, auf einer Exkursion im umliegenden Watt, mit Jaen und Gerard, dem Spezialisten für Geologie unterwegs. Wir sprachen den Fachmann an, da es in unserem Umfeld immer wieder Unfälle mit Touristen gab, die im Schlamm der Gezeiten zu Tode kamen.

Er erklärte uns das Problem an einem praktischen Beispiel direkt vor Ort und fing an, auf der gleichen Höhe, in der sich der Bibliothekar befand, sich in Kreisen schnell und trampelnd zu bewegen.

Der Sandboden verwandelte sich in ein alles verschlingendes, Treibsandloch und der Geologe versank bis zur Hüfte. Er hatte nicht die Möglichkeit, sich selbst aus dieser Misere zu befreien und konnte nur mit unserer Hilfe aus dem nassen Schlamm gezogen werden.

Gerard sagte zu uns, dass er nicht tiefer in den Boden einsinken konnte und es auch kein anderer kann. Da sich die hiesigen Erdplatten nicht weit genug unter dem Watt befinden. Der Sand wird durch die trampelnden Bewegungen gestaucht und Druck wird auf die, ineinander verkeilten Platten ausgeübt. Diese verhaken und verschachteln sich automatisch. Es geht nicht, dass jemand komplett im Wattsand versinkt.

Er sagte, dass es sicher ist, dass alle vermissten Personen nicht mehr selbstständig, genauso wie ich, sich aus dem Treibsand befreien konnten und von der extrem aufkommenden, schnellen und hohen Flut überrascht worden und ertrunken sind. Das Meer hat sie dann mitgenommen. Ich schaute mit tränenden und aufgerissenen Augen in Richtung von Jaen Sofie, der seinem Leben ein Ende setzen wollte.

Die Meeresflut kam mit rasender Geschwindigkeit auf die Bastionsmauer zu.

Ich überlegte hin und her, ob und wie ihm zu helfen ist.

Sollte ich in das Watt steigen oder nicht?

Bis der Abstieg von der Bastion vollendet wäre, hätte die Flut mir bis zur Brust gestanden. Er würde ertrinken und von der gefährlichen Unterströmung in den weiten Atlantik hinaus gezogen.

Diese Aktion überlebt keiner.

Tatsächlich musste ich zusehen, wie Jaen freiwillig den Tod im Meer wählte und seine Geheimnisse für immer mit ins Grab nahm.

Nach diesen Geschehnissen zog ich mich komplett in meine Küche zurück und versuchte, dem Abt aus dem Weg zu gehen.

Schaut her und nehmt die sieben Schriftrollen, die lateinischen Papyrus Blätter und die Einzelteile des Gehstocks. Bischof Clear ist vor vielen Jahren verstorben. Was soll mir passieren, wenn ich heutzutage darüber spreche?

Kapitel 10

~Schriftrollen~

Zwei Tage später kamen wir am Vormittag im Arbeitszimmer von Jan zusammen.

„Ich habe die Erlaubnis von Bischof Philip und die volle Unterstützung unseres heutigen Bibliothekars Paul, die Arbeiten in der alten Abtei von Notre-dam Sautier wieder aufzunehmen.

Ich soll nachdrücklich nach der Schilderung der Vorkommnisse von vor fünfzig Jahren für die endgültige Klärung sorgen.“

„Jan, das ist ja fantastisch,“

rief Karl und hüpfte mit seinen krummen Beinen vor Begeisterung durch das runde Zimmer.

„Wann fangen wir an?“

Fragte er aus voller Kehle und sprang mit kraftvollem Elan quer durch diesen ehrwürdigen, mit Wissen gefüllten Raum.

Für sein Alter sahen diese artistischen Hüpfbewegungen gefährlich aus.

„Um Handwerker habe ich mich bemüht. Ab heute Nachmittag stehen sie uns solange zur Verfügung, bis Klarheit in dieser mysteriösen Angelegenheit herrscht.

Unser Bischof möchte über jeden Sachverhalt unterrichtet werden und stellt uns als sein Sprachrohr, Bruder Paul, aus der Bibliothek zur Seite.

Er hat eine Bedingung!

Er würde gerne selbst bei der Öffnung der Steinplatten in Notredam Sautier anwesend sein."

Sechs Arbeiter, mit modernster Ausstattung und den heute üblichen Sicherheitsstandards, warteten mit ihren Helmen und Lampen im Hof des Abteikreuzganges auf uns und Bischof Philip.

Nachdem wir komplett waren, ging Bruder Paul traditionell in seiner Funktion als heutiger Bibliothekar und Wächter der gesamten Schlüssel der Abtei voran und öffnete uns, mit dem antiken Schlüsselbund, eine Tür nach der anderen. Er trug den Bund mit Stolz und hielt ihn am kopfgroßen Kupferring fest.

Desto tiefer wir in das gigantische Gebäude eindrangen, umso schwerer ließen sich die Türen öffnen und die Schlüssel wurden größer und rostiger. Die Arbeiter halfen mit Ölspray nach, um die Schlösser wieder in einen funktionellen Zustand zu versetzen, sonst wären wir nicht weiter gekommen.

Die allerletzte Tür, die uns den Einlass zu Notredam Sautier gewähren sollte, ließ sich schwer, mit einem unheimlichen und erschreckenden Knarren öffnen. Die dicken Spinnweben, die den Türrahmen umsäumten, zeugten davon, dass hier in den vergangenen Jahrzehnten keiner mehr war. Es ist anzunehmen, dass Jaen Sofie der letzte Bibliothekar war, der hier abgesperrt hatte. Die vom ältesten Schlüssel rostig gefärbten Hände von Paul zeigten uns, dass er in dieser langen Zeit nicht benutzt wurde. Den Schlüsselwächter beobachtend, schob sich Karl vor bis zur Tür und meinte, mit einem breiten und erwartenden Lächeln.

„Jan, das ist ein halbes Jahrhundert, in dem hier keiner war.

Notredam Sautier soll 1300 Jahre alt sein.“

„Das glaubst du selber nicht.

Die Ur-Grundsteinlegung dieses Ortes liegt nach meiner Einschätzung viel länger zurück.“

„Das kann sein Jan.

Lasst mal sehen, was uns hier erwartet.

Wenn man überlegt, wo wir hier unten sind?

Mittendrin im Monte Saint Michel.

Über uns befindet sich einer der größten Kirchenbauten der Menschheitsgeschichte. Mit achtzig Metern streckt sich diese Abtei in den Himmel. Hier wurde eine der imposantesten, improvisiertesten und spektakulärsten Bauten der Christianisierung auf einem Granitfelsen mitten im Atlantik erbaut.“

„Hört, Jan hat was Wichtiges zu sagen!“

„Dieser Granit Felsen mit seinem Namen

Monte Tom“

ist nachweislich mindestens 540 Millionen Jahre alt. Bei damaligen Erdplattenverschiebungen löste sich eine Magmablase wie ein gigantischer verdrehter Tropfen und schob sich aus dem Erdinnern nach oben unter die Erdoberfläche und setzte sich fest.

Solche Blasen entstehen, wenn Vulkane durch die Erdkruste brechen. Einst befand sich hier, wo wir uns aufhalten, eine Gebirgskette mit dem Namen Amoricanisches Massiv.

Ähnlich wie die Größe der Alpen und bis zu einer Höhe des Himalajagebirges. Die Lavablase stoppte unterhalb der Gebirgsgipfel und kühlte ab.

Das Gebirge bestand zum größten Teil aus fragilen Schiefersedimenten, das durch Erosionen über Millionen Jahre abgetragen wurde.

Unsere Blase aus Magma wurde zu Granitgestein und gelangte an die Oberfläche.

Sie bildete den heutigen Klosterberg.

Zwei weitere zu Stein gewordene Magmablasen kamen gemeinsam mit diesem hier zum Vorschein.

Es handelt sich um die beiden Inseln, wie Tom-Blend und Monte-Dole, die weiter land auswärts im

Atlantik gelagert sind und in Sichtweite der Abtei liegen.

„Jan, können wir davon ausgehen das Notredam Sautier, eines der ältesten Bauelemente auf einem Klosterfelsen ist?“

„Das kann ich bestätigen Mark. Wir dürfen aber nicht glauben, dass die Abtei eines der ersten Bauwerke auf dem Granitfelsen war. Lasst diesen einzigartigen Moment auf uns wirken.“

Beim Betreten der antiken Gemäuer war eine Kälte zu fühlen, wie wir sie nie erlebt hatten.

Nicht bitterkalt, sondern schaurig.

Claude, der als Einziger von uns einmal hier war, räusperte sich mit den bebenden Worten,

„w wie damals.

Wir sind am richtigen Ort, hier ist diese Eiseskälte zu spüren.

Das ist der alleinige Platz im gesamten Monte Saint Michel, an dem man friert.“

Die mächtigen weißen Sandsteingewölbe mit ihren schmucklosen Kuppeldecken zeugen ebenso wie der Rest dieser alten Anlage von absoluter Bescheidenheit.

Das einzige, farbenbringende Objekt war eine drei Mann hohe und einen Meter breite, bunte, heilige Freske in verblassenden Farbkonturen.

In dem ungeschmückten Altarfenstern war ein Felsenhintergrund zu erkennen. Die unebenen und naturbelassenen Steinformationen wurden vor langer Zeit gekalkt und geweißt, damit die Farbe des Granits das einheitliche Erscheinungsbild von Notredam Sautier in einer spirituellen Ruhe hält. Paul, der Bibliothekar wies uns auffordernd darauf hin, dass der Gründer dieser Abtei, Bischof Hauber war, der vom Erzengel Michael aufgefordert wurde, hier auf dem Monte Tom ein Gotteshaus zu errichten.

Nach Überlieferungen der Klosterbibliothek hat der Engel ihm mit seinem Zeigefinger ein Loch in den Schädel gebrannt, um dem gottesfürchtigen Mann die Wichtigkeit dieser Mission nahezulegen.

„Schaut,“

rief Claude.

„Am Ende des Kuppelganges befindet sich der Ort, wo die Bodenplatten geöffnet wurden.“

Eindeutig war zu erkennen, dass die Fugen, auch wenn sie fünfzig Jahre alt sind, sich nicht von den anderen Bodenfugen unterscheiden.

Die Arbeiter, die uns begleiteten, fingen augenblicklich an die Fugenmasse heraus zu schaben und die Platten mit Brechstangen zu lösen.

Die Modernen, Bauplatz-Strahler leuchteten den gesamten Raum aus, in dem wir uns befanden.

Auf einmal strömte uns mit einem dumpfen Zischen ein modriger und muffiger Geruch entgegen.

Sophie und ich meldeten uns freiwillig für den Abstieg in das geheimnisvolle Loch.

Ausgestattet mit eingeschalteten Stirnlampen, die uns mit jeder Kopfbewegung den Weg zeigten, stiegen wir die Einbaumtreppe hinab. Spinnweben wickelten sich um die Beine und leuchten im Licht der Kopflampen wie gelbe Zuckerwatte.

Unten angekommen stockte uns der Atem. Beim Ausleuchten der im Rondell angeordneten Wände, erblickten wir vier nebeneinandersitzende Skelette in Arbeitskleidung von Handwerkern.

Karl, Jan und unser Klosterkoch stiegen augenblicklich zu uns hinunter, um sich ein Bild des Grauens zu verschaffen.

Claude rief sofort mit aufgebrachter Stimme in die Gruppe hinein.

„Das sind die Bauarbeiter, die damals diesen Ort entdeckt hatten! Ich weiß jetzt, was der alte Bischof meinte, in dem er den Bibliothekar Philipp beauftragt hatte, den Arbeitern reichlich von seinem besten Wein zu geben.

Er hat diese Männer vergiftet!

Da bin ich mir sicher und das war der Grund, warum sich der ehemalige Bibliothekswächter das

Leben genommen hatte. Dieser Verbrecher von Bischof",

schimpfte er vor sich hin und wurde zorniger und wütender.

Um Claude abzulenken, baten wir ihn um Hilfe. Er möge uns bitte genau zeigen, aus welcher der sieben runden Öffnungen, die kreisförmig angeordnet waren, er die Schriftrollen entnommen hatte. Sofort war er abgelenkt und bemüht uns zu helfen.

„Seht ihr hier, wo die rundliche zerbrochene hölzerne Platte auf dem Loch liegt, da habe ich die Rollen gefunden. An den anderen Holzdeckeln war keiner dran und wie es aussieht, bis heute nicht.

Das heißt, dass die vier Arbeiter Tod hier runtergebracht wurden und oben in der Abtei von Notredam Sautier hat man sie vergiftet."

„Schickt uns bitte Paul den Bibliothekar nach unten. Wir möchten, dass er beim Öffnen der weiteren sechs Holzplatten anwesend ist.

Einer von uns sollte den Prozess mit der Kamera an einem Smartphone aufnehmen."

„Okay, das mache ich,"

meldete sich Karl und winkte mit seinem neuen Mobiltelefon.

„Kannst du damit umgehen?",

Neckte Sophie zu ihm herüber.

Er konterte prompt mit den Worten.

„Schatzi, da kennst du den alten Knochensack schlecht“

und blinzelte zu ihr zurück.

„Schau hier, ich habe eine moderne tragbare Ersatzbatterie dabei.“

Alle klatschten synchron Beifall.

Jan nahm die Brechstange von oben entgegen und öffnete, mit einer kraftvollen Hebelbewegung, sämtliche runden Abdeckungen. Sophie rief, mit aufgeregter Stimme und nach oben gestrecktem Kopf.

„Seht, schaut hoch an die Decke!“

Unglaublich, was dort zu sehen war.

Das Gewölbe, in deren Mitte sich das Loch auftat, in dem wir hinunter gestiegen sind, offenbarte sich als leuchtendes Zentrum einer Gewölbemalerei. Diese Malerei war wie eine Art Freske, die genauso aussah wie die Deckenmalerei im Rundbau von Magdalenas Speisekammer. Die Runensymbole und die Sternenmusteranordnung sind identisch, bis auf den Linienverlauf, der abweichend zu den anderen Deckengewölben war. Mit einem Unterschied, dass diese Freskenmalerei hier einen wesentlich älteren Eindruck vermittelt.

Dieser Raum wurde von uns, aus allen Positionen dokumentiert und fotografiert.

Paul nahm in seiner Funktion als Bibliothekar, die zwölf aus den Amphoren geborgenen, ledernen Schriftrollen entgegen.

Die Überreste der verstorbenen Bauarbeiter überließen wir der Kriminalpolizei und dem Gerichtsmediziner. In der faszinierenden Bibliothek dieser geschichtsträchtigen Abtei angekommen, räumten wir den aus, massiven Eichenholz bestehenden Lese- und Büchertisch frei.

Alle Lederrollen wiesen eine schwer definierbare Datumsmarkierung und den Schriftzug Tombelaine auf. Dies ist die uralte Namensgebung der vorgelagerten Insel in Richtung Norden, oberhalb des Monte Saint Michel mit dem heutigen Namen Tom-Blend.

Paul, der uns die Schriftzeichen dieser antiken Schriftrollen erläuterte, sagte, dass diese Dokumente aus verschiedenen Epochen stammen. Die ältesten sind aus der Zeit der Kelten. Genauer definiert aus dem ersten Jahrhundert nach Christus.

Da die Informationen der am meisten abgegriffenen Lederrolle so umfangreich waren und uns derart faszinierten, beschlossen wir, die anderen Rollen zur Seite zu legen und abzuwarten, was sich in dem von uns gewählten Lederdokument für Hinweise bereit hielten. Paul übersetzte uns die Runenzeichen mit dem präzisen Wissen, das er hatte.

Zu sehen sind hier Schriftzeichen, die uns allen nicht geläufig waren. Bei dem Inhalt der Angaben, die wir uns zusammengesponnen haben, handelte es sich um eine grobe Dokumentation über Rituale und Zeremonien der Druiden. Besser gesagt geht es hier erstaunlicherweise um eine Druidin.

Uns war nicht bekannt, dass es Frauen in diesen Funktionen gab. Überraschend und klar war herauszulesen, dass es sich bei diesen traditionellen Riten um Vorgehensweisen direkt hier vor Ort handelte. Es tauchte immer der Name Monte Tom auf.

Karl und Jan tuschelten auffällig vor dem Kamin in der Bibliothek.

Dieser typische französische Wandkamin war mit seiner hohen Öffnung und einer enormen Breite gebaut, so dass die beiden Herren unter dem gigantischen Kaminsims stehen konnten.

Momentan schaute die offene Feuerstelle eher wie ein schwarzes Loch aus, da die Klosterbibliothek im Moment nicht beheizt war.

„Was flüstert ihr denn da im Kaminschacht?"

Fragte Sophie die Herrschaften mit energischer Stimme.

„Ähm, ja Schatzi",

kam ein vorsichtiges, verlegenes und grinsendes Stottern von den zweien aus der Kaminöffnung.

„Kö kö könntet ihr euch vorstellen, in diese Zeit zu reisen und den Informationen dieser Rolle auf den Grund zu gehen?“

Sophie rief aufgeregt und schallend in die Bibliothek hinein.

„Mark, komm bitte her!

Karl und Jan hecken ein neues Abenteuer für uns aus und platzen vor Neugier. Sie fragen verlegen, ob wir uns für so etwas interessieren!“

Peinlich und verschmitzt standen die alten Herren unter dem Sims vom Kamin, trampelten unruhig auf der Stelle und pfiffen ungeduldig vor sich hin, als ob sie unschuldig seien.

„Okay, lass uns auf eine weitere ungewisse Zeitreise gehen. Nur wenn du bereit dafür bist, Sophie!

Du weißt, dass wir nie wieder diese Art von Reisen machen wollten.“

„Ja, da hast du recht Mark und ich habe Angst.“

„Wir zwei haben das Privileg, dieses tun zu dürfen. Dann sollten wir das auch nutzen.

Unser Zubehör ist Vorort, außer die Zutaten, die wir für die Bestimmung der Zeitepoche benötigen. Claude, die ledernen Runenrollen, mit den Rezepten, die Bruder Rui de Tak vor langer Zeit übersetzt hatte, stammen die aus den Tonamphoren?“

„Klar Mark, das waren die Einzigen, die ich damals von Bischof Clear ausgehändigt bekam.“

„Hast du diese Rolle in deiner Küche griffbereit?

Wenn ja, kannst du uns diese Lederrolle hierher bringen?“

„Bin gleich wieder da.“

Claude stampfte los, mit seinen kurzen Beinen und den immer wackelnden an die Fersen klatschenden Jesuslatschen, die er recht lose an seinen Gelenken mit den speckigen Lederbändern verknotet hatte. Was sicher auf das ständige Anschwellen seiner Fußgelenke zurückzuführen war.

Seine Füße bekam er kaum von dem rutschigen Steinboden der Abtei und hatschte mit seinen Latschen durch die hölzerne, mit Eisenbeschlägen gesicherte Tür zur Bibliothek hinein.

Claude fand das lederne Dokument in der chaotisch strukturierten Küche. Mit der rechten Hand wedelte er aufgeregt zu uns herüber.

„Zeig her, ich bin gespannt, ob sich meine Theorie bestätigt hat.

Jawohl, diese Runenrolle kommt genauso wie die anderen Lederrollen aus der Zeit der Kelten, unter der Führung mächtiger Druiden und Gelehrter.

Seht her, hier ist die Markierung zu sehen, dass dieses Schriftstück aus Tombelaine stammt."

„Ist die Feuerstelle in der Küche am laufen, Claude?"

„Sicher, die brennt ständig Sophie."

„Wir brauchen Reisezutaten aus deinem Cassoulet. Das heißt, weiße Bohnen und die regionalen Algen, die du verwendest und ein paar frische Knospen vom knackigen Salicorn."

„Sophie, das habe ich alles vor Ort.

Welche Anzahl braucht ihr?"

„Wir benötigen jeweils pro Zutat, 20 von unseren Silberlöffeln, wie dieser hier. Bitte fülle zusätzlich das Gleiche in drei Lederbeutel, sodass wir diese mit auf die Reise nehmen können."

Gesagt getan, die 20 Silberlöffel mit weißen Bohnen, Algen und dem Dünensalicorn gaben wir mit den allgemeinen Ingredenzien, wie zwanzig Löffel Knoblauch, Salz und Olivenöl in die Pfanne.

Wir waren bei diesem Start in eine andere Zeit, in Begleitung unserer Beobachter, wie Karl und Jan.

Claude und der Bibliothekar Paul durften diesen Prozess unter Verschwiegenheit beiwohnen.

Das Feuer in der Klosterküche brannte mit einer beständigen rotweißen Glut. Wir hielten uns beide wie immer an den Händen fest und versuchten uns in die Augen zusehen, was bei diesen Aktionen nie gelang. Mark schob die korrekt befüllte Zeitpfanne, die er vorher aus Erfahrung mit einem Lederseil an dem rechten Handgelenk und dem langen Eisangriff der Pfanne befestigt hatte, in die Ofenglut, sodass wir das wichtigste Reiseutensil nicht verlieren.

Kapitel 11

~Ekstase~

Durch Klang erzeugte Vibrationen strömen durch unsere Körper. Komplett Melodie frei und ohne Instrumente wurden wir in einen rhythmischen Sog gezogen, der es uns schwer machte, die Kontrolle zu behalten.

Wir hielten uns verkrampft an beiden Händen fest, um Halt zu haben. Den Boden unter den Füßen wieder erlangend, öffneten wir die Augen und befanden uns unter einem gigantischen massiven Torrahmen, bestehend aus drei Granitsteintafeln.

Zwei standen senkrecht links und rechts neben uns und eine lag quer über den Köpfen, direkt auf den Enden der anderen Steintafeln.

Man konnte diese Steine, Tafeln nennen, da sie komplett und rings herum, ebenso die Obere mit runenähnlichen Zeichen überzogen waren.

Beide Hände liefen bei jedem von uns blau an, so verkrampft waren wir hier an diesem Ort gelandet. Im Schatten des Tores fiel uns gleich die eigenartige, zeitgemäße Kleidung auf.

Wir trugen dieselben Kleider.

Hellgraue Robenumhänge hingen bis zum Boden hinunter. Die Ärmel verliefen weitauslaufend die Unterarme hinab, sodass sie beim Verschränken in den Ärmeln verschwanden.

Stoffe und Gewebe waren aus derben Leinen. Zu vermuten ist, dass es sich um Wolle vom Schaf handelte. Die Roben, wie wir sie nannten, schlossen sich überlappend von der Brust bis hin zum Bauch und waren mit einem dicken handgeflochtenen Stoffseil und einer festgezogenen Schleife verschlossen. Unter dem Umhang trug Sophie ein dünnes Leinenkleid, das übergeworfen wurde und bis zu den Knien reichte.

Ihren Zutatengürtel hatte sie über dem Unterkleid und ihre Ledertasche verbarg Sie nicht sichtbar unterhalb der weit auslaufenden Robe. Das Beinkleid und das Hemd von mir waren genauso verarbeitet, wie das Kleid von Sophie. Gürtel und Tasche waren ebenfalls sicher verstaut.

Unterwäsche, wie es sie in unserer Zeit üblich ist. Gab es hier nicht.

Die Zeitpfanne fiel beim näheren Betrachten nicht auf. Sie schmiegte sich versteckt unter dem Robenumhang elegant auf dem Rücken entlang. Beide trugen wir an den Umhängen weite Kapuzen, die an den Schultern bis zum Oberarm hinunter hingen.

Die halbe Rückenpartie wurde von der Spitze nach unten laufenden Leinenkapuze wärmend ummantelt. Die Roben hatten ein gutes Gewicht und wir fühlten uns geschützt in dieser Kleidung.

Das Schuhwerk waren Bundschuhe, die bis unterhalb der Knie gebunden waren. Außen waren die Schuhe komplett aus Leder, ohne feste Sohle, wir liefen auf einer stabilen Lederhaut. Der Stärke der Haut zu urteilen konnte sie vom Rind, Pferd, vielleicht auch vom Esel sein. Das Innenleben bestand aus derben und borstigem Fell, das gut wärmte und man nicht schwitzte. Strümpfe oder Socken gab es hier nicht. Wir standen mit den nackten Füssen in diesen Schuhen. Geschnürt war diese stiefelartige Fußbekleidung mit dicken Lederbändern, die vom Fußknöchel bis unter das Knie kreuzförmig um das Schienbein gewickelt und mit einer festen Schleife am oberen Ende verknotet wurde.

Diese Kleidung schien typisch für Pilger oder Druiden zu sein.

Die Vibrationen waren immer heftiger und schoben sich vom steinigen Boden durch die Bundschuhe bis in den Kopf. Schützend zogen wir die Kapuzen von den Schultern über die Häupter bis nach vorn, weit vor die Stirn.

Das schränkte das Sichtfeld zwar ein, aber gab uns auf diesem neuen Gelände zusätzliche Sicherheit, sowie das Gefühl, nicht aufzufallen.

Es war kein Gesang oder irgendwelche Instrumente zu hören, nur lag ein ununterbrochenes Stöhnen, wie es in einem Liebesakt vollzogen wird in der Luft. Die Lautstärke wurde kräftiger und die Vibrationen massiv stärker.

Wir gingen durch das Tor den Hang hinunter und standen vor einem vom Rauch geschwängerten breiten Erdkrater, in dem sieben in der Höhe halbierte Steintafeln einen Kreis bildeten. Zu sehen war eine achte Steinplatte, die neben einem ausgehobenen Loch im Boden lag. Der Krater befand sich in einem schattigen Geflecht von alten knorrigen bis in die Senke rein ragenden Ästen uralter Steineichen. Deren Baumrinde geritzte Narben in Runenform aus längst vergangen Zeiten zu Tage brachte. Auf den Feuerstellen der sieben halbierten hohen Steine standen runde kesselartige Gefäße ohne Deckel. Der Rauch der verschiedenen Kochtöpfe hatte jeweils eine andere Farbe und der Geruch war von jedem grundlegend unterschiedlich. Nicht widerwärtig oder eklig, nein, lieblich und beruhigend.

Der gesamte rauchende Dampf der einzelnen Töpfe schob sich in Richtung Kraterzentrum. Kein einziger Rauch verließ den Steinkreis. Die bunten Schwaden schwebten strahlenförmig in die Kratermitte, wo sich eine größere Feuerstelle befand, auf der ein flacher breiter Kessel ruhte.

Sophie nahm meine Hand und wollte mich wegzerren. Bei den Bildern, die sich uns offenbarten, war das verständlich.

Angst schob sich unter der Kapuze hindurch und legte sich bedrückend über ihr sonst liebliches Gesicht.

„Komm, lass uns gehen, egal wohin.

Wir müssen hier fort."

Flüsterte sie mir zu.

„Ich habe kein gutes Gefühl."

„Wir bleiben hier und sehen uns das ganze Spektakel an.

Das ist der Grund, warum wir hier sind. Es wird nichts passieren, ganz ruhig mein Schatz."

Wir erstarrten zu Stein, die Finger quetschten sich zusammen.

Auf beiden Schultern platzierten sich synchron von hinten warme Handflächen. Leise wurde gesprochen:

„Seid willkommen, Sophie und Mark.“

Wir drehten die Köpfe herum und es stand jemand direkt vor uns. Dieser jenige war genauso gekleidet wie wir, nahm unsere Handrücken und legte sie übereinander zwischen die warmen Hände.

Die Kapuze nach hinten werfend zeigte sich der Unbekannte und outete sich als Frau. Die silberweißen Haare waren mit eleganten geschnitzten Haarspangen am Hinterohr hochgesteckt.

„Ich bin die Gefährtin vom Erzdruiden Vergongetorix und man ruft mich Baudinca. Von diesen siedelnden Bewohner der Region bin ich die Stammesführerin. Warum eure Namen mir bekannt sind, erzähle ich später. Woher ihr kommt, ist für mich verständlich.“

Mit misstrauischen Blicken starrten wir sie ungläubig an.

Sie trug exakt die gleiche Kleidung wie wir.

Das ist erstmal ein gutes Zeichen.

Dann wird uns sicher nichts passieren.

Sie bestätigte meine und Sophies Gedankengänge mit einem freundlichen Lächeln und nahm uns an die Hände. Wir folgten ihr in das Innere des Steinkreises, bis hin zum Zentrum, wo sich die Feuerstelle mit dem breiten Kessel befand. Durch diese enorme Reizüberflutung unserer Gedanken und der

Blickwinkel erkannten wir erst verzögert, dass es sich hier um eine Art Altar mit einer Opferung handelte. Uns wurde schlecht bei dem, was sich hier abspielte.

Baudinca zog Sophie und mich ein paar Meter zurück auf eine Steinbank, die für sie vorbereitet wurde, um an der Zeremonie teilzunehmen. Wir setzten uns, die Kapuzen weiterhin ins Gesicht gezogen. Die ekstatischen Geräusche wurden immer kraftvoller. Nachdem sich der betörende Rauch um die Feuerstelle gelichtet hatte, erkannten wir erschreckend, was sich Barbarisches vor uns offenbarte.

Ein lieblicher sanfter Gesang, mit wiederkehrenden Wortlauten, drang mit einer jungfräulichen, zarten und glücklichen Stimme an unsere, vom stöhnenden Lärm geschundenen Ohren. Hin und wieder versperrten uns in selbigen Roben gekleidete Personen den Blick auf die Feuerstelle. Es vermittelte den Eindruck, als ob dort gebaut oder etwas präpariert wurde.

Baudinca klatschte dreimal in die Hände und alle Robenträger verschwanden gleichzeitig ohne Worte komplett aus dem Steinkreis.

Es offenbarte sich ein Bild, das uns augenblicklich Gänsehaut machte.

Eine wunderhübsche lächelnde junge Frau schaute uns mit ihren blauen leuchtenden Augen, ihrem blonden, wallenden langen Haar in voller Zufriedenheit und Glückseligkeit entgegen. Die liebliche Stimme mit dem wiederkehrenden Liedtext brachte jeden in diesem Kreis zum Weinen.

Unbekleidet mit ihrem jugendlichen und knospenreifen Aussehen strahlte sie mit einer Liebenswürdigkeit über den Steinkreis hinaus, als ob dieser Tag der allerschönste in ihrem Leben sei. Baudinca schaute uns Gedanken lesend an und sprach mit den Worten.

„Das ist Sylvas schönster Tag."

Zitternd, jedoch nicht vor Kälte, folgten wir dem Geschehen.

Sylva die im Anblick ihrer unglaublichen Schönheit und der elfenbeinweißen Haut ihren engelhaften Gesang fortsetzte, befand sich liegend auf dem Rücken. Mit dem über den Kopf ausgebreiteten gefesselten Armen, den weit gespreizten, fixierten, nicht endenden Beinen offenbarte sie uns den ewig währenden Schoss der Weiblichkeit. Sie schmiegte sich mit ihrer entzückenden Rückenpartie in den aufgeschlitzten Bauch einer jungen Hirschkuh. Sylva und die Hirschdame hingen in einem Winkel von 45 Grad schräg über der mit einer flackernden Flamme brennenden Feuerstelle. Die Vorderläufe des ausblutenden Tieres waren mit Lederbändern und mit den elfenbeinfarbigen Oberschenkeln von der Jungfrau zusammengebunden.

Der blutauslaufende Hirschkuhkopf schmiegte sich, mit der heraushängenden Zunge, an die samtig seidenen Schenkel der gespreizten Beine von Sylva.

Der flache, breite, mit gestanzten Runen überzogene Kupferkessel über der glimmenden Feuerstelle, fing tropfend das am Kopf der Hirschkuh herablaufende Blut auf, ohne es zum Kochen zu bringen. Nachdem wir unsere Kapuzen zurück auf die Schultern gelegt hatten, um einen freien Blick zu bekommen, strömten aus den sieben umliegenden Töpfen auf den Steintafeln beruhigende Düfte.

Sie legten sich wie transparente Rauchschwaden über die Gewänder. Die Anspannung löste sich erschreckend mit dem Gedanken. Was atmen wir hier ein?

Baudinca sah uns an und sprach folgende Worte zu uns.

„Folgt dem Geschehen und urteilt erst später. Ich werde euch alles erklären.“

Die Hände zitterten trotz betäubenden Rauches. Das stöhnende Geräusch vom Anfang war wieder zu hören und es wurde immer heftiger.

Gepaart mit dumpf stampfenden nackten Füßen, von denen sich die Zehen wie Krallen in den erdigen Boden bohrten. Schrittweise näherten sich gewichtige athletische halbnackte Männerkörper, mit ihrer Ganzkörperbehaarung. Sie liefen wie Gladiatoren in eine Arena ein.

Hier war es der Steinkreis.

Baudinca bemerkte Unruhe und drückte mit Nachhall unsere Arme auf die Steinbank und wiederholte ihre Worte. Mit Tiermasken von Hirsch, Fuchs, Dachs und Wolf bekleidet, formierten sich einundzwanzig Männer, die mit langen Haaren für uns wie Barbaren aussahen. Mit ihren roten, schwarzen, braunen oder grauen Bärten und ihrer voll erblühten Manneskraft, versuchten sie ihr aufbahrendes Phallussymbol hinter einem Leinensegel, schwenkend den stöhnenden Blicken des Publikums unter stampfenden Beifall vorzuenthalten. Trotz der weiter tobenden Menge und der sich in Ekstase schaukelnden nackten Barbarenmänner, drang sich durchsetzend durch Rauch und Hall, die liebliche singende Stimme von Sylva.

„Sie verspürt heute den glücklichsten Tag in ihrem Leben,"

sprach Baudinca zu uns.

Sie ist geboren worden, um diesen Tag erleben zu dürfen.

Diese bildschöne Jungfrau ist bei Waldmenschen aufgewachsen, denen Feen ähnliche Tugenden nachgesagt werden. Die von Menschen dieser Zeit, auf Grund ihres umfangreichen Wissens, mit Angst und Respekt begegnet wird.

„Die ersten Druiden stammen von diesen Bewohnern aus dem Wald und verdanken jener einen Teil ihrer Ausbildung."

Baudinca ließ uns mit den letzten Worten auf der Steinbank zurück.

Uns zugewandt, zog sie eine sicher scharfe, halbmondförmige goldene Sichel aus ihrer Robe und drehte sich mit einem sanften Nicken von uns ab in Richtung singende Sylva.

Auf jeder Seite der Feuerstelle standen zehn, ihre Manneskraft zur schau stellende, barbarische Kriegergestalten, die mit martialischen Tanzeinlagen und stöhnenden Geschrei ihren Phallus in den Sternenhimmel streckten, als ob sie in eine Schlacht ziehen.

Der größte und übermäßig kräftigste der 21 Männer führte Baudinca am Arm hin zu Sylva. Sie nahm lächelnd und sanft ihre linke Hand und fühlte streichelnd Sylvas Gesichtszüge, die ihren Feen oder Elfen ähnlichen Gesang fortsetzte, stets mit einem von Glück durchflutenden freundlichen Lächeln im Gesicht. Keine Anspannung war bei ihr zu spüren.

Baudincas Unterarm glitt am Hals herunter und bereitete den Weg für die Goldsichel vor. Sie folgte dem konzentriert geführten Zeigefinger und setzte am Oberhals auf der Herzseite, mit der Sichelspitze unter dem Ohrläppchen an. Baudinca drückte die Sichel tief in die Haut bis hin zur Hauptschlagader und schnitt die Ader längst auf. Der schneidende Weg der scharfen Klinge folgte den Vorgaben, des ausgestreckten Zeigefingers der führenden linken Hand. Die ihr unendliches Zeichen einer Acht, dem Brustbein hinab, bis zu den jungfräulichen zu Seite wegstehenden Birnenbrüsten mit ihren reifen Knospen. Die Sichelklinge zog ihre Kreise und rahmte die Früchte der Begehrlichkeit in ein tiefes Rot.

Ohne Klagegeschrei und schmerzhaften Rufen ertrug Sylva singend diese unmenschliche Prozedur. Die Klinge versank komplett unterhalb der mit dem Zeichen der 8 gezeichneten Brüste und schnitt, mit der Kraftanstrengung beider Hände die bildschöne Frau vom Oberbauch bis hin zum verführerischen Kelch der Weiblichkeit auf.

Mit ihrer tropfenden Sichel setzte sich Baudinca blutüberströmt zurück zu uns auf die Steinbank. Der Qualm veränderte seinen Geschmack und die Farbe.

Als die sieben verschiedenen Rauchvariationen am blutenden Opferfeuer zusammen trafen, schlossen die im vollen Saft stehenden Barbarenmänner die Augen und folgten dem Größten der 21.

Das Stöhnen wurde mit jedem Höhepunkt, der sich in die ausblutende Sylva ergoss martialischer.

Das Adrenalin stieg sichtbar in die Köpfe auf und verwandelte diese Männer in haltlose Tiere.

Die sich unter der wesensveränderten Rauchmischung bei sämtlichen Erleichterungen in der runden endlosen Schlange erneut anstellten, um wieder auf die Jagd nach einem unschuldigen Reh zu gehen.

Sylvas Blut vermischte sich mit dem von der Hirschkuh und tropfte ohne Unterbrechung in den sich langsam erhitzenden Kupferkessel auf dem glimmenden Feuer.

Gepaart von weißen Strähnen, die sich als Opfergaben zum Dank, dem gefallenen Reh unter die blutrote Suppe im Kessel mischten, wurde eine geruhsam gerinnende, zähe rosa Flüssigkeit.

Die Männer liefen wie in einer Ekstase um die im Gesang verstummende Jungfrau, bis beide leblosen Körper komplett ausgeblutet waren.

Nachdem Stunden vergangen waren und nur noch zwei blasse Leichname über dem Kessel hingen, wurden Sylva und die Hirschkuh in Leinentücher gewickelt und von Baudinca auf dem Weg zu ihrer Grabstätte mit der goldenen Sichel beschenkt.

Auf der gegenüberliegenden Seite des Kreises war ein breites grabähnliches Erdloch ausgehoben worden, an dem eine intakte mit Runen beschriftete Granitsteintafel mit drei Metern Höhe auf dem Boden lag. Beide Körper wurden sorgfältig in das vorbereitete Loch gelegt und mit Erde bedeckt. Die 21 Männer, deren Manneskraft für diesen Tag am Ende war, gaben Sylva die letzte Ehre und stellten die Steintafel als achten Stein in den Steinkreis direkt auf Sylvas Grabstätte.

Wir waren fertig mit den Nerven und wussten nicht, was hier um uns herum geschah.

Sie nahm die Hände und führte uns zu dem flachen, mit Blut und Manneskraftspenden gefüllten rosafarbenen Kupferkessel. Sophie konnte sich nicht mehr halten und drehte sich für einen Moment von uns weg und ließ sich mit ein paar hustenden und würgenden Attacken die letzten Augenblicke spuckend durch den Kopf gehen. Ich reichte ihr ein Tuch und sie fing sofort an zu weinen. Mit den folgenden Worten schrie sie Baudinca an.

„Warum tut ihr sowas Unmenschliches und Barbarisches? Ihr seid keine Menschen mehr.“

Sie nahm Sophie, die sich wehrte, kraftvoll in die Arme und sagte zu ihr.

„Dieser Akt der begnadeten Grausamkeit gibt uns die Möglichkeit der Weiterentwicklung und euch in eurer Zeit, Fortschritt zu erlangen. Sonst würdet ihr, so wie wir heute, weiterhin in Höhlen wohnen. Seht, dieser rosafarbene, dickflüssige Schleim ist wertvoller als Gold, Silber oder Diamanten.

Es ist die Essenz des zukünftigen Lebens.

Sylva wusste das und hat mehrfach an diesen Zeremonien teilgenommen, um sich darauf vorzubereiten. Sie ist für diesen Tag geboren worden und mit einer Glückseligkeit von uns gegangen.“

„Was ist mit der rosa Masse?“

„Mark, auf diese Frage habe ich gewartet.

Das Ergebnis der Grausamkeit wird sorgfältig getrocknet und pulverisiert. Dieses Pulver ermöglicht uns Druiden und bestimmten Einwohnern, durch die Steinkreise in verschiedene Regionen unserer Epoche zu reisen. Wir können uns mit anderen Menschen, Schamanen, Heilern, Priestern und fremden Kulturen austauschen und gegenseitig unterstützen. Der Tausch von Informationen ist für die Menschheit in dieser Zeitepoche genauso maßgebend, wie in der, aus der ihr kommt. Ihr beide und ich sind heute, sowie in Zukunft in der Lage, innerhalb meines Zeitalters von einem Ort zum anderen zu reisen.

Aus welchen Gründen seid ihr in unsere Zeit gekommen?

Ihr habt sicher viele Fragen und ich werde mich bemühen, diese zu beantworten.“

Baudinca nahm uns links und rechts in die Arme und geleitete uns durch das Steintor, durch das wir gekommen waren. Der Weg, der vor uns lag, führte sichtlich in Richtung eines Dorfes. Entlang eines verwinkelten Küstenstreifens, mit abfallenden, von den Gezeiten geprägten, zerklüfteten Klippen. Die brennenden Lichter und die Feuer, der sich uns am Horizont nähernden Siedlung, spiegelten sich in den von der letzten Flut zurückgebliebenen Wasserlachen.

Von der gut zu erkennenden Dorfsiedlung führte rechter Hand eine flackernde leuchtende Linie, die sich wie eine Ameisenstraße hin und her bewegte. Direkt in das Meer hinein, bis hin zu einem markanten Fleck und stoppte dort.

Beim Näherkommen entpuppte sich die dunkle Markierung als ein massiver gigantischer, mehrere Häuser hoher und etliche Straßenzüge langer Felsen, der aus dem sandigen Wattenmeer in den Himmel hinauf ragte.

Sophie stupste mich mit ihrem Ellenbogen kräftig in die Seite und wies mit den Worten auf die Felseninsel hin.

„Der sieht aus wie der Monte Saint Michel in unserer Zeit, bloß ohne Kloster."

Baudinca bemerkte die Aufmerksamkeit für den Felsenberg. Sie breitete ihre beiden Arme in Richtung Felsen weit aus.

„Das ist der Grabhügel.

Die letzte Ruhestätte der hier lebenden Menschen, die sich vom irdischen sein verabschieden. Während sich das Wasser in das Meer zurückzieht, nutzen wir täglich mehrfach den Zugang zum Hügel, um die schweren Arbeiten an den Grabstätten auszuführen. Die Grabanlagen, die sich auf der Felsenoberfläche befinden, müssen ständig nachbearbeitet werden, da sie wiederverwendet werden.

Ihr könnt das Klopfen hören, was zu uns herüberweht. Die offenen Gräber bestehen aus zahlreichen, langen bauchhohen Löchern, ähnlich wie ein Trog. Ihr werdet sehen, dass diese Stätten nebeneinander rings um den Felsen angeordnet sind. Wenn, ein oder mehrere Bewohner, sowie Druiden ihr irdisches sein verlassen, legen wir die Körper entweder mit Waffen, Werkzeugen, bei Gelehrten wie mich, mit ihren Sicheln und Stäben in diese Gruben und verbrennen sie.

In dem Moment, wo das Wasser mit seiner hier massiven Kraft in die Bucht zurückkommt und krachend auf den Felsen trifft, wird die Asche des verbrannten Körpers ins Meer gespült. Der Atlantik gibt auf natürlichen Weg die Grabstätte, für einen anderen Bewohner aus den Reihen wieder frei.

Seht ihr das Feuer auf dem Monte Tom?

Das ist der Name unseres heiligen Grabhügels. Dort entsteht, kurz vor der Fertigstellung eines der mächtigsten Steinkreismonumente dieser Zeit. Ich werde euch morgen bei ablaufenden Meerwasser hinführen.

Lasst uns weiter zur Siedlung gehen, ein gutes Mahl zu uns nehmen, sowie tanzen und lachen.

Heute ehren wir Sylvas Wiedergeburt als Hirschkuh, die uns bald wieder im Wald begegnen wird.“

Geschrei und Getöse drang an unsere Ohren. Es duftete nach geröstetem Fleisch und frischen Kräutern die über dem lodernden Feuer ihre Düfte und Aromen durch das Entfalten der ätherischen Öle, verführend verströmen ließen. Um die festlich, für diese Zeit gedeckten Speisetafeln, die sich erhöht am Boden befanden und mit Stroh eine Art Esstisch bildeten, versammelten sich sitzend oder kniend, mindestens vierzig Bewohner dieser Siedlung.

Der Gesang und das Geschrei vermischten sich mit unsensiblen Gerülpse und Gehuste. Die lodernde tiefergelegte Feuerstelle, die sich im Zentrum der Speisetafel länglich über mehrere Meter durchzog, spendete in der mit Stroh bedeckten rustikalen Halle eine wohlfühlende Wärme. Kuschelnde Brüste von strammen, sich öffnenden Frauen, die sich Männerköpfe packend, sitzend auf dem Schoss verdienter Krieger wollüstig pflügen ließen, gehörten genauso dazu, wie sich prügelnde Möchtegernkrieger, die noch nicht an die Weiber durften und reichlich Met getrunken hatten. Baudinca führte uns mit einem kräftigen Griff an unseren Handgelenken an der tobenden Menge vorbei, zu den für sie freigehaltenen Plätzen.

Diese waren vom Boden erhoben und gewährten für sie einen Überblick über die Gesellschaft. Bei der Ankunft an der Halle wurde auf dem Siedlungsplatz eine rauchende Erdgrube geschlossen. Nachdem ein in feuchtes Leinen gewickeltes Stück Fleisch herausgehoben wurde, war uns klar, dass es sich hier um einen Erdofen handelte. Der wurde bis zu dreißig Zentimeter tief ausgehoben. Das Holzgerüst aus breiten Holzstangen, die auf heißen

Steinen lagen, waren in sich zusammengefallen und hatten ihre Arbeit als ständig glühendes Feuerholz vollbracht.

Das verführerisch duftende Fleisch wurde zuerst bei Baudinca und uns angeschnitten.

Die Wildschweinkeule war köstlich zubereitet, wir hatten sowas noch nie zuvor verspeisen dürfen. Das vom Met und getrockneten Pflaumen verfärbte Wildfleisch, zerfiel auf dem Holzbrett, das man vor uns spartanisch aufstellte.

Gegessen wurde mit den Fingern.

Den Met, der uns die Sinne beraubte, erhielten wir in ausgehöhlten Hörnern, die ihm einen erdigen Geschmack verlieh. Durch die immer in den Händen haltenden Hörnerbecher war man ständig animiert zu trinken. Zu vorrückender Stunde verwandelte sich diese raubeinige Gesellschaft in eine hemmungslose Orgie.

Unser Nachtlager fanden wir in einer Holzhütte, die mit Stroh bedeckt war.

Im Inneren befand sich für diese Zeitepoche eine bequem aussehende Schlafstätte, die sich am Boden aus unzähligen Tierfellen jeglicher Art vor uns ausbreitete.

In diesem Bett schlafen zu dürfen, war traumhaft und einzigartig. Die professionell gegerbten Fälle gaben durch die liebevolle Bürstung eine natürliche Wärme ab.

Sophie und ich konnten erst nicht einschlafen. Das donnernde Rauschen der tobenden Tide, mit ihrer wiederkehrenden Melodie, brachte uns dann doch in einen wundervollen, genießenden Schlaf.

Der Duft mit Honig verfeinerter frisch gemolkener Ziegenmilch lockte uns aus dieser Wohlfühlbehausung. Mit den forschen Worten, die Baudinca rief, folgten wir ihr.

„Kommt, der Weg zum Monte Tom ist frei." Exakt diesen Pfad, den sie mit uns beschritt, sind wir vor nicht langer Zeit zuhause gelaufen. Dieses skurrile Gefühl, das uns vorbehalten ist, Regionen, Orte, Wege und Plätze aus verschiedenen Zeitepochen sehen zu dürfen, ist unglaublich faszinierend.

Sand und Schlick quetschen sich mit laufenden Schritten durch das vom Atlantik freigegebene Wattenmeer zwischen unseren Zehen, mit einem quietschenden Geräusch nach oben. Das Gefühl, barfuß auf diesen geschichtsträchtigen Ort zuzugehen, ist gefühlte Geschichte, mit Leib und Seele.

Die Größe des Monte Tom wuchs mit jedem Fuß, den wir uns diesem Berg näherten. Eine schmale in den Fels geschlagene steile Treppe ohne Handläufe oder Seile offenbarte sich. Es hieß Gleichgewicht halten und nicht hinunter sehen, Kopf geradeaus und mit dem Blick nach oben gerichtet. Auf einer Höhe von siebzig Metern sind wir angekommen. Es zeigte sich uns eine unglaubliche spektakuläre Rundumsicht, pigmentiert mit felsigen Inseln, die sich den ankommenden Gewalten des Atlantiks entgegenstellten. Die Ausblicke schweiften, mit bloßem Auge hin zum nahegelegenen Festland. Mit seinen winzigen verstreuten Siedlungen, der einzelnen Stämme der Kelten unter der Führung ihrer Gelehrten und geistlichen Führer, den Druiden.

Das schwarze Granitgestein wurde von kräftigen Steinmetzen, die Jung bis Erfahren waren, mit einer Art Hammer und einem für unsere nicht üblichen Meißel oder Keil bearbeitet.

Baudinca führte Sophie und mich durch ein mit gigantischen Steinplatten markiertes Steintor. Ähnlich wie das bei der Ankunft in dieser Zeit, größer und ohne Runen. Wir befanden uns in einer Senke, gerahmt von sieben Granitsäulen mit unterschiedlicher Höhe und Breite. Auf ihnen war ein kopfgroßes Symbol eingemeißelt und jedes war verschieden. Der Kreis, in dem die Steinsäulen angeordnet waren, hatte einen Durchmesser von sieben Metern. Diese Säulen waren mit einem im Granitboden gemeißelten Ring verbunden.

Jeweils mit in steingeschlagenen geraden Linien, von einem Monolithen zum gegenüberliegenden.

Der siebte und größte stand für sich und war innerhalb des Kreises mit den anderen verknüpft.

Auf dem Punkt, an dem sich alle Steinlinien überschnitten, erhob sich eine, beinhohe runde, grob geschlagene Granitsäule empor. Diese bildete mit einem Trichter ähnlichen Gefäß und einem handbreiten Rand einen Kelch. Sie erklärte uns, dass der kleinere Steinkreis heute früh mit der Nachbearbeitung fertig geworden und wieder einsatzbereit ist.

Sophies Augen fielen fast heraus vor Faszination dieser Anlage.

„Sag Baudinca, was für eine Bedeutung hat der winzige innere Kreis, der rund über alle sechs geraden Linien verläuft und den Bereich vor dem Hauptmonolithen durchzieht?“

„Scharfsinnig beobachtet von dir.

Hier handelt es sich um eine Art Schlüssel.

Er berechtigt Gelehrte mit einem fortgeschrittenen Lehrstatus, in andere Regionen innerhalb ihrer Zeit reisen zu dürfen.

Diese neue erweiterte Variation erlaubt uns, die von erwählten Reisenden zielgenau an den passenden Ort transportieren zu können.

Wir nennen die Vorgehensweise:

Das Schach der Druiden. Da die Kombinationen millionenfach sind, ermöglicht es nur Menschen, die eine Kombinationsgabe haben. Wir Stammesoberhäupter haben diese Fähigkeit und lernen in unserer Ausbildung alle Möglichkeiten, wie wir damit umgehen sollten."

„Welche Bedeutung hat die runde Säule mit dem kelchähnlichen Kopf in der Mitte des Steinkreises?"

„Gute Frage Mark.

Es handelt sich um eine Art Opferstock, mit der Darstellung des weiblichen Kelchs."

„Warum",

staunte Sophie mit offenem Mund.

„Ähnlich, wie der Schoß der Frau, der mit seiner Kelchform zur Geburt von neuem Leben einlädt.

Ebenso zu Ehren aller geopferten Jungfrauen. Die von euch miterlebte Transzendenz mit einer Hirschkuh durchlebten."

Sie zog unter ihrer Robe zwei runde feste lederne Flaschen, die ringsherum mit dickeren Lederstreifen verstärkt waren, befüllt mit raschelnden Rosa Pulver hervor.

Eine davon überreichte sie uns als Geschenk.

„Nehmt diese Pulverflasche mit in eure Zeit zurück. Ihr braucht es auf den noch kommenden Reisen.“

Baudinca würdigte uns während dieser Worte, mit nicht einem Blick. Es entstand der Eindruck, dass ihr die Übergabe des Pulverfläschchens an uns unangenehm sei. Aus welchen Gründen auch immer, vermischte sich dieser Augenblick mit einem unbehaglichen und unehrlichen Gefühl, das uns aufpassen ließ.

Wir nahmen die Lederflasche dankend an und verstauten sie sicher, mit einem Lederband an meinem Gürtel unter dem schützenden Mantel.

Die mit der geballten Faust klopfenden, kumpelhaften Schläge auf den Rücken waren nicht typisch für sie. Eher aus Verlegenheit oder Unsicherheit, gezielt und fühlend verbleibend auf der Pfanne.

Wir schauten bewegungslos und nickten.

In den Köpfen schwirrten mahnend, die uns ans Herz gelegten Worte.

„Vertraut niemanden.“

Baudinca nahm wie gewohnt vertraulich die Hände und führte uns mit einem aufgesetzten Lächeln aus dem Steinkreis in Richtung Gräberfeld des Monte Tom.

„Lasst uns diesen Berg besichtigen!“

Innerhalb der uns bekannten kreisförmigen wiederverwendbaren Gräberanlage reckte sich eine elegante siebzig Meter lange Granitsäule in die Höhe.

Von weitem war sie gestern nicht zu erkennen, da sie komplett in Rauch und Dampf gehüllt war. Ein gigantisches Bauwerk, das sich in den morgendlichen Himmel schob.

Das ist eine Art Monolith.

Er war viereckig, glatt poliert und nach oben spitzauslaufend. Ähnlich wie die architektonisch perfekten Ebenbilder aus unserer Zeit, die mit ihren historischen Hintergründen die Zentren der Großstädte schmücken.

Tiefschwarz ragte er in den Himmel. Der untere Teil war schwärzer als der obere. Überzogen mit einer klebrigen Patina, bestehend aus Totenasche aus den ringsherum angeordneten offenen Gräbern. Die Asche in Kombination mit dem Meersalz des anspülenden Wassers bildete am Fuß der gigantischen Säule eine auslaufende Borke, ähnlich wie ein alter Baum.

„Die verkrustete Salzasche, die sich um dieses Bauwerk legt, ist das Denkmal aller verstorbenen unseres Clans, nachdem ihre Asche von der Flut, aus den Grabstätten gespült wurde. Wie ihr seht, besteht diese Gemeinschaft nach dem Tod weiter und stärkt das Zusammenleben dieser Menschen.

Wir gehen nicht für immer.

Ein Rest bleibt von jedem und wacht schützend vom Monte Tom aus über die Lebenden. Der Monolith stammt aus dem Gestein, das beim Ausheben der Grabkuhlen entnommen wurde, sowie aus der Senke des Steinkreises. Gewachsen ist er durch die Asche unserer Toten und der Kruste des atlantischen Salzwassers."

Baudinca widmete sich den arbeitenden Steinmetzen, die dabei waren, die Gräber regelmäßig auszumeißeln und standesgemäß für Verabschiedungsrituale vorzubereiten.

Sie gab Anweisungen, das hoch und spitz aufgestellte Feuer zu pflegen und ständig am Laufen zu halten.

„Seht ihr am Horizont die beiden Leuchtfeuer brennen?

Eins geradeaus und das andere zu eurer rechten Hand."

„Die sind uns nicht aufgefallen!"

„Schaut direkt nach vorne.

Die kleinere Insel Tombelaine, mit ihren scharfen Klippen, Felsen und einem Wäldchen.

Dort leben drei von unseren Druiden.

Der Jüngere, der lernen muss, einer, der weiterhin studiert und der Betagte, der mit Weisheit begnadete Meisterdruide. Sie sind alle drei verantwortlich für die Erweiterung und Erhaltung des geistigen Erbes. Das Wissen wird auf Steinplatten und Lederstreifen, in Form von Runen archiviert.

Es gibt dort kein Haus.

Allein ein Steinkreis mit mehreren unterirdischen Kammern, dient als Archiv und Bibliothek und ist der Rückzugsort der Druiden, in dem die gelehrten Arbeiten und wohnen. Versorgt werden sie von dieser Siedlung hier.

Seht, das rechte Leuchtfeuer am Horizont.

Das ist der spirituelle Ort mit dem Namen, Ponte de Gouin, der Platz von Goins Eiern. An diesem Ort finden einmal im Jahr unsere Fruchtbarkeitsfeste statt. Das ist der erste Punkt der aufgehenden Sonne, die das heimatliche, von Wissen durchflutete Reich trifft. Tanzend und von ekstatischen Fruchtbarkeitszeremonien durchzogen, wird in dieser Nacht bis in die Morgenstunden hinein, auf das Erwachen der Insel Monte Tom und den vom allerersten Sonnenstrahl erweckten geistigen Eiland Tombelaine gewartet. An erotischen Praktiken während der exzentrischen Paarungsrituale wird nicht gespart.

Durch die aufgehende Sonne erheben sich beide Inseln symbolisch mit einem spektakulären Lichterspiel, wie aufsteigende schwarze Perlen aus den tobenden Wellen des Atlantiks. Die Entfernung, von Monte Tom zum Ponte de Gouin, ist exakt die gleiche, wie die zur gelehrten Insel Tombelaine. Der faszinierende Blick vom Monte Tom in Richtung Tombelaine richtet sich in das weit auslaufende Meer. Ohne vom Festland beeinflusst zu werden, erstrahlen sie in ihrer Einsamkeit. Diese Konstellation nennt sich Druidentriangel und ist mit seiner Fülle der Macht und der Möglichkeiten dieses Wissens, alles an einem Ort zu bündeln. Ein einmaliges Zentrum des Gedankenguts der Menschen."

Wir setzten uns einen Moment und ließen die Eindrücke, die sich hier boten, in Ruhe auf uns wirken.

Die feuchte Luft roch nach Tod und legte einen salzigen Schleier auf unsere Haut.

Die Zungen trockneten durch das Einatmen an und es bildete sich ein, rauer Sandpapier ähnlicher Salzbelag, der sich nicht durch das Reiben an den Zähnen löste. Es kam uns alles ziemlich surreal vor und machte ein unwohles Gefühl der Unsicherheit. Wir verspürten beide eine Unterzuckerung und hatten panische Angst.

Die Kaffeebonbons mit Koffein, die wir viele Jahre immer gerne naschen, waren in den Umhängetaschen für den Fall, dass wir in solchen Situationen wach und aufmerksam bleiben müssen.

Jeder von uns beiden leckerte zwei Stück auf einmal, ohne dass es jemandem auffiel. Baudinca kam nach ihrer Begehung der skurrilen Verabschiedungsstätte mit raschen Schritten und wehendem Umhang auf uns zu. Ein bemerkenswerter Körperkontakt, der mit Berührung der Pfanne einherging, ließ die Blicke kreuzen. Mit dominanten Schüben bewegte sie uns in Richtung Granitsteinkreis. Sie platzierte Sophie im äußeren Kreis an den Steintafeln, gegenüber der übermächtigen Steinplatte. Ich stand im inneren Kreiszeichen, rechts von der Säule mit dem Kelch. Wir schauten uns an und versuchten, diese Konstellation im Kopf zu speichern.

Baudinca streute einen gehäuften Esslöffel von dem Rosa Pulver in den Granitkelch der beinhohen Steinsäule. Direkt in das Zentrum dieses Steinkreises.

„Macht euch bereit für eine Reise innerhalb unserer Zeit zu einem fern entlegenen Volk“,

rief sie fast schreiend mit maskuliner Stimme.

Sie zündete die staubige Masse, mit dem aneinanderschlagen zweier Feuersteine an.

Funken sprangen in das Pulver, doch es brannte nicht, nein, es rauchte und vernebelte die komplette Kelchsäule. Sie begab sich zur größten freistehenden Steintafel und legte ihre beiden Unterarme über den Kopf, mit dem Gesicht Richtung Steinplatte.

Ihre Arme lagen mit ihren fingergespreizten Handflächen, auf der in die Höhe ragende Platte.

Uns wurde schwindelig und der Boden fing an zu vibrieren. Die Beine wurden bodenlos und ließen unsere Herzen bis zum Hals schmerzhaft schlagen.

Die Angst raste durch die Körper. Auf Zeitreisen hielten wir uns immer an den Händen. Dieses Mal war das nicht der Fall und keiner von uns wusste, wie diese Reise ausgehen würde.

Betörender Weihrauchduft lag in der Luft.

Nachdem der Boden wieder unter den Füßen zu spüren war und wir uns nach dem Öffnen der Augen ansahen, ging es uns gleich besser. Schnell griffen wir uns an den Fingern. Die Druidin stand, mit ihren wehenden Haaren vor uns.

Sie hielt einen Lederbeutel mit keltischem Med in der Hand.

„Trinkt, das beruhigt euch!“

„Wo sind wir?“

Fragte Sophie mit zitternder Stimme, bevor sie vom Med trank.

„Trink nicht alles auf einmal,“

mahnte Baudinca mich.

„Der Med steigt schnell in den Kopf“

und nahm den Beutel bedrohlich und aggressiv, ohne sich einen Schluck zu genehmigen, an sich.

Wir befanden uns in einem Steinkreis, ähnlich der Druidischen, die wir kannten. Die Steine sahen komplett anders aus, dick und rund, nicht schmal wie bei den Kelten. Gewaltig und mit bunten Malereien, wie Tiere, Menschen, Sterne, Sonne und Mond. In der Zeit, aus der wir kommen, ist diese Art der bildlichen Schrift als Höhlenmalerei bekannt und wird immer wieder in steinzeitlichen Höhlenkonstrukten entdeckt.

Am sandigen und weichen Boden waren keinerlei Linien und Kreisformationen zu erkennen. Dafür schwebten über unseren Köpfen bunte Bänder mit wehenden Fahnen und Wimpeln aus gefärbten Lederfetzen. So wie ein Spinnennetz gespannt, von Baum zu Baum, die sich hinter den runden, teilweise gigantischen Steinen befanden.

Die Struktur ähnelte dem der Deckenkonstruktion in Magdalenas Speisekammer und der in Jans Büro.

Die netzförmigen Seilverbindungen waren intern mit auf dem Netz liegenden Bambusstangen verknotet.

Die stellten zwar keinen Kreis dar, bildeten aber durch ihre quadratische Anordnung, einen Inneren und einen äußeren Bereich, innerhalb der kreisförmig angeordneten Steinblöcke.

Im Zentrum des Steinkreises befand sich eine aus Stein gemeißelte Schale, in der ein Feuer brannte.

Uns beiden wurde es von einem Moment zum anderen schwindelig und die Augen fielen zu, wir schliefen wie ohnmächtig ein.

Sophies Pupillen bewegten sich aufgeregt und nervös unter ihren Augenlidern hin und her und sie riss sie wieder auf. Ich lag zusammengekauert und bewusstlos mit der Zeitpfanne auf dem Rücken. Baudinca hatte mit ihrem Messer meinen Umhang auf der Rückenpartie aufgeschnitten und versuchte, die fest verankerte Kupferpfanne zu lösen.

Was ihr gelang.

Sophie erhob sich aus ihrer ohnmächtigen Situation und sah Baudincas Vorgehensweise. Die Adlerbrosche die ich als Verschluss an meinem Umhang trug, hatte sie bereits an sich genommen. Im nächsten Moment ging sie auf die schwankende Sophie zu. Mit der Pfanne und der Brosche in den Händen brauchte sie nur noch die Pyramidenkette.

Mit, klarer werdenden Augen erkannte sie augenblicklich die Gefahr, in der wir uns befanden.

Sie warf sich mit ihrer gesamten Kraft der aggressiven Druidin entgegen und brachte sie zu Boden.

Die Kupferpfanne landete im Ringfeuer.

Baudinca lag erschrocken auf dem Rücken und hielt die Adlerbrosche krampfhaft in der linken Hand. Sophie packte die im Feuer heißgewordene Pfanne mit beiden verkrampften Handflächen an dem langen Eisengriff und schrie vor Schmerzen.

Der heiße Pfannengriff brannte sich zischend in die Handinnenflächen hinein. Sie holte mit voller schmerzdurchzogener Kraft und einer schreienden Drehung aus.

Sophie schwenkte die glühende Zeitpfanne mit Schwung einmal um sich herum und traf die Druidin direkt auf Kopfhöhe.

Die rauchende Pfannenunterseite kam unerwartet auf sie zu und knallte mitten in ihr Gesicht. Der Kopf kippte nach rechts weck.

Das schwere Gewicht der Kupferpfanne kam wie ein Geschoss mit einer massiven zerstörerischen Wucht, die unsere Widersacherin leblos, mit einer verbrannten Gesichtshälfte am Boden liegen ließ. Sophie nahm die Adlerbrosche an sich und stellte die Zeitpfanne ins Feuer zurück. Sie rüttelte mich so lange, bis ich wieder zu mir kam. Knallte mir liebevoll links und rechts eine leichte Ohrfeige, so dass ich schneller munter werde.

„Weißt du, dass wir dank der Kaffeebonbons rechtzeitig wach geworden sind?

Sonst wäre Baudinca mit der Pfanne, Brosche und Pyramide in ihre Heimatregion zurückgekehrt und wir wären hier gestrandet und es gäbe keinerlei Möglichkeiten, wieder in die Zukunft zurückzukehren."

„In welcher Region sind wir hier?"

„Ich weiß es nicht.

Mark, mach ein paar Fotos und lass uns nach Hause zurückkehren."

Gesagt getan, es wurde alles fotografiert, was ein Hinweis auf den momentanen Aufenthaltsort sein könnte.

Auf einmal stand ein kleines Mädchen da und schaute uns mit einem entzückenden Lächeln an.

Sie strahlte von einem Ohr zum anderen. Ihre weißleuchtenden Kinderzähne brachten Zahnlücken zum Vorschein, was auf den Verlust der Milchzähne hinwies. Das Kind befand sich im Schatten einer betagten Frau, die ihre gebückte Haltung mit einem Stock in der rechten Hand ausglich. Ihr freundliches, von Falten durchzogenes Gesicht offenbarte perfekte weiße Zähne, die ebenfalls von Lücken geprägt waren. Die waren sicher ihrem hohen Alter geschuldet.

Beide trugen exakt die gleiche Kleidung.

Wunderschöne mit, leuchtenden Naturfarben gestrickte Wollumhänge die mit einer seilähnlichen, handgeflochtenen Schnur um die Hüfte gebunden waren. Das bunte, faszinierende zick zack Muster, mit roten, gelben, grünen und purpurnen blauen Farben, deutete darauf hin, dass es sich hier um ein indigenes Volk handelte.

Die dicken, nach oben spitzauslaufenden Wollmützen, die die beiden Damen trugen, hatten exakt das gleiche Stickmuster. Der über dem Kopf hin und her wackelnde Zipfel der Mützen endete mit zwei an den Ohren herablaufenden Klappen, die sicher zum Schutz vor Kälte vorhanden waren.

Uns wurde schwindelig und wir bekamen schwer Luft, die sich sehr dünn anfühlte. Das kann daraufhinweisen, dass wir uns in ein, paar tausend Metern Höhe befanden.

Nach dem Aussehen der beiden Damen und der Umgebung könnte man sich momentan in Südamerika aufhalten. Die betagte Frau reichte uns ein dampfendes Getränk, das sie aus der linken

Satteltasche ihres kuscheligen und lustig erscheinenden Lamas zapfte.

„Trinkt das, es wird euch gut tun.

Ich heiße Bärentatze und das ist die Tochter der Erstgeborenen.

Wir rufen sie Donnerblume.

Ich bin die Stammesälteste und pflege diesen Schrein aus heiligen Steinen. Er hat uns in den letzten Monden viel Unheil beschert, verursacht durch die Kreatur, die dort am Boden liegt.

Habt Dank im Namen meines Volkes, dass ihr die Gestalt des Bösen zur Strecke gebracht habt.

Sie brachte Neid, Gier und Krankheit und hat die Gutmütigkeit ausgenutzt.

Ich als Älteste habe sie durchschaut.

Sie wollte das uralte Wissen des Stammes, um es dann gegen uns zu richten.“

Auf einmal ertönte ein kreischendes Frauengeschrei hinter uns und Baudinca, die wieder zu sich gekommen war, taumelte, wie ein Monster, das sich kaum noch auf den Beinen halten konnte, auf uns zu.

Sie bohrte sich ihre langen Fingernägel in die schmerzende und von verbranntem Fleisch herabhängende Gesichtshälfte und schrie bestialisch. Es zischte um uns herum, als ob Raketen abgeschossen wurden.

Wir blieben wie versteinert stehen und rührten uns nicht von der Stelle. Von quälenden Schreien durchzogene Schlaggeräusche drangen in die Ohren.

Die auf uns bedrohlich zukommende Baudinca wurde von allen Steinen des Steinkreises mit etwa einen Meter langen und daumenbreiten Wurfpfeilen durchbohrt.

Sie fiel vor uns, erst schreiend und dann verstummend zu Boden. Ihr Umhang färbte sich dunkelrot, während Bärentatze ihr das Lederfläschchen mit dem Rosa Pulver und die Feuersteine entnahm und uns übergab.

„Nehmt das mit auf eure Reisen.

Ihr werdet es sicher brauchen.“

Hinter den Steinen standen sieben kriegerähnliche Männer mit Fell bekleidet und bemalt.

Sie waren perfekt getarnt.

Wenn wir nicht wüssten, dass sich dort Krieger befanden, wären sie nicht zu sehen gewesen.

Die Keltensichel mit dem extravaganten Holzgriff, der vom Blut durchzogen war, zog sie aus Baudincas verkrampfter Faust. Sie musste sehr viel Kraft aufwenden, die noch geballte linke Hand zu öffnen, um die Druidensichel zu entnehmen.

Bärentatze zog kräftig an der Goldsichel, sodass sich der hölzerne Griff löste.

Die goldene Klinge der Sichel nahm sie an sich und übergab uns den vom Blut getränkten Sichelgriff mit seiner speziellen Form.

Der Holzgriff war auf der sich von der Klinge abweisenden Seite weit auslaufend.

Mit einer flachen, breiten Kante, auf der er stehen konnte. Dieser Griff sollte bei den Aufgaben, die noch kommen hilfreich sein und er würde sich später offenbaren.

„Nehmt nun dieses Säckchen mit den Stammeskräutern, die ihr getrunken habt. Es müsste euch schon merkbar besser gehen nach der heiligen Mate. Sicher führen euch diese Kräuter irgendwann einmal wieder zu uns zurück, um unser Volk näher kennen lernen zu können.

Wir nehmen die Überreste dieser bösen Kreatur mit und lassen dich Sophie und Mark in Gedanken auf die Zeitreise gehen."

Das kleine Donnerblümchen saß bereits auf dem liebevoll schauenden Lama, mit seinem wuscheligen Kopf und den in die großen Knopfaugen hereinhängenden spiralförmigen Locken.

Das kleine Mädchen mit ihren strahlenden Zahnlücken machte ihren Namen Donnerblume alle Ehre und winkte uns mit beiden Händen kräftig zu.

Bei ihr war nicht ein Moment Angst zu spüren und keine Erschütterung beim Anblick der leblosen Baudinca.

Die Großmutter des Mädchens nahm uns in die Arme und zeigte nachhaltig in Richtung Feuerstelle, mit Blick zur Pfanne.

Sophies Handinnenflächen balsamierte Bärentatze mit einer Art Pomade ein.

Den Lederbeutel mit der Salbe zog sie aus der rechten Satteltasche des zappelnden Lamas.

„Der Kreis des Lebens schließt und öffnet sich jeden Tag auf ein Neues. Einer kommt und einer geht."

Mit diesen Worten wandten sich die beiden Damen mit ihrem Lama von uns ab und gingen ihrer Wege.

Die Hände von Sophie wurden zusehend besser. Es bildete sich unwahrscheinlich schnell eine natürliche Schutzschicht, die schmerzlindernd und heilend wirkte. Selbst das Greifen fiel ihr leichter.

Sie gab die von uns zusammengestellten Zutaten, die wir immer für die Rückreise in unsere Zeit brauchten, in der genauen Anzahl in die heiße Zeitpfanne und schob sie in das Feuer.

Wir hielten uns fest und ließen die bebenden Turbulenzen der Reisezeit auf und wirken.

Mit den Zeitreisen, die uns durch die Epochen führten, gewöhnten wir uns an die Strapazen.

Völlig erschöpft angekommen, in zeitgemäßer Kleidung, entledigten wir uns jeglichem Reiseballast. Wir stationierten ihn in die dafür eingerichtete Kammer der Reise.

Immer wieder half uns dieses Equipment, brenzligen Situationen zu entfliehen, diese zu umgehen oder gänzlich zu vermeiden.

Aber doch waren diese, ganzen Helferleins auch eine Belastung und eine Bürde für uns.

Kapitel 12

~Rückfahrt~

Dem raschelnden Geräusch folgend, öffneten sich unsere Augen und ließen das wärmende Licht der Mittagssonne in das mediterran schlicht eingerichtete Schlafzimmer.

Lichtstrahlen schoben sich durch die weit offenstehende Terrassentür und verwandelten den halboffenen Vorhang in ein wehendes Gemälde aus tanzenden Leuchtsilhouetten.

Der verführerische Duft von knusprig gebackenen Croissants, die warm in einer Bäckertüte aus braunem, von Falten durchzogenen Papier auf uns warteten, schob sich durch das Haus. Eine feine, aber doch resolute Stimme forderte uns mahnend auf, aus dem Bett zu steigen. Als Belohnung winkte Susann, unsere bezaubernde Tochter, mit zwei dampfenden Kaffeetassen durch die offene Schlafzimmertür und blieb demonstrativ im Türrahmen stehen.

„Hoch mit euch, ihr Schlafmützen, rief sie uns zu. Eure Fahrkarten für die Normandie liegen auf dem Tisch und der Zug geht in zwei Stunden. Ihr müsst dringend zu Jan und Karl zum Le Monte Saint Michel. Es gibt neue Erkenntnisse und alle warten auf die verschollenen Entdecker und möchten gemeinsam die restlichen Tonkrüge von Notredam Sautier öffnen und entschlüsseln.“

Bei der Ankunft nach der Rückreise waren wir sehr überrascht über unseren Landungsort.

Normalerweise landen wir an dem Ort, von dem gestartet wird. Das wäre die Klosterküche des Monte Sante Michel.

Doch jetzt sind wir bei uns zu Hause gelandet. Die Abweichung ist nur damit zu erklären, dass die Reiseroute durch den Wechsel in eine andere Zivilisation abgewichen ist, so dass automatisch an den Ort angesteuert wird, von wo aus wir die erste Zeitreise begonnen haben.

Das Gepäck, das wir vor zwei Tagen im Hausflur unausgepackt liegen gelassen hatten, war unberührt.

Genau so die Utensilien und Reliquien, die wir auf unserer letzten ziemlich deprimierenden, aber doch letztlich aufschlussreichen Reise mitgenommen hatten.

Es war alles noch verpackt und wir nahmen die Sachen so, wie sie sind, mit zum Bahnhof.

Mit Pfanne, Gürtel, Pyramide und Adlerbrosche ausgestattet fiel, es uns in der momentanen Verfassung in der wir uns nach dem strapaziösen Abeteuer befanden nicht leicht wieder eine Tour anzutreten.

Gott sei Dank, hatte unsere Tochter Susann die Idee, dass wir mit der Eisenbahn fahren.

Obwohl der Zug fast drei Tage braucht, ist diese Art zu reisen für uns absolute Entspannung. Trotz mehrfachem Umsteigen durften wir in dem sehr komfortablen Schlaf und Speisewagen, gemeinsam zur Ruhe finden und die Erlebnisse der letzten Zeitreise sortieren und dokumentieren.

Während der Fahrt wurden wir im Zug-Restaurant, regelmäßig mit frischen und saisonalen Speisen der jeweiligen Länder, durch die wir fuhren, verwöhnt. Wie atlantische Fische und Meeresfrüchte in Portugal, sensationellen Tapas-Spezialitäten aus Galicien und dem Baskenland.

In Frankreich durften wir exklusive marktfrische Trüffel-Delikatessen genießen.

Unser Schlafabteil und die Ausstattung des Restaurantwagens erinnerten an den Komfort im Orient-Express.

Versprühend mit dem unvergleichlichen Charme von Nostalgie und zeitloser Eleganz.

Zurück am Le Monte Saint Michel standen nach dieser Zugreise zwei betagte winkende Herren am Haupteingang. Sie zappelten vor lauter Aufregung und Ungeduld.

„Endlich seid ihr hier.

Wir haben mit der Übersetzung der restlichen Lederrollen auf euch gewartet.“

„Hallo alter Freund“,

drückte Sophie mit mahnenden, aber lieben Worten unseren Karl.

„Wie geht es dir, nachdem du die Manieren verloren hast?“

„Gu ... gut ihr beiden, alles prima.“

„Jan, lasst uns das Gepäck und die neuen Errungenschaften in deine Bibliothek bringen.“

Gesagt getan, bei einem Zwischenstopp bei Claude in der Klosterküche, verwöhnte er uns wieder mit seinem geheimnisumwobenen Cassoulet.

Bestehend aus den Zutaten der Schriftrolle der mysteriösen Kammer in Notredam Sautier.

„Jan, wir müssen sofort auf den höchsten Punkt der Abtei.“

„Gut Sophie, ruhig meine Liebe.

Ich hatte ja beim letzten Aufenthalt hier bei mir darauf hingewiesen, dass ein Teleskop unterhalb des heiligen Michael im Klosterturm steht.

Hier nehmt bitte jeder zusätzlich ein Fernglas mit hinauf.

Karl, für dich habe ich einen antiken Feldstecher, damit du wie ein Adler schaust.“

„Danke das ist aufmerksam von dir, alter Freund. Der Stecher fühlt sich elegant und nostalgisch an und wie der in der Hand liegt. Der hat ein gutes Gewicht durch sein Metall, nicht wie die heutigen Plastikferngläser. Bei dem merkt man die traditionelle Handwerkskunst.

Ihr dürft gerne einmal durch ihn sehen, wenn ihr mit euren modernen Dingern nichts erkennt."

Karl lachte verschmitzt und grinste uns alle mit seinem schelmischen Lächeln an.

Nach einem beschwerlichen Treppenaufstieg sind wir keuchend und luftholend, unterhalb der Turmspitze angekommen.

Erstaunlicherweise haben unsere älteren Herren den Aufstieg besser verkraftet als wir sogenannte Jungspunde.

Unter dem massiven Steingeländer der offenen Turmspitzenterrasse, mit ihren in die Höhe verlaufenden Bögen, offenbarten sich acht wasserspeiende Drachenköpfe mit bunten Flechten und weiteren Verwitterungsmerkmalen.

Jan öffnete die Holztruhe, die für ihn unterhalb der letzten Stufen zur Verfügung stand. Er nahm zwei längliche Teile heraus, die in derben Stoffen gewickelt waren. Einmal ein Dreibeinstativ mit hölzernen Beinen, wie man sie heutzutage kaum noch findet. Im anderen Stoffpaket befand sich das Teleskop Fernrohr, das er mit ein paar routinierten Handgriffen auf das aufgeklappte Stativ montierte.

Er richtete das große Messingteleskop in Richtung Norden aus.

„Nehmt eure Ferngläser und du Karl deinen Feldstecher. Schaut genau nördlich dem Teleskop entlang. Seht ihr am Horizont die kleine unscheinbare Inselkuppe?

Wenn ja, dann dreht den Blick rechtsherum. An dieser Stelle müsste ein anderes winziges Eiland sein.

Das lassen wir rechts liegen und widmen uns der linken Insel mit dem Namen Tombelaine. An diesem Ort befindet sich ein Wäldchen und hoffentlich die Überreste eines ehemaligen Kreises aus Steinen.

Ähnlich wie wir sie von uns bekannten Orten kennen. Von dort aus sollen sich angeblich Druiden auf spezielle Reisen begeben haben.

Leider stehen dafür keine Aufzeichnungen zur Verfügung, nur Vermutungen und das Kontakt zu anderen Zivilisationen herrschte.

Über die zahlreichen Jahrhunderte hinweg sind immer wieder Informationen verloren gegangen oder dazu gesponnen wurden. Sicher ist, dass es dort einen Steinkreis gab, um den sich Geschichten ranken."

„Jan, ich muss dich leider enttäuschen",

meldete sich Sophie, wie ein Schulmädchen mit ihren winkenden und fingerschnippsenden rechten Arm.

„Gut du fleißige Maus, was kannst du uns zu diesem Mysterium sagen?"

„Da wir nach unserer letzten Reise noch nicht die Gelegenheit hatten, ausführlich von den Erlebnissen zu berichten, ziehe ich diesen Paart vor.

Wir haben neue und spektakuläre Erkenntnisse, über die Insel Tombelaine die euch von den Socken hauen."

„Jetzt fang schon an Mädchen, das ist ja kaum auszuhalten,"

rief Karl ungeduldig dazwischen.

„Im Inneren, sprich unterhalb vom Eiland, befinden sich vom Steinkreis zugänglich Wohn und Arbeitsräume, sowie eine Bibliothek, zu der ausschließlich Gelehrte und Druiden Einlass hatten."

„Sophie, woher weißt du das?"

„Von der obersten Druidin Baudinca persönlich. Hier, wo wir jetzt gerade stehen, befand sich vor 2000 Jahren ein 70 Meter hoher schwarzer Monolith, eingerahmt von einem offenen Gräberfeld."

Kopfschüttelnd standen die Anwesenden vor uns und schauten zweifelnd die Turmspitze hinunter.

„Nach Aussagen von Baudinca, lebten ständig drei Druiden auf dieser Insel.

Ein jüngerer, der noch lernen muss, sowie einer im mittleren Alter der Weisheit sucht und ein Betagter, der sein Wissen weitergab. Alle arbeiteten dort in der Bibliothek, pflegten und erweiterten das massive Gedankengut von Druidengenerationen.

Dieser Berg mit dem heutigen Kloster Le Monte Saint Michel, hatte damals den Namen Monte Tom.

Es befand sich zu der Zeit der genannte Monolith mit seinem Gräberfeld und ein Steinkreis, von dem aus wir in eine andere Zivilisation innerhalb der Zeit reisen mussten.

Alle weiteren Details können wir gerne in deinem Arbeitszimmer besprechen Jan. Hier oben ist es zu windig und zu kalt."

„Hört mal zusammen, wir werden gleich zum Abt und dem Bibliothekar gehen und die beiden über das von euch erlangte Wissen aufklären.

Ich werde sie bitten, umgehend eine Expedition zur Insel Tombelaine ich zu organisieren.

Am besten mit unserem Geologen und einer Handvoll Bauarbeitern. Arbeitsmaterialien müssten alle hier auf Monte Saint Michel zu finden sein."

Nachdem das Oberhaupt dieser Klosterinsel informiert war und der Bibliothekar die Organisation übernommen hatte, konnten wir zwei Tage später mit einem großen Motorboot zur Insel übersetzen.

Kapitel 13

~Tombelaine~

Mit einem kräftigen knirschenden Rutsch des Bugs auf einer kurzen Sandbank, die in das steinige und bewaldete Ufer der Insel Tombelaine mündet, sind wir endlich angekommen.

Die überschaubare Silhouette, die sich durch einen von Erosionen gepeinigten Krater ähnlichen Hügel den Horizont entlang schob, offenbarte uns ihr lebensfeindliches Antlitz.

Dieses nicht einladende Eiland mit seiner Granitformation lag vor uns. Dicht bewachsen und mit verwucherndem Unterholz. Teilweise mit uralten Bäumen, die noch am Leben waren. Aber auch verdorrte und knorrige Steineichen, die das seltene Sonnenlicht in dieser Region kaum den laubigen und immer wieder mit Sand und Steinen durchzogenen Insel-Boden berühren ließen.

Es summte und knatterte die Kettensäge, mit der die Arbeiter für uns den Weg frei schnitt, folgend in der Hoffnung, das Zentrum dieses Eilands zu erreichen. An GPS und online Maps war hier nicht zu denken, da diese winzige Insel mit Garantie in den vergangenen Epochen nicht bewohnt war.

Sicher ist, dass die großen Kriege der letzten Jahrhunderte hier ihren Tribut gefordert haben.

Bekannt ist, dass die Engländer vor, um und nach dem Mittelalter, ständig kurze und länger werdende Belagerungen des Monte Saint Michel aus Richtung Norden durchgeführt haben und dafür Tombelaine als Belagerungsstützpunkt genutzt haben. Beweise sind die, von Gezeiten und Jahrhunderten gezeichneten Reste einstiger Wachturmruinen in Ufernähe, gerahmt von abgespaltenen oder gesprengten Granitsteinen in Mannshöhe.

Geschichtlich ist dokumentiert, dass durch diese Belagerungsattacken die Notwendigkeit entstanden ist, eine Schutzmauer, um den Monte Saint Michel zu errichten, und nach Norden hin zu verstärken.

Heutzutage sind nur wenige Überreste aus diesen Zeiten zu finden. Wir hoffen, trotzdem auf Hinweise des zu erwartenden Steinkreises und einen eventuellen Zugang zu den unterirdischen Räumlichkeiten der Druiden zu entdecken.

Wenn sie überhaupt existieren?

Nach einem rustikalen Anstieg vom Ufer aus und einem nicht ungefährlichen Abstieg gepaart mit einer Rutschpartie sind wir scheinbar im Zentrum der Insel angekommen.

Das Meeresrauschen halte aus allen Richtungen gleichlaut und vermittelte, dass wir uns direkt im Inneren von Tombelaine befanden.

Sophie holte die beiden Kompen aus der Tasche.

Karl und Jan hatten aus Gewohnheit immer einen bei sich. Unsere Gruppe teilte sich in vier Kleinere auf.

Jedes Grüppchen nahm einen Kompass an sich und lief jeweils in eine andere Himmelsrichtung, um das Durchforsten der Insel effektiv zu strukturieren.

Ich stolperte auf einmal in der Senke, in der wir uns befanden, fiel nach vorne und stützte mich mit beiden Armen und gespreizten Handflächen auf.

Meine Stirn schwebte über einer abgerundeten Steinkuppe mit der Größe eines Fußballs. Trotz vom kuschligen, aber doch glatten Moosteppich überzogen, waren eingeritzte oder gemeißelte Linien an der Oberfläche des aus dem Boden ragenden Steins zu erkennen.

Ich ergriff mein Taschenmesser, klappte es auf und versuchte, das grün leuchtende Moos von der Kuppe zu entfernen.

Durch kräftiges Kratzen wurden immer mehr Linien frei, die teilweise Fingerkuppen tief in den Granitstein hineingingen.

Sie ergaben keinen Sinn.

An der hinteren Seite des Steins verliefen die Striche in den Waldboden. Der feuchte sandige Boden ließ sich mit den Händen ohne größere Anstrengungen abtragen.

Erst nach etwa einem halben Meter wurde die Erde fester, so dass ich mit meinen Fingerspitzen nicht weiter kam.

Sophies Stimme fing an zu zittern.

„Schau, da sind doch ganz klar abgegriffene und verwitterte Runenzeichen zu erkennen.

Oder was meinst du?“

„Du hast recht Spürnase.“

Sie schrie aus voller Kehle hinaus.

„Jan und Karl, wir haben was gefunden, lauft nach Norden zu uns.“

Das war sicher auf der Insel in sämtlichen Richtungen zu hören.

Tombelaine ist klein.

Aus allen Himmelsrichtungen strömten die Mitsuchenden zu uns an die Fundstelle der Runen überzogenen Steinkuppe.

Die Arbeiter und der Geologe, die uns begleiteten, nahmen sofort Spitzhacke und Schaufel und versuchten, den Runenstein weiter freizulegen.

Das Loch, das ausgehoben wurde, verwandelte sich rasend schnell in eine größer werdende Grube.

Jan rief den Bauarbeitern zu, dass sie mehr nach rechts und links, sowie vorne und hinten graben sollten.

Karl schubste ihn.

„Was soll das Jan?“

„Ich erhoffe mir Hinweise auf andere Steine, die normalerweise auf dieser Insel mit dieser Bodenbeschaffenheit nicht weit auseinanderstehen sollten.“

Die Arbeiter standen mittlerweile in einer fast zwei Meter tiefen Grube und präsentierten uns, eine komplett von gemeißelten Runen überzogenen Steinplatte, die spitz nach oben ragte.

Der Radius der tiefen Grube dehnte sich in alle Richtungen aus, so dass die Runenplatte, wie ein Monument in der Mitte stand. Auf einmal klangen blecherne Geräusche an unsere Ohren, als ob Metall auf Stein schlägt.

Ungefähr zwei Meter nach Osten offenbarte sich eine weitere Platte, die kleiner war und demzufolge nicht an die Oberfläche hinausragte.

„Legt sie schnell frei,“

rief Karl zappelnd den Arbeitern in der Grube zu. Klatschend kommentierten der Abt und sein Bibliothekar diese Grabungen.

„Schnell, grabt noch in die andere Richtung.

Nach Westen, ich bin mir ganz sicher, dass sich dort eine weitere Steinplatte befindet,“

sprach Jan, liegend am Grubenrand in das immer größer werdende Loch hinein. Wie von Jan vermutet, kam tatsächlich ein Runenstein zum Vorschein.

„So Jungs gebt Gas“,

brüllte Karl sich nicht beruhigend den fleißig grabenden Männern zu.

„Von hier oben kann man ganz klar erkennen, dass es sich um eine Krümmung handelt, in der die drei Runenplatten stehen. Ihr müsst weiter der Biegung entlang Richtung Süden graben. Ein Steinkreis, wie wir ihn vermuten, besteht normalerweise aus sechs kleineren Steinen und einen großen, der immer nach Norden ausgerichtet ist.“

Die Sonne neigte sich langsam ihrem Untergang und wir bauten unsere Lager für die Nacht auf.

Fackeln brachten ein angenehmes Wohlfühlambiente in die sonst trostlose und doch etwas gruselige Situation. In der ausgehobenen Grube waren mittlerweile sechs Runensteine zu sehen, inklusive dem Großen. Es fehlte also noch einer, um einen Druiden Steinkreis komplett zu machen.

Die Baustellenstrahler, die unsere Bauarbeiter an einen schnurrenden kleinen Generator angeschlossen hatten, brachten ein spektakuläres Licht und leuchteten jedes Detail der Grube und der von Runenzeichen überzogenen Steinsäulen perfekt aus.

Nachts fielen die Temperaturen in den einstelligen Bereich über null. Das Lagerfeuer knisterte und loderte in der flach ausgehobenen Erdmulde, gerahmt von kopfgroßen glatten Findlingen die aus Ufernähe stammen. Die trockenen Steineichenäste krachten und knackten in den wärmespendenden Flammen, deren flackerndes Lichtspiel auf unseren Spitzzeltwänden wie ein altes Fingerkino hin und her wippte und wunderschöne Lichteffekte bildeten. Nachdem spartanischen Essen, bestehend aus würzigen Ziegenklosterkäse, knusprigen Baguette einer luftgetrockneten Eselsalami und natürlich den typischen Bretonenschinken nicht zu vergessen.

Vom klostereigenen Rotwein zur Ruhe kommend schliefen unsere Arbeiter nach kurzer Zeit auf den Baumstämmen, die wir zu Sitzgelegenheiten rings um das Feuer umfunktionierten, tief und fest ein.

Nach einer unruhigen und mysteriösen Nacht krabbelte Sophie als Erste aus unserem Zelt.

Die Morgensonne legte ihre wärmenden Strahlen über diesen seltsamen und geheimnisvollen Ort, dessen Geheimnis wir hoffentlich im Laufe des Tages lüften dürfen.

Sie schnappte sich einen Reisigbesen, den die Bauarbeiter mitgebracht hatten, stieg in die Grube hinab zu den Runensteinen und fing an den Boden, der aus eingelassenen Granitplatten bestand, zu fegen. Jede Rille, die dort zu sehen war, legte sie frei.

Auf einmal räusperten sich zwei ältere Herren oberhalb des Grubenrandes.

„Guten Morgen, junge Dame, treibt uns die Neugier und der Forscherdrang aus dem Schlafsack?"

„Jan, das sieht von hier oben aus, wie ein großes Spielbrett, das durch bestimmte Positionen diverse Effekte zum Vorschein bringt."

„Stimmt Karl, das erinnert mich ganz stark an die Aufzeichnungen in den Chroniken des Druiden-Schachs.

Das große antike Buch, das du gleich bei deiner Ankunft zur Kenntnis genommen hast. Weißt du das noch mein lieber Freund?"

„Du alter Faltensack, ich bin zwar steinalt, aber nicht senil!"

„Ich kann ja mal fragen."

„Wir bräuchten das Druidenbuch jetzt hier, Jan!"

„Da kann ich helfen. Hier findest du die gesamte Bibliothek des Arbeitszimmers in einer Digitalversion auf einer SD-Karte gespeichert, die sich hier in meinem Smartphone befindet.

Was sagst du dazu, Karl?“

„Sensationell, du schrulliger Besserwisser, aber ein genialer Typ bist du trotzdem.“

„Was genau steht in deinem digitalen Antikbuch geschrieben und hilft es uns weiter?“

„Tatsächlich ist dieses kreisförmige Schachbrett darin abgebildet. Einige Symbole fehlen im Buch.

Seht ihr die kleineren kopfgroßen runden Pflastersteine im inneren des Kreises der Steinkonstellation, direkt auf der Linie, sowie die quadratischen kleinen Steinplatten im äußeren Ring, der kurz vor den großen Runensteinen verläuft.“

„Jan, da hast du recht.

Die sind im Buch nicht zu finden.

Diese Bodenringe innerhalb der Runenplatten sind uns aus allen Steinkreisen die wir bereist haben bekannt. Manche waren nicht am Boden, sondern an Holzbalken mit Seilen über den Kreis gespannt.“

„Mir war der Sinn dieser Elemente nicht bekannt. In geschlossenen Steinringen sind immer Sonne, Mond und Sterne an der Raumdecke zu erkennen, wie bei Magdalene und im Notredam Sautier.

Unglaublich Sophie, deine Beobachtungsgabe ist einmalig."

„Dankeschön Karlchen, das ist sehr lieb von dir."

„Das meine ich auch so, meine einzigartige Entdeckerin."

„Schaut euch die Symbolzeichen auf den kleinen Platten genau an.

Was erkennt ihr hier?"

„Ich kann nichts deuten",

rief Karl in die staunende und unwissende Runde hinein. Jan erkannte diese Zeichen, als eine Folge oder Reihe von Runensymbolen, die nur in einer bestimmten Reihenfolge gelesen werden konnten, bevor sie einen Sinn ergaben.

„Passt gut auf, was ich euch jetzt erkläre! Der äußere Kreis mit den runden Steinplatten muss im Uhrzeigersinn gelesen werden und der innere Ring mit den quadratischen Platten entgegengesetzt."

Gut, wir taten, was Jan uns auftat.

Laut und leise, murmelnd und schreiend, es passierte rein gar nichts.

„Jan, was soll das hier?"

Fragte Karl schon ziemlich unruhig. Er hüpfte hin und her und war etwas angesäuert, genauso wie wir ihn schon ein paar Mal erlebt hatten.

Tanzte von einer Platte zur anderen mit seinen krummen Füßen und stolperte ab und zu.

Auf einmal kam ein Brummen und Raunen aus dem Boden, als Karl auf den Platten tänzelte.

„Ruhig, seid leise“,

schrie Jan mit einer kräftigen Stimme, die wir noch nicht von ihm kannten.

„Bleib stehen“,

rief er herrisch seinem betagten Freund zu.

Das Geräusch ließ nach und es wurde still.

„Karl, du machst jetzt genau das, was ich dir sage, mein Alter. Du gehst exakt mit dem Bewegungsablauf die Schritte zurück, die du eben gemacht hast.“

Er gab sein Bestes.

Etwas wackelig vor Aufregung und Anspannung. Fast wäre er gefallen, das hätte uns noch gefehlt, hier auf der Insel und in dieser Situation.

„Zwei zurück“,

brummte es wieder unter uns.

„Bleib stehen!“

Schrie Jan.

Karl stand mit dem rechten Fuß auf einer Steinplatte an der linken Seite des Ringsymbols.

„Es vibriert“,

rief er uns zitternd am ganzen Körper zu.

Jan ging zu ihm und stellte seinen linken Fuß auf die darauffolgende Platte. Es krachte unter uns gewaltig.

„Gut“,

sprach Jan.

„Geht alle vom Ring und den Bodenplatten zurück. Ich werde ein Experiment wagen und hoffe, dass es gut geht.

Wenn nicht, dann macht das nichts.

Ich bin hier der Älteste in der Runde.

Ich laufe jetzt die quadratischen Platten im Uhrzeigersinn, jeweils mit einem Fuß nach dem anderen entlang und werde zurück den inneren Steinring passieren. Dem Uhrzeigersinn entgegen, ebenfalls mit einem Fuß nach dem anderen.“

Wir standen allesamt außerhalb der Bodenringe und lehnten an den großen Runensteinen.

Jan passierte den äußeren Ring mit massiv lauter werdenden Geräuschen im Inneren unterhalb der Runen-Steinkreise. Er lief komplett unter Spannung aber absolut ruhig den inneren Steinring zurück und blieb auf der letzten Platte mit zwei Füßen stehen. Die beiden Ringe lagen ungefähr einen Meter auseinander.

Dann rumpelte, krachte und staubte es aus dem Inneren dieser Plattenkonstellation.

Auf einmal versanken nacheinander alle zwölf Steinplatten mit der Breite von einem halben Meter und einer Länge von einem Meter in den Boden.

Es bildete sich eine Art Treppe, die nach unten führte.

Kapitel 14

~Bunker~

„Jan, wie bist du darauf gekommen, alter Freund?“

„Lieber Karl, wie du erwähnt hast, studiere ich sämtliche Literatur zum Thema Schach der Druiden.

Das ultimative Meisterwerk findet ihr in meinem Arbeitszimmer oder auf dem Smartphone hier, wie ihr seht.

Die Kombination ist eine Eröffnungsparty im gigantischen Universum der Funktionskonstelationen der Steinkreise.

Nur unter wenigen Kreisen befinden sich Räumlichkeiten. Die meisten haben ausschließlich die Funktion des Reisens.“

‚Auf geht’s.

Entzündet die Fackeln und folgt mir in kurzen Abständen.

Jan, mit seinem hohen Alter führte unsere Gruppe in die unterirdischen Gefilde dieser geheimnisvollen Insel.

Die Wellen des tobenden Atlantiks würden uns im Moment nicht die Möglichkeit geben, mit dem Boot zum Klosterberg zurückzukehren.

Die Gezeiten dieser Region sind eine der gefährlichsten und die höchsten weltweit.

Wenn diese in Kombination mit einem unberechenbaren Unwetter, wie es sich momentan ankündigt, zusammen trifft, kann es zu lebensgefährlichen Situationen kommen.

Die Steintreppe hinabgehend kam uns ein staubiger, aber kein feuchter muffiger Geruch entgegen. Das ist ein gutes Zeichen, dass nirgendwo Feuchtigkeit im Inneren des sogenannten Druiden Bunkers zu erwarten ist.

„Seht diesen zentralen runden Raum mit seiner offenen Feuerstelle, die nach oben hin einen Rauchabzug hat. Der hat wahrscheinlich irgendwo im Unterholz von Tombelaine seinen Austritt.

Schaut her, hier gibt es reichlich trockenes Feuerholz, das mit Sicherheit einige Jahrhunderte alt ist.

Mark, entzünde bitte ein Feuer im Kamin, so dass wir etwas Wärme haben und das Licht verstärken."

In diesem ziemlich großen runden Raum gab es fünf Türen. Drei davon führten in die Schlafgemächer der örtlichen Druiden. Die vierte Tür endete in einer Art Küche mit Speicherfunktion für Lebensmittel. Es waren ähnlich wie in Magdalenas Vorratslager Tontöpfe im kühlenden Boden versenkt und es schwebten ebenso sich kreuzende Querstangen an der Gewölbedecke. An ihnen hingen vertrocknete graue Würste und undefinierbare andere Objekte, die sicher einst auch Nahrungsmittel waren.

Die trockene Luft und die gestoppte Luftzufuhr haben den Fäulnisprozess und Zersetzung der Produkte angehalten. Lecker sahen diese allerdings nicht mehr aus.

In den im Bunkerboden eingelassenen Tonkrüge war ranziges Olivenöl zu finden. Der Wein, der sich in den mit Kork versiegelten Amphorenkrügen befand, war kaum zu glauben, immer noch genießbar. Die Farbe war im Laufe der Zeit vom Weinrot ins dunkelbraun gewechselt und am Boden der Krüge lag eine Schicht abgesetzte Weinschlacke.

Die fünfte kleine Räumlichkeit war anzunehmen, eine Art frühzeitlicher Sanitärbereich, mit einem kopfgroßen Loch in einer Steinbank, auf der man sein persönliches Geschäft verrichten konnte.

Nach dem Ausleuchten des Aborts mit einem brennenden Stück Holz, das lange in das tiefe, nach unten reichende, schwarze Loch hinab fiel, war klar, dass es sich hierbei um eine Toilette handelte. Aus der jetzt, in diesem Moment keinerlei Gerüche mehr emporstiegen.

Zurück im runden Zentralraum, in dem das von mir gemachte Feuer eine mollige Wärme verteilte und diesen Wohn- und Arbeitsbereich der Druiden lichterloh aufhellte.

An den Rundwänden war ein regalartiges System zu finden. Jedoch nicht so, wie wir es kennen, mit Einlegeböden für Bücher oder Ordner. Nein, es war in den zwei Meter hohen Wänden, die sich rings-herum durch den gesamten Bereich zogen, eine kreuzförmige Holzkonstruktion zu sehen. Die, wie ein X aussah und sich viermal in jedem Regal, das eine Breite von einem halben Meter hatte, zu finden war.

Überall waren die uns bekannten Lederrollen zu sehen. Die drei Arbeitstische, die sich wie ein Drei-eck rings um die Feuerstelle befanden, hatten einen Schreibtisch aus massivem Eichenholz, mit einem dazugehörigen Stehpult, an dem auch im Stand gearbeitet werden konnte.

Es waren Schnitzwerkzeuge wie kleine Messer fast schon Skalpell ähnlich und feine Schleifsteine zu erkennen, die zum Bearbeiten von Leder geeignet waren.

Die Rollen waren in den Holzregalen aneinander gestapelt.

Sophie digitalisierte jede Lederrolle, in dem sie diese aufrollte und den Runentext mit ihrer Digital-kamera und gleichzeitig auch mit ihrer

Analogkamera fotografierte, um sicherzugehen, dass alle wissenschaftlichen Funde für die Nachwelt archiviert werden.

Karl kam aufgeregt mit einer Schriftrolle zu uns gelaufen, die eigentlich überhaupt nicht an diesem Ort zu finden sein durfte.

Sie bestand aus festem Papyrus.

Jenes Papyrusdokument ist mit Sicherheit nachträglich in diesen Bunker gelangt. Die Papyrusrolle sah ähnlich wie die des ersten Pergaments aus, das wir von Karl erhalten hatten. Sie war genauso mit einem Kupferband und den Symbolen von Adler und Pyramide verschlossen. Diese Rolle nahmen wir persönlich an uns, um sie später genauer zu analysieren.

Alle anderen Dokumente konnten wir nur digitalisieren und fotografieren. Es waren zu viele, um sie hier und jetzt zu bergen.

Wir befanden uns im unteren Bereich eines räumlichen Steinkreises, der im Inneren genauso gestaltet war wie die Vorratskammer von Magdalena in Pompeji. Selbst die Deckenausstattung war die Gleiche, mit Sonne und Sternen sowie den dazugehörigen Runensymbolen, die hier etwas anders aussahen. Das hat sicher mit der geografischen Lage jedes einzelnen Kreises zu tun.

„Hört und blickt hierher“,

rief es von oben, außerhalb des Druidenbunkers mit einer aufgeregten Stimme eines Bauarbeiters, der nach unserem Zeltlager schaute.

„Seht, die Zelte, sie halten den Wassermassen nicht stand, die vom Meer her und vom Himmel hinab kommen!“

Es braute sich ein schweres Unwetter zusammen. Die Wellen des Atlantiks tobten mit einer gigantischen Macht und hüllten das Eiland Tombelaine in eine bildlich gesehene untergehende Insel.

Hinaus konnten wir nicht mehr, da sie mit Sicherheit überflutet wird.

„Kommt alle in die Räume zurück.

Wir versuchen sie zu verschließen.“

Panik breitete sich bei unserem Bibliothekar aus, der in der Gegend herumschrie.

„Wir werden hier sterben!

Die Sintflut holt uns.

Oh Herr, hab Erbarmen mit den Sündern!“

Er kreuzigte sich permanent von oben nach unten und von links nach rechts. Während er diese Worte immer wieder mit einer ohrenbetäubenden Lautstärke vor sich hin brüllte, fing er vom alten Karl eine durchschüttelnde Ohrfeige.

Sein Kopf kippte und er beruhigte sich weinend.

Er entschuldigte sich bei uns mit schluchzender zitternder Stimme.

„So“,

sagte Jan und packte ihn an beiden Ohren.

„Jetzt gehst du zu den Arbeitern und hilfst dabei, diesen Raum hier von innen, mit allem, was ihr findet, abzudichten.

Ist das klar, kluger Mann?“

„Jawohl Jan.“

Das Feuer flackerte mit knisternden Holzscheiten und fraß uns den Sauerstoff weg, der für die Anzahl der Personen im Inneren dieses Raumes zu wenig war.

„Reduziert das Fackellicht, um Luft zu sparen“,

mahnte Sophie.

Wir beide saßen gemeinsam mit Karl und Jan dicht an der Feuerstelle.

Die Bauarbeiter, der Geologe, der Abt und der Bibliothekar hatten sich ängstlich in einen Türrahmen zurückgezogen und schwiegen lautlos vor sich hin.

Die Eingangstür hatten die Arbeiter so gut, wie es ging verriegelt und die Spalten mit allem, was hier zu finden war, zugestopft.

In der Hoffnung, dass das Wasser keinen Weg zu uns findet.

Was sicher eine Frage der Zeit und der Wassermassen war.

Es krachte vor dem verschlossenen Eingang gewaltig, als ob was zusammengestürzt war. Karl meinte, dass die Steintreppe in sich zusammengefallen war.

Ein donnerndes Rauschen drang an unsere Ohren. Der äußere Raum lief komplett voll mit, eiskalten Atlantikwasser.

Die Wassermassen drückten sich in kleinen, immer wieder größer werdenden Strahlen durch die Ritzen des verriegelten Eingangs.

Es ist noch eine Frage der Zeit, bis es zu einem Durchbruch des Wassers kommt. Ab dem Moment sind wir mit Sicherheit alle verloren.

Ich merkte, dass Sophie an ihrem Zutatengürtel herummachte und die kleine Schale, die sie immer mit den Reisezutaten befüllte mit einem Tuch auswischte.

Ich stellte die Pfanne ins Feuer.

„Meine Liebe, wir können die anderen hier nicht zurücklassen!“

Sie weinte heftig trotz einer Willenskraft, die ich von ihr noch nie erlebt hatte.

„Kinder,“

riefen die alten Herrschaften uns zu.

„Wir haben die Lebenszeit gelebt, ihr müsst hier und jetzt tapfer sein und nur euer beider Leben retten.

Ihr habt keine andere Möglichkeit, diese Situation zu überleben, als das, was deine Frau vor hat Mark!

Habt ihr zwei das verstanden?“

Die etwas klapprigen Herren packten uns kräftig an den Schultern und wir merkten, dass sie recht hatten.

„Ist das klar?“

„Jawohl, Jan und Karl, das haben wir kapiert!“

„Die Begleiter in diesem Raum könnt ihr nicht retten. Die haben sich aufgegeben und sind hoffnungslos.“

Das Wasser stand uns bis zu den Knien und ein Raunen und Donnern kam vom Eingangsbereich zu uns hinüber.

„Sophie, gib endlich die Zutaten in die Pfanne und seht zu, dass ihr beide hier verschwindet.

Los mach hin!“

Raunte Karl zu und rammte ihr seinen Ellenbogen schmerzhaft in die Seite.

Mit zitternden Händen leerte sie die Zutatenschale komplett in die Zeitpfanne.

Alle Grundzutaten plus einige Gewürze, die sie willkürlich zusammengesucht hatte.

Es krachte gewaltig und die eiskalten Wassermassen donnerten mit der ungeheuren Kraft der Natur in den dunkel werdenden Raum, in dem wir uns befanden. Nur das Feuer im Kamin brannte noch und drohte durch das ankommende Wasser erloschen zu werden. Wir hielten uns an den Händen krampfhaft fest. Die Pfanne auf der ausgehenden Flammen zischte durch die heranspritzenden Wassertropfen und drohte zu erkalten.

Vibrationen durchzogen unsere beiden Körper und die Schmerzen auf der Brust wurden wieder extrem, genauso wie auf jeder anderen Zeitreise.

Bevor wir uns nicht mehr bewegen konnten, packte ich Jan, der zu meiner rechten Seite stand am linken Unterarm und Sophie griff Karl, der zu ihrer linken Seite stand am rechten Oberarm.

Es drückte auf unserem Brustkorb und die Reiseschmerzen waren diesmal so heftig, wie sie es noch nie waren. Vielleicht lag es an der Mischung, die sie zusammengestellt hatte?

Das Flackern des Feuers war nicht mehr zu erkennen.

Nur das Plätschern des Wassers wiederum war deutlich zu hören.

Gepaart mit einem Gekreische, wie man es von Möwen her kennt.

Ein frischer, beißender Fischgeruch lag in der Luft, mit einer wilden Mischung von Gewürzaromen, die sich staubig auf unseren Zungen absetzten.

Untermalt von quietschenden und krachenden Holzplanken, die aneinander rieben. Das Flattern von Stoffen im Wind und ein Rollen, wie man es von Holzfässern kennt, übertönte die undefinierbaren Wortlaute, die um uns herum schwirrten. Nachdem Sophie und ich die Augen geöffnet hatten, trauten wir dem, was sich uns offenbarte nicht. Aus dem Hintergrund hallte ein krächzendes Geschrei zu uns herüber.

„Du altes Sackgesicht, bist ja schon wieder von der Schippe gesprungen."

Wir drehten die Köpfe um und vielen schier vom Glauben ab bei dem, was wir vor uns sahen.

„Das gibt es nicht",

schrie Sophie und fing an, schneller zu laufen.

„Wie kann das sein",

rief ich kopfschüttelnd, das geht nicht mit rechten Dingen zu.

Vor uns standen Karl und Jan in einem sehr desolaten Zustand. Karl war wie immer quicklebendig, aber von den Strapazen gezeichnet.

Jan hingegen machte einen sehr schwachen und kraftlosen Eindruck. Er konnte sich kaum auf den Beinen halten und war kreideweiß.

„Jan, trink was, sodass du wieder zu Kräften kommst!“

Mit einer leisen flüsternden Stimme, die sonst herrisch sein kann, lispelte er fragend zu uns hinüber.

„Wo, wo sind wir hier?“

Episode II, folgt bald.

~~~~~~~~~~~~~

Diese Geschichte entstand aus einem Geschenk.
Einer antiken Kupferpfanne, von einem mittlerweile verstorbenen Freund, der tatsächlich eine Meterhohe Pyramide in seinem Algarve-Garten hatte.

Für meine liebe Frau Annett,
der besten Tochter der Welt Beatrice
und dem fleißigsten Sohn den es gibt René.
~~~~~~~~~~~~~